青青园中葵，朝露待日晞。

阳春布德泽，万物生光辉。

有诗之年

行川 著

# 有诗之年

那些我们未曾读够的

古诗经典

敦煌文艺出版社

**图书在版编目（CIP）数据**

有诗之年：那些我们未曾读够的古诗经典 / 行川著
. -- 兰州 ：敦煌文艺出版社，2017.11（2021.8重印）
ISBN 978-7-5468-0799-7

Ⅰ．①有… Ⅱ．①行… Ⅲ．①古典诗歌–诗歌欣赏–
中国 Ⅳ．①I207.22

中国版本图书馆CIP数据核字（2017）第270309号

**有诗之年——那些我们未曾读够的古诗经典**

行 川 著

责任编辑：田 园
助理编辑：李恒敬
装帧设计：孟孜铭

敦煌文艺出版社出版、发行
地址：（730030）兰州市城关区曹家巷1号
邮箱：dunhuangwenyi1958@163.com
0931-8121698（编辑部）
0931-8773112 0931-8120135（发行部）

北京一鑫印务有限责任公司印刷
开本 787毫米×1092毫米 1/16 印张 23.25 插页 2 字数 290 千
2018 年 1 月第 1 版 2021 年 8 月第 2 次印刷
印数：1 001～3 000

ISBN 978-7-5468-0799-7
定价：56.00 元

# 序　言

徐兆寿

八年前，我曾主编过一套"西北偏西"的文丛，力图推出一批未被世人认识的西部年轻作家和诗人。八年后，有些人现在已经是诗坛的风流人物，有些还在坚持写作，当然，大多都已经被生活的洪流冲到另一些不叫文学的岸上，我觉得这也没什么不好，文学并非是人人都要从事的行当。有些人没这个命运，但文学打开了他们关怀这个世界的心门。这已经足矣。文学只是我们抵达真理的一扇门而已，但它是最宽阔的那扇门。

在那些青年中，一个瘦弱的研究生，拿给我一部小说集，名曰《坠入天堂》。我看了一下，文采飞扬，嬉笑怒骂，颇具后现代做派，也有些魏晋风气，觉得不错，便收进文丛。后来据说有人从他小说里看出了些什么，认为在影射现实，有一些回应。我当时自然也是看出来的，但因为是小说，也没觉得有什么不妥。再说，文学的功用便是以批判的方式坚持真理，干预生活。无则加勉，有则改之，不必太在意。得到回应，也是一种好事。这让我们知道什么是世道人心。它总比什么影响也没有要好得多。

后来他去了哪里，是否继续从事文学，我一直在打听，但好几年没有他的消息。忽然有一天，他在QQ上与我联系，告诉我去处。一年前，

1

他办了个微信公众号，发表了一些随笔，有生活家常，也有一些文学经典的读后随笔，文笔亦如从前。此时他叫行川。那个庄子、嵇康、鲁迅、王朔等塑造出来的文学青年又归来了。文学依然充满了批判的意味，只是多了一些生活的智慧，当然也有一些玩世不恭的小腔调。这自然是他。

《有诗之年》的立意谈不上深刻，所涉及的知识面也不过是文学常识。然而，正如他自己所说，"我们的粘贴复制欺世盗名、我们忙碌奔波功名利禄，一切都只是欲望的倒影。"文学，尤其是经典，绝不应该只是大学教授或者中文系学生据为己有的东西，它是一个民族甚或人类的心灵底色和精神之源。凡是读书者，都应当首先去读经典，凡此，才能确立精神的方位，建立灵魂的住所。这个时代之所以如此不堪，是因为我们抛弃了经典，建立了娱乐为中心的广场，狂欢于虚无的人间。很多作家并未意识到这一点，也跟着狂欢。但文强不一样，他因为是汉语言文学的硕士，对汉语有着比别人不一样的敏感，随着生活与感受的深入，那些汉字和语言便自然跳到了他面前，向他诉说今天的情状。这是他此生无法摆脱的精神场域。所以，他只能再次拿起笔，写下他对汉语文学经典的时代理解。

这部关于古代诗人、经典诗词的文学随笔，虽每章各自成篇，然而，从《诗经》到宋词，显然串出了一段简约而不简单的文学史，通过故事、作品和分析，使得许穆夫人、屈原、李白、杜甫、苏轼，这些耳熟能详、甚至已经被概念化的人物跃然纸上，如在目前。作者回归经典，又走出经典，有常识的介绍，也有独到分析，语言幽默有趣，而且有一些很有意思的发现，让我们看到了那些遥远而不同寻常的人生和作品，我觉得这样的方式实际上提供了一种阅读经典的"打开方式"。

已经足矣。但愿阅读他文字的人能感受到经典的意义。是为序。

2017年11月6日于兰州

# 自 序

## 1

一时间，电视上、广播上到处都在提倡阅读。

越是提倡的，就越是缺乏的。

自参加工作以来，我发现，身边的人几乎不读书，读经典的人更少。

为自己的不读书找个借口往往非常容易，工作太忙，时间太少——随便就可以拎出一大堆理由来。

仿佛人生的价值就是忙碌、就是挣钱、就是花钱。

可是科幻电影《超体》说，人生的价值在于传递知识。

我们的粘贴复制欺世盗名、我们忙碌奔波功名利禄，一切都只是欲望的倒影。

## 2

古诗，就像一扇窗户。

通过窗户，你可以看到很多，包括时间的流淌、人生的坎坷、历史的咏叹以及生命的意义。

但是，如果没有人告诉你"你的房子有窗户"，你恐怕会宅在家里把大量时间花费在电脑或者手机屏幕上。

现在，我就是告诉你"你可以有一扇窗户"的那个人。


## 3


我在书里分享了很多自己的看法，更重要的是提到了很多常识。

它们或许是一个人，或许是一个故事，或许是一种变化。

我相信常识是安详的基础。

一个缺乏常识的社会，不会是文明的。

一个缺乏常识的时代，人们会很惊慌。

在一个缺乏常识的环境里，人们会在忙碌和无聊中忘记生命的价值和生活的意义，变得急躁和不安。


## 4


诗与绘画、书法以及任何艺术品一样，是创造的结果。

没有创造的绘画是涂鸦，没有创造的书法是胡画，没有创造的诗歌是屁话。

诗人将自己的生死别离以及每一次感悟都化作文字，他们付出了巨大的代价。

而我们阅读的代价则是：时间、安静以及一杯茶。

当你愿意付出，才能让生活慢下来，才能感受到生命随时间的流逝所展现的动人色彩。

## 5

诗人是可爱的人。

一抬头、一眨眼之间，他能给你很多意外。

诗歌，放大了诗人作为普通人的悲欢离合。

我们的人生和这个世界都很渺小，诗人的发挥给我们很多发现。

诗人偏激、偏执、偏僻，他们不喜欢走在寻常的路上。

这让我们这些走寻常路的人能够为自己不完整的人生增添不少体验。

## 6

六年前，我开始写这本书。

一直修改到今天总算完成，我希望它出版。

我相信阅读的价值，我相信写作的价值。

2017年5月25日于兰州

# 目/录

# 从发情到爱情：
## 诗歌与人的一次华丽转身

### 关　雎

关关雎鸠，在河之洲。

窈窕（yǎo tiǎo）淑女，君子好逑。

参差（cēn cī）荇（xìng）菜，左右流之。

窈窕淑女，寤寐（wù mèi）求之。

求之不得，寤寐思服。

悠哉悠哉，辗转反侧。

参差荇菜，左右采之。

窈窕淑女，琴瑟友之。

参差荇菜，左右芼（mào）之。

窈窕淑女，钟鼓乐之。

# 1

"断竹，续竹；飞土，逐宍（肉）。"

这首诗歌记载在《太平广记》中，虽然只有八个字，但却生动地绘出一幅中国"疯狂原始人"的狩猎图。

我们无法细想我们的祖先在几千年前用了一种什么样的工具追捕到一种什么猎物，也不知道他追到猎物是自己吃还是用来祭祀给更古老的祖先。

你会发现，诗歌语言的奇特在于，它只给了你一扇窗。通过这扇窗，你会发现什么，那几乎就是你自己的事情了。

诗人，只是给宅在世俗屋厦中的你建好这扇窗。

有时候，你即使绞尽脑汁也无法猜透那些简单的文字符号所传达的东西，而有时候，你读了第一遍就眼睛一亮，共鸣到想大哭一场。

# 2

诗歌呱呱坠地的时间和人们说第一句话一样古老。

鲁迅说，诗歌的第一个流派是"杭育杭育"派。

早在我们的先人披挂树叶兽皮一起劳动的时候，为了一起用力，协调劳动节奏，就开始"杭育杭育"喊号子——这是最早的"诗歌"。

为什么是"杭育杭育"而不是"嗯啊嗯啊"？因为前者需要一群人合作，后者只需要两个人合作，前者是劳动，后者是发情。

要知道诗歌只有人类才有，发情却是动物的共性。诗歌作为人类文化的一部分，把发情变成了爱情，这个转身有些华丽。

# 3

仓颉造字，天下异象：天上下粮食，人间鬼哭狼嚎。（《淮南子·本经训》载："昔者仓颉作书而天雨粟，鬼夜哭。"）

从此，诗歌才有了被写下来的可能。

文字产生之前，人们主要靠耳朵和嘴巴进行交流，属于"通讯基本靠吼"的阶段，不只是邻里乡亲之间的交流是这样，诗歌和故事的流传也靠这种方式。

然而，从几千年前的文明发源到几千年后的清代没落，看书识字基本上一直是读书考试和坐享其成的统治者的事，老百姓没有必要认识字——他们会写名字、会数钱就可以了。

所以你看古装电视剧，官府贴出去告示之后，总是有一两个认识字的人在那儿读给大伙儿听。

更早一些，官府宣布行政告示的时候摇铃子，铃子一摇，把大家召集到一块儿就开始宣布事情。这种铃铛的舌头是木头做的，所以也叫木铎。

但是，摇铃子是基层公务员的事。

更高级别的政府官员开始担心起来，他们担心的是：官府越来越庞杂，住在大宫殿里面不知道民情风俗啊！

不能了解民意，就不能更好地统治，怎么办？组织文人跑乡村山野去采风。

就像那些画画儿找灵感的文艺青年一样，要画野花野草、小鸡小鸟，你得到乡下去。

采风的一项重要内容就是把民间流传的诗歌抄写下来，整理出来给陛下等人阅读。

除了那些喜欢到处旅游和小说中微服私访的个别皇帝，大部分皇帝待在深宫里面不出门，主要靠大臣们汇报工作来了解民情。

有时候，官员们整理诗歌的时候也把他们自己附庸风雅和在大型祭祀活动上唱诵的诗歌也加进去。

## 4

孔子读到了采风整理出来的《诗经》，大概觉得值得流传千古，于是编订了一番。结果后来就真的流传千古。

秦始皇和项羽，一个焚书坑儒，一个火烧国家图书馆，但是都没有对《诗经》怎么样，因为这部诗集藏在孔子家的墙壁里面和一些读书人的脑袋里面。

《关雎》不是中国最早的诗歌，《诗经》却是中国最早的诗集。《关雎》是《诗经》中的第一首诗歌。

一些儒家的读书人把《诗经》找出来之后就开始向年轻人们做介绍了，这种风气到汉代达到了高潮。

《毛诗序》是汉代毛苌传（给弟子学生们讲解）的诗，属于古文经学，是从孔子家的墙壁里面挖出来的，用先秦古文字写成。

还有申培的鲁诗、辕固生的齐诗、韩婴的韩诗，都不知道弄到哪儿去了，没有流传下来，他们是今文经学，依据前辈口述用汉代流行的隶书写成。

## 5

《毛诗序》对诗歌的产生表述为："在心为志，发言为诗"，意思是诗歌其实就是说句心里话。然而，诗歌语言不同于一般的说话语言，诗歌朗朗上口，更方便记忆和诵读。

这也是诗歌比其他文体更容易流传的原因之一，《荷马史诗》和《格萨尔王》使用的都是诗歌语言。

"情动于中而形于言，言之不足故嗟叹之，嗟叹不足故咏歌之，咏歌之不足，不知手之舞之足之蹈之也。"

可以理解为，触动感情就发表成语言，语言不足以表达和发泄就加感叹，加了感叹还嫌不够就唱歌吧，唱歌不自觉地动手动脚就成了舞蹈。

所以，诗、歌、舞一开始都是在一块儿的。

但是又能唱歌、又能作词、又能跳舞的人毕竟是少数，大多数人走上了术业有专攻的道路。

后来诗、歌、舞分开，就出现了这样的现象，词写得挺好没有人唱，曲子听起来不错但是词特俗，舞跳得噼里啪啦不知道嘴里叨咕的是啥。

现在很多古代的诗歌我们已经没有办法知道古人是怎么唱怎么跳的，是不是那个时候就有"RAP"已经无从考证。即使想用古音读出古诗来也变得不太可能。

所以我们还是用现代汉语来读古诗吧，虽然这增加了我们理解古诗的困难，但是总归是老祖宗留下来的东西，读上一点总比什么都不读好吧。

# 6

古人的诗歌不好读，得有注释，有了注释就可以知道诗歌说了什么。但是，知道诗歌说了什么，这不过是读诗的第一步。

读古人的诗，这一关还是很容易过的，现在查字典和网络上搜资料都很方便。古诗不像很多现代诗，即使是用现代汉语写成，你也不知道它说了什么。

很多在读书识字上已经没有什么问题的人仍然读不懂诗歌，或者读过诗歌之后仍然只会做出如此简单的评价："好诗！"

怎么个好法？不知道，反正就是好。

如果是只可意会不可言传倒也罢了，读读好诗，自己偷着乐，这也不错。但是假如能说出个一二三来，那岂不是更好？

# 7

在我看来，读诗的关键是想，联想，回想，胡思乱想。

一个人孤零零地站在摩天大楼的楼顶，看着远处参差错落的建筑和奔流不息的车水马龙，想想自己在生活、工作中的各种不如意，这个时候，如果突然想起陈子昂的"前不见古人，后不见来者，念天地之悠悠，独怆然而涕下"，说不定你就有一种想跳下去的感觉。

恭喜你，这首诗歌你已经基本有了自己的理解了。你是怎么理解的？答曰："共鸣。"你只不过比别人多了些胡思乱想，你就可以从自己的角度去理解一首诗歌。

当然，并不是所有诗歌都能让读者共鸣。那些不能共鸣的诗歌就不可欣赏吗？也不是的。欣赏的办法还是想，就是多问为什么，怎么样，咋回事。

像《红楼梦》中的丫鬟一样啰唆，你才能读懂诗歌。如果像香菱一样痴迷，读点古诗简直易如反掌。

# 8

啰唆这么多，我们不妨就从《关雎》读起吧。

《关雎》和男女爱情有关，而正好人类文明也基本上是从谈恋爱开始的。

从恋爱到相爱，从相爱到生下子孙后代，再教育，再谈恋爱，人类才能长江后浪推前浪。

《关雎》是一首写谈恋爱的诗歌。"关"和"雎"是开篇头两个不同的字，一开始诗歌大概没有题目，所以采风的人干脆就用头两个不重复的字做题目，这比苦思冥想个好题目要简单得多，也不像标题党那样"勾引"人，但实际上和骗子没什么两样。

这首诗的大致意思是：关雎鸟在河滩上鸣叫，一个小伙子正在注视一个摘采荇菜的美女，白天看晚上想，转过来转过去睡不着觉，干脆吹拉弹唱哄女孩子高兴。

# 9

关于细节，我们讨论三个问题吧。

第一个问题：帅哥什么时候什么地方看见靓女的？

这个问题很重要，假设见面地点是在厕所，那小伙子除了走错厕所门之外十有八九是个流氓；再假如是在冬季的首都的雾霾里面，说不定找错了对象也是有的。

诗歌的第一句交代了时间和地点：小伙子在一次外出的时候看到小河滩上有一位正在采摘荇菜的姑娘，这小河滩上还有关雎鸟飞来飞去，鸣叫不已。

小伙子第一眼看见这个姑娘就表示，这是一位窈窕的姑娘，是"君子"——也就是他自己追求的好对象。

爱慕之情，"昭然若揭"。

# 10

当然，读诗歌读多了，你就会知道，"关关雎鸠，在河之洲"也可能是隐喻男女的爱情，关雎鸣叫着调情，预示着男欢女爱。

这种一开始不见山，只见白云的方式叫作"兴"，就是进入主题内容之前先说别的，在古诗中这样的方式相当常见。

《孔雀东南飞》开篇即写"孔雀东南飞，五里一徘徊"，在内容上看不出来焦仲卿两口子的悲剧和孔雀有啥关系，但是徘徊而飞的孔雀却能衬托出一种悲剧的气氛，而且有一种恋恋不舍的意思在里面。

所以"兴"就是发起、导引的办法，"兴"的内容和后文常常没有直接关系，而且前者要表达什么也是因读者而异。

《诗经》还习惯于另外两种表现方式，叫作"赋"和"比"。"比"就是打比方，比喻；赋就是铺开陈述。

比喻比较有趣，铺陈比较费材料。汉代的"赋"都是认识字特别多的人才能写的，为什么，因为要铺开了写，要用太多的难字生词。所以读汉赋你会发现，文章情节很简单，就是字和词好多都不认识。

## 11

古代汉语和现代汉语在形容美女的时候表达也不太一样。

"窈窕淑女"：

什么样的女子算是窈窕的？

啥模样的女子才是淑女？

虽然现在也说窈窕，也说淑女，但是意思完全不一样。

现在说窈窕往往和苗条一个意思，就是身材好，淑女就是漂亮大方。古汉语的"窈窕"是幽娴，"淑"是美善，也就是说这个姑娘的一举一动都温柔闲适，看着就舒服，而且外表美丽、秀外慧中。

不同时代美女的标准是不一样的，赵飞燕时代以瘦为美，杨玉环时代以胖为美，慈禧时代三寸金莲为美。周代的美女得举止优雅，文静、善良。

## 12

帅哥看见淑女的时候，淑女正在采摘荇菜。原诗里面的荇菜是参差不齐的，采摘这一动作也用了三个词，一个是"流"，一个是"采"，一个是"芼"。三个词的意思有很微妙的差别。"流"是挑拣的意思，"采"是选择的意思，"芼"才是择取的意思。

这有点奇怪，为什么采摘荇菜这么一个小动作要用这么多词去描写呢？

从女方来说，动作细致才足以说明人家是"窈窕"的"淑"女啊，想想看，如果是握着犁吆喝着牲口大大咧咧，那就成另一种审美了。

这么细致的描写，很容易把我们想象的目光集中到这个女孩子的手上，这么细致温柔的一双手，该是多美的一双手啊！

从男方来说，一个男人要不是因为爱情，怎么能这么细致地去在意一个人，在意她一个小小的动作呢？好色和变态除外。

从形式上看，这种只变换一两个词的反复的写法在《诗经》中非常普遍。

最典型的是《芣苢》，第一句是"采采芣苢，薄言采之"，后面五句都只是换掉了第三个"采"字，分别用"有""掇""捋""袺""襭"，和《关雎》中的用法相似，都是同一个动作的很多细节，在时间上有先有后。

# 13

来讨论第二个问题，他爱她爱到了什么程度？

这个程度有"海枯石烂"，也有"转瞬即逝"，有白首不分离的，也有爱到第三天打退堂鼓的。

谈恋爱的时候，有一句话可以说是整个恋爱的分水岭，那就是"你爱我吗？"

在电影中，这句话的回答直接关系到剧情的发展。

如果对方回答"爱"，接下来的该是拥抱和亲吻了，或者再进一步。

如果对方不回答或者说"我们只是朋友"，那就麻烦大了，接下来就该"三角恋"或者"单相思"了。总之要非常曲折，乃至撕心裂肺或者死去活来。

生活是由细节构成的，说爱与不爱，总得有点现实基础。

也就是说，爱，你的表现在哪儿？有没有送玫瑰，有没有送巧克力？就算没有这么浪漫，总得有点搔首弄姿吧？

《关雎》里面的小伙子颇有代表性。

想你想得睡不着，做梦都在追你，这算不算爱？"辗转反侧"，这是很直接的表现。

没有电话、没有手机、没有QQ、没有微信，晚上黑灯瞎火、孤枕难眠哪！

《大话西游》中的经典对白也说"漫漫长夜，无心睡眠……"

爱情，让多少情男痴女陷入"黑眼圈门"啊。

# *14*

第三个问题，他是如何追求他爱的那个女孩儿的？

该是行动的时候了。怎么追？这是个问题。

大学里男生跑到女生楼下弹着吉他唱着歌的镜头将在古老的周代找到一个最初的版本。

"窈窕淑女，琴瑟友之""窈窕淑女，钟鼓乐之"，一个有才的小伙子，既会弦乐，也会打击乐，而现在，演奏的目的只有一个，吸引女孩子的注意力。

那个时候，既会打击乐又会弦乐的男人，应该是"君子"，不一定是"富二代"，但至少是"士"阶层以上的人物。

哦，原来是公子和小姐之间的爱恋。

我们欣喜地看到，那个时候剧情还比较简单，公子和小姐的爱恋还是以非常"干净"的方式出现，没有多事的丫鬟，没有多事的媒婆，只有宴会上的男子一边演奏乐器，一边想象着眼前这位小姐采摘荇菜时那温柔美丽的动作。

也许，这是一个年轻的男乐师和女舞蹈演员之间的爱恋。他们相见在河畔，相思在梦里，相爱在舞乐的每个节奏里。

# 15

恋爱的美好总是那么转瞬即逝和刻骨铭心。

那个多才的小伙子和那个采荇菜的姑娘到底结婚了没有，我们不得而知，也无须知道。

你所能做的就是再次集中精力，撇过我的这篇文章，仔仔细细，像采荇菜那样温和、幽娴，从头到尾读一遍这首诗，顺便回忆一下你爱的那个人。

如果读一首诗能让你想起曾经爱过的人，那也算是不少的收获了。

发情固然难受，爱情却非常美好。人类从发情走向爱情，诗歌的作用实在不该小觑。

# 狡猾和实诚：
# 男人笔下的女人和女人笔下的男人

## 卷 耳

采采卷耳，不盈顷筐。嗟我怀人，寘（zhì）彼周行。

陟彼崔嵬（cuī wéi），我马虺隤（huǐ tuí）。我姑酌彼金罍（léi），维以不永怀。

陟彼高冈，我马玄黄。我姑酌彼兕觥（sì gōng），维以不永伤。

陟彼砠（jū）矣，我马瘏（tú）矣，我仆痡（pū）矣，云何吁矣。

# 1

先普及一点儿常识。

《诗经》一共三百零五篇，根据曲调或音乐风格的不同可以分成风、雅、颂三个部分。

风基本上以民歌为主，就是各地采集上来的具有地方音乐特色的诗歌，就像流传宁夏的"花儿"或者流行陕北的民歌之类。

周王朝被天子分成了很多个国，所以"风"也叫"国风"。国风来自周南、召南、邶、鄘、卫、王、郑、齐、魏、唐、秦、陈、桧、曹、豳十五个地区。国风一共一百六十篇，《关雎》和《卷耳》都是属于周南的风。

雅是周王朝的正声雅乐，是宫廷宴享或朝会时的乐歌，属于主流乐歌，也就是《走进新时代》之类的歌。按音乐的不同又分为《大雅》三十一篇，《小雅》七十四篇，共一百零五篇。除《小雅》中有少量民歌外，大部分是贵族文人的作品。

颂是宗庙祭祀的舞曲歌辞，内容多是歌颂祖先的功业的。《颂》诗又分为《周颂》三十一篇，《鲁颂》四篇，《商颂》五篇，共四十篇。全部是贵族文人的作品。平民老百姓也祭祀，但是他们主要把工夫花在祭品上面。

不同人讨好神仙的方式是不一样的，老百姓经常吃不饱饭，因而觉得有好吃的就开心，所以也就喜欢拿好吃的讨好神仙；政府官员们吃饱喝足还要看舞蹈听歌曲，所以也就拿这些玩意儿让神仙高兴。

《诗经》反映出周王朝在礼乐方面的伟大业绩，再加上正史和野史的佐证，周王朝总体上给人一种非常好的印象。

## 2

孔子为什么闲着没事儿要编订《诗经》？

这是因为春秋时候"礼崩乐坏"。他希望统治者别一天到晚喝酒玩乐以及发动战争，而是能了解一下民情民风，能把坏掉的"乐""礼"重新提上日程。

为理想，孔子周游列国，到处奔波，弄得跟丧家狗一样。他到处看到的，是兵伐战争、民不聊生。

想进取吧，小人当道、害怕他孔丘得势，想学学隐士吧，决心不够。再说，他的政治理想之火还没有被现实之水完全浇灭。

还是编订《诗经》吧。

## 3

风、雅、颂和赋、比、兴加起来叫《诗经》的"六艺"。

儒家的学者很喜欢把一些知识总结成数字，这样好记好教，目的和喊"八荣八耻"一样。像"三从四德""三纲五常"等等都是这样的形式。

"六艺"还有很多其他的说法，比如古代儒家要求学生掌握的六种基本技能"礼、乐、射、御、书、数"也叫"六艺"。

礼基本上就是道德品行教育，乐就是音乐、诗歌、舞蹈之类，剩下的都好理解，就是射箭、骑马、写字、数数。

儒家搞教育很有一套，光看看他们的课程你就知道了，虽然重视礼、乐，但是不提倡偏科。这才叫素质教育嘛！

六经，就是所谓《易》《书》《诗》《礼》《乐》《春秋》，也叫"六艺"。后来，《乐》弄丢了，就成了五经，所谓"四书五经"的"五经"。

# 4

《诗经》内容很丰富，其中有很多写爱情的诗歌。

第一首《关雎》如果读得足够仔细，可以用来当作谈恋爱的教材，怎么去找机会见面，怎么吹拉弹唱去表现都教得很好。

但是话说回来，谁都有看走眼的时候，万一追了一个没看上去那样好的男子或女子，那就悲剧了。

古代是一夫多妻，妻妾也有次序。

在这种情况下，男人要么种地，要么在官场奋斗，虽然比较辛苦，但是可以有三妻四妾，也就是说痛并快乐着。

女人可就惨了，在家搞家务，改嫁不是不行，道德压力很大，她们一旦失去男人就是失去了依靠，痛苦不堪且又无处言说。

所以，《诗经》里面有很多女人被扔在家里或者被男人抛弃的诗歌，但是没有男人被女人抛弃而失恋的。除非像屈原、曹植那样连女神都要追求的，那就得另当别论了。

# 5

古代诗歌里面写女人被男人抛弃的诗歌很多，但是你得知道，很多这样的诗歌并不是女人自己写的，而是男人写的。

古代臣子和皇上的关系与妻妾和丈夫的关系、儿子和爹的关系都有统一性，都是服从和被服从、依靠和被依靠的关系。所以失意的文人们很容易把自己当成失宠的女人，虽然现实中的他们也经常让女人失宠。

屈原在《离骚》中就说"惟草木之零落，恐美人之迟暮"，意思是我就是个美人，皇帝是男人，怕自己错过了好时候就不能受宠，就要惨遭抛弃呀！

曹丕的《燕歌行》说"贱妾茕茕守空房，忧来思君不敢忘，不觉泪下沾衣裳"，曹植的《七哀》也说："愿为西南风，长逝入君怀。君怀良不开，贱妾当何依？"

曹丕和曹植都是伟岸的男人，为什么要以女人的口吻写这些东西呢？因为他们压根儿就不是写女人，而是写自己。他们自己在政治上失意、感情上失落，就把自己想象成被丈夫扔下的孤独难过的女人。

这可是中国古代诗歌的传统。

用女人的口吻来写诗歌，意思比较晦涩，免除了政治上被人瞧出来的不利，想怎么写就怎么写，把女人写多惨都不会受迫害嘛。所以，从这个意义上说，女人几乎是古代男诗人的心灵港湾或心灵驿站，同时还是保护伞。

相比较屈原、曹植等人写女人而言，《诗经》中的弃妇诗在情节上、感情上和目的上都是比较老实可靠的，没有那么多隐喻和寄托。

# 6

《卷耳》不完全是弃妇诗，因为她的男人去打仗了，回不回来、找没找别的女人，这个还不是很清楚。

这首诗歌的大概意思非常简单，就是一位妇人思念当兵的丈夫，所以正在采摘卷耳的她弄了半天，连一小筐都没有采满，不得已只好回家喝酒，借酒消愁，但是酒没起什么作用，结尾的时候还是感叹：多么忧伤啊！

奇怪的是，《诗序》认为这首诗写的是"后妃之志"，什么"当辅佐君子求贤审官，知臣下之勤劳，内有进贤之志，而无险诐思谒之心。

朝夕思念，至于忧勤也。"

这一看就是儒士们自作聪明，好好的诗歌竟被他们千方百计搞成了道德教化的本子，认为女人忧愁不能是想念丈夫，而是后妃为了帮助皇上进贤。

也许是那时候没有《思想品德》和《思想修养》之类的专门教材，所以道德教育的任务被儒士们压在了诗歌头上，这倒是可以理解。

# 7

我们还是从更可信的角度来读读这首诗吧。

诗歌中的"崔嵬""高冈""砠"意思都差不多，"高冈"的意思很明确，和现在的高冈一样。

但是《毛传》和《尔雅》在"崔嵬"和"砠"上面纠缠不清，"崔嵬"，《毛传》说是覆盖着石子的土山，《尔雅》说是覆盖着泥土的石山；"砠"则正好相反，《毛传》说是覆盖着泥土的石山，《尔雅》说是覆盖着石子的土山。

晕吧！

纠结于诗歌中个别对诗歌意思没有多大影响的字词，对普通的读者而言是没有意义的。这里，只要知道"崔嵬""高冈""砠"都是险峻的山岗就可以了。

同样，知道"虺隤""玄黄""瘏"都是马生病的意思，"金罍""兕觥"都是有钱人家用的酒杯，这就足够了，欣赏诗歌不是搞文字学，没有必要较真儿。

# 8

这首诗再次用到了反复的手法，就是同一句话换了个别字词之后再次使用，一遍又一遍地换，一遍又一遍地用。

这种不厌其烦、实际上也不那么让人讨厌的方式，在《诗经》里面非常普遍。《关雎》和《芣苢》都使用这种方法，但是细究起来，所换之词是不一样的。

《关雎》里的采荇菜和《芣苢》里面的采芣苢，用不同的动词表示动作有先有后，或者干脆是一个动作的很多细节。而《卷耳》里面，不过是同义词的替换。

然而，这首诗的特别之处并不在于用词有多精准，而在于结构很特别。

# 9

第一句写自己采卷耳，"采采卷耳，不盈顷筐"，就是采啊采啊采，采了半天连半筐子都没采够。

为什么这个女人采卷耳的效率这么低啊，第二句有了交代：都是因为我想念那个在周王部队当兵的男人哪！

从下一句开始，就没有采卷耳什么事儿了，干脆转为纯粹地思念男人。

男人是不是骑马上了山啦？马是不是生病啦？作者没有对此表示疑问，而是肯定地说"我骑马上了高山，我的马生病了"，这里说"我"，完全是为丈夫代言，而关于丈夫骑马上山生病这件事儿，则完全出于想象。

这就是一个女人。她对于丈夫参加部队和打仗，没有太多了解，也想象不出来什么。对她来说，骑马上山生病已经够糟糕的了，已经够让人担心的了。

她的内心充满了忧虑与烦躁。怎么排解？喝酒。喝酒的目的也很明确，就是忘掉思念，忘掉忧愁。

# 10

由于作者提到骑的马在上山时生病和喝酒都说"我"，所以在这里有一些不同意见，有的人认为该妇女没喝酒排忧，喝酒的是她那个当兵的丈夫。

这样讲也通，不过，即使让女人喝点酒又有什么关系嘛，而且这样理解也让诗歌中的男人和女人在时空上不断转换，更加有趣。

不管女人喝了酒，还是女人想象着自己的丈夫因为想她喝了酒，排忧的目的都没有达到，思念继续，忧愁继续。

喝完了酒，不但骑马上高山的时候马生病了，这次连仆人都生病了，情况更加糟糕啦。"云何吁矣"，多么忧伤呀！

然而，"这次第，怎一个'愁'字了得？"

总之，女人写想男人写得那么真切，不像男人，笔下的女人常常不过是他们自己。

# 许穆夫人：
# 一个女人和她的国

## 载　驰

　　载驰载驱，归唁卫侯。驱马悠悠，言至于漕。大夫跋涉，我心则忧。

　　既不我嘉，不能旋反。视尔不臧，我思不远。既不我嘉，不能旋济。视尔不臧，我思不闷。

　　陟彼阿丘，言采其蝱(méng)；女子善怀，亦各有行。许人忧之，众稚且狂。

　　我行其野，芃(péng)芃其麦。控于大邦，谁因谁极？大夫君子，无我有尤。百尔所思，不如我所之。

# 1

《诗经》中诗歌基本上是不知道作者的，但是有三首诗的作者却相当明确，即《载驰》《竹竿》《泉水》。

它们的作者是一位女诗人，大家叫她许穆夫人。

这位贵族妇女出生周诸侯国卫国的王室，长大嫁给了许国的国君许穆公，所以后人都知道她是许穆夫人，姬姓，但是叫什么名字就不知道了。

这个女人名气很大，身世复杂。

许穆夫人，公元前690年出生，卫国君主姬晋（卫宣公）的原夫人宣姜和他的幼子姬顽的女儿。所以，许穆夫人的亲属关系有点复杂，但是基本上可以看作是卫宣公的孙女。

由于卫国王室的关系混乱，我们还是先从许穆夫人的爷爷即卫宣公姬晋说起吧。

鉴于复杂的程度，读者如果没有兴趣对这个家族充分了解，可以跳过下面几段。

# 2

许穆夫人的爷爷是卫宣公姬晋，姬晋有两位名正言顺的夫人，一位是夷姜，一位是宣姜，都是大美女。

姬晋一开始很宠幸夷姜，夷姜也很争气地生下儿子姬伋，后来姬伋被立为太子。

事情本来会很简单，但是姬晋这个人好色成性，而且仗着自己是国君，从来都不管三七二十一。明明给他的儿子姬伋说好的媳妇——一位齐国女子，姬晋自己却霸占了。

齐国女子非常漂亮，当爹的姬晋执意要享用，儿子也没啥话说。

这位齐国女子也很争气，为姬晋生下两个儿子，一个叫姬寿，一个叫姬朔。公子寿单纯老实，公子朔却不是省油的灯。

按理说，姬伋是合法的继承人，因为他是嫡系长子，再说已经在太子位上了。但是他的娘亲夷姜死了之后，宣姜和姬朔在卫宣公姬晋面前说他坏话，加上他娘死后他老爸本来就不怎么看好他，他因此便成了被废对象。

## 3

宣公十八年，宣公姬晋计划以出使齐国之名让公子伋离开都城，然后在半路重金买通盗贼暗杀太子伋。结果，善良的公子寿事先发觉了老爹的丑恶阴谋。

公子寿把老爹要玩儿暗算的事儿告诉了太子伋，但太子伋却执意要杀身成仁，不听劝告。

情急无奈之下，公子寿就做出了非常仗义的举动，以送别为名设酒席灌醉了太子伋，而自己冒充太子伋出使齐国，结果在半路被盗贼暗杀。悲剧的是，酒醒后的太子伋也被盗贼杀害。就这样，两位善良、仗义的公子都死了。

顺理成章地，姬朔被老爸立为太子，成了后来的卫惠公。

卫宣公姬晋死后，宣姜不知怎么回事又嫁给了卫宣公的庶出幼子姬顽，生下了许穆夫人（据说卫戴公姬申也是宣姜生的）。所以说，许穆夫人的爷爷卫宣公姬晋也是她娘的男人，她叫爷爷一声"爸爸"也并非不可。

看看，卫国的人伦秩序够乱的吧。关于这段历史，还有很多说法，这里的说法仅供参考。

这就是许穆夫人的出生背景。再说说她写《载驰》这首诗的背景。

卫惠公姬朔死后传位给儿子姬赤，也就是卫懿公。

卫懿公姬赤死后北狄入侵，卫国人就散落到了漕邑，卫宣公姬晋的孙子姬申即位，也就是卫戴公，也就是许穆夫人的哥哥。所以，许穆夫人急着要救的卫国其实是他哥哥当君主的她的祖国。

# 4

卫国的衰落，毫无疑问，是北狄入侵的结果，但是卫懿公难逃责任。卫懿公基本上是古代玩物丧志的典型。

卫懿公姬赤爱好养鹤，如痴如醉。不论是苑囿还是宫廷，到处有丹顶白胸的鹤昂首阔步。

大家（包括大臣和那些想当大臣的人）一看君主好这口，于是投其所好，纷纷进献鹤，以求重赏。

卫懿公甚至还把鹤编队起名，由专人训练它们鸣叫、舞蹈。更夸张的是他还把鹤封有品位，供给俸禄，上等的供给与大夫一样的俸粮，养鹤驯鹤的人也均加官晋爵。每逢出游，其鹤也分班随从，前呼后拥，有的鹤还乘有豪华的轿车。

这样一来，很多大臣都很自卑，想想看，自己连禽鸟都不如；当然，他们都没有什么心思继续为领导服务和尽忠了。

公元前660年冬，北狄人聚两万骑兵向南进犯，直逼卫首都朝歌。而此时的卫懿公姬赤正要载鹤出游。听到敌军压境的消息，他惊恐万状，急忙下令招兵抵抗。然而老百姓纷纷躲藏起来，不肯充军。

众大臣说："您用一种东西就足以抵御狄兵了，哪里用得着我们！"

懿公问"啥东西啊？"

众人齐声说："鹤。"

懿公说："鹤怎么能打仗御敌呢？"看来他还没有傻到家。

众人说："鹤既然不能打仗，没有什么用处，为什么您给鹤加封供俸，而不顾老百姓死活呢？"

懿公悔恨交加，眼泪哗哗，说："我知道自己的错了。"

之后懿公下令把鹤都赶散，朝中大臣们都亲自分头到老百姓中间讲述懿公悔过之意，在大家的共同努力之下，才有一些人聚集到招兵旗下。

懿公把玉玦交给大夫石祁子，委托他与大夫宁速守城，懿公亲自披挂，带领将士北上迎战。但毕竟军心不齐，缺乏战斗力，到了荧泽（朝歌北）又中了北狄的埋伏，很快就全军覆没，卫懿公被砍成了肉泥。

# 5

狄人攻占了朝歌城，石祁子等人护着公子姬申向东逃到漕邑，立申为君，也就是卫戴公。

卫戴公没多久就死了，他的弟弟——逃到齐国的姬毁回来主持朝政，也就是卫文公。

卫戴公在漕邑即位后，许穆夫人听闻祖国将要灭亡的消息就劝说许穆公去救，但是许穆公胆小如鼠，不敢出兵。于是许穆夫人就有了自己亲自去漕邑帮忙的想法。

她带领当初随嫁到许国的自己身边的几位姬姓姑娘姐妹，亲自赶赴漕邑，与逃到那里的卫国宫室和刚被拥立的哥哥戴公姬申相见。

许穆夫人抵达后，先卸下车上的物品救济难民，接着与卫国君臣商议复国之策。不久，他们招来百姓四千余人，一边安家谋生，一边整军习武，进行训练。同时，许穆夫人还建议向齐国求援。

# 6

就在此时，许国大臣接踵而来，对许穆夫人大加斥责，有的责怪她考虑不慎，有的嘲笑她徒劳无益，有的指责她抛头露面有失体统，企图把许穆夫人劝回来。

面对卫国大臣们的劝说，许穆夫人倔强地认为自己的主张是无可指责的，并表示决不反悔。

她写下了"既不我嘉，不能旋反；视尔不臧，我思不远。既不我嘉，不能旋济；视尔不臧，我思不閟"的诗句。

即使你们都说我不好，说我渡济水返卫国不对，也断难使我改变初衷；比起你们那些不高明的主张，我的眼光要远大得多，我的思国之心是禁锢不住的。

这就是《载驰》。

# 7

不久，卫戴公病殁，卫人从齐国迎回许穆夫人的另一哥哥公子姬毁，即卫文公。

这个时候卫国也得到了齐桓公的支持，齐桓公派兵驻守漕邑，又派出自己的儿子无亏率三千士兵驾着三百辆战车前往卫国帮忙。同时，宋、许等国也派人参战，打退了狄兵，收复了失地。

从此，卫国出现了转机，两年后，卫国在楚丘重建都城，恢复了它在诸侯国中的地位，一直延续了四百多年。

而这一切和许穆夫人为复兴卫国而奔走不懈是分不开的。

据说，当初出嫁的时候，齐国和许国都来求婚，但是许国给的钱多，于是在父母的强迫和"指引"下许穆夫人才成了许穆夫人，而不是"齐桓夫人"。

然而，讽刺的是，现在帮助卫国的却并不是许穆公，而是齐桓公。

# 8

介绍这么多，不难看出：

第一，许穆夫人对卫国的感情比一般意义上的爱国更加深刻，因为卫国其实就是她们家的（虽然她是女流之辈，也没有继承王位的权力）。

这一点很特别，别的诗人比不了。屈原爱楚国，但是他不过是楚国的奴才，岳飞爱国，但宋王朝也不姓岳。他们爱国也很真诚、很热烈，但是那充其量是忠心耿耿。许穆夫人的爱国行动是为了他们卫国王室的天下，主动性很强。

就像李煜，南唐后主，你看他的词，伤心成啥样了，南唐是他们家的啊。所以，许穆夫人既是为家，也是为国。屈原、岳飞只是为国。

第二，许穆夫人爱国爱成功了，她的想法在她的坚持下实现了。

这很了不起。才智和勇气都是难以匹敌的。李煜也很爱国，但是很无助，也没有能力去爱国，"梦里不知身是客，一晌贪欢"，只能喝酒，只能写词。

# 9

《载驰》反映了许穆夫人的性格：果敢、直率。

一开始就写自己想要去吊唁，到了漕邑过了几天，许国大夫爬山过河地追了上来劝阻，她是怎么回答的呢？

"既不我嘉，不能旋反；视尔不臧，我思不远。既不我嘉，不能旋济；视尔不臧，我思不閟。"

你们不同意，我也不能跟你们走，我的心思很明白，我也不隐藏什么。

26

她对许国的政府人员嗤之以鼻，说"许人尤之，众稚且狂"，你们简直是头脑简单，且狂妄自大。

最后几句是她说自己的想法，是"控于大帮，谁因谁极"，我找大国帮忙，谁靠得住找谁，反正你们许国也不帮我啊。所以你们这些"大夫君子"也不要来责备我了，你们的那点儿心思比起我的想法来简直没法儿比啊。

这样的女人在历史上很罕见，这样的诗歌在女诗人的作品中也算是稀罕。

# 10

不妨再来看另外两首《竹竿》和《泉水》：

竹　竿

籊籊竹竿，以钓于淇。岂不尔思？远莫致之。

泉源在左，淇水在右。女子有行，远兄弟父母。

淇水在右，泉源在左。巧笑之瑳，佩玉之傩。

淇水滺滺，桧楫松舟。驾言出游，以写我忧。

泉　水

毖彼泉水，亦流于淇。有怀于卫，靡日不思。

娈彼诸姬，聊与之谋。出宿于泲，饮饯于祢，

女子有行，远父母兄弟。问我诸姑，遂及伯姊。

出宿于干，饮饯于言。载脂载辖，还车言迈。

遄臻于卫，不瑕有害？我思肥泉，兹之永叹。

思须与漕，我心悠悠。驾言出游，以写我忧。

有了前面的知识背景和对《载驰》的了解，这两首诗都很好理解了。

这两首诗都是许穆夫人写自己出游的时候怀念卫国。

当初远嫁许国本来就有很强的政治意义，为了卫国，嫁就嫁了，现在想回到卫国，但是得考虑"不瑕有害"？

许穆夫人很想娘家，但是她考虑到盲目回去对卫国不太好，于是选择了隐忍。

知道卫国为狄人所侵、散落漕邑的时候，许穆夫人选择了忍无可忍，这次，同样是为了她的国——卫国。

# 给天下恋爱中的女人的一封信

## 氓

氓（méng）之蚩蚩（chī），抱布贸丝。匪来贸丝，来即我谋。送子涉淇，至于顿丘。匪我愆（qiān）期，子无良媒。将（qiāng）子无怒，秋以为期。

乘彼垝（guǐ）垣（yuán），以望复关。不见复关，泣涕涟涟。既见复关，载笑载言。尔卜尔筮（shì），体无咎言。以尔车来，以我贿迁。

桑之未落，其叶沃若。于嗟鸠兮，无食桑葚！于嗟女兮，无与士耽！士之耽兮，犹可说也。女之耽兮，不可说也。

桑之落矣，其黄而陨（yǔn）。自我徂（cú）尔，三岁食贫。淇水汤汤，渐车帷裳。女也不爽，士贰其行。士也罔极，二三其德。

三岁为妇，靡室劳矣；夙兴夜寐，靡有朝矣。言既遂矣，至于暴矣。兄弟不知，咥（xì）其笑矣。静言思之，躬自悼矣。

及尔偕老，老使我怨。淇则有岸，隰（xí）则有泮。总角之宴，言笑晏晏。信誓旦旦，不思其反。反是不思，亦已焉哉！

## 1

说到《载驰》的时候，我已经说过，卫国王室的系统比较混乱。

以卫宣公为好色好淫的典型，为了满足自己的好色欲望，竟把本来给太子说的媳妇自己娶走了，而他的夫人宣姜后来又嫁给了他的幼子顽，生下了他的孙女，也就是后来嫁给许穆公的许穆夫人。

其实后来人提起卫国来，常常认为，不只是王室淫乱不堪，整个卫国的风气都不怎么样。

古人提到"郑卫之音"，常常是指不怎么健康的歌曲。

孔子说"恶郑声之乱雅乐也"（《论语·阳货第十七》），他老人家很讨厌郑声，认为它破坏了雅乐。

## 2

实际上，郑国和卫国的这种传统是从商代继承来的。这一地区早期是商民族聚集区，武王伐纣灭商后，将其一分为二，分别建立诸侯国，以监视殷商遗民，防其作乱。武王死后，三国勾结叛乱，周公旦率军镇压，并将该地分封于康叔（武王之弟），永久监管。

因此，可以说"郑卫之音"，实际上就是保留了商民族音乐传统的"前朝遗声"。

说白了，就是商纣王时代的热烈、大胆的流行歌曲在郑国和卫国的音乐中有所保留。

当然，我对古代音乐所知有限，不敢妄加评论郑卫之音好与不好。但是和王室的乱伦结合起来看，恐怕确有过分大胆之嫌。

上行下效，王室淫乱，老百姓也就跟着好这口了。郑国和卫国男女恋爱观在当时的整个中国大概也是比较开放和大胆的。

## 3

但是话说回来，古代封建礼教讲究了多少年，爱情男女们还是照样谈着、爱着。你越是控制，人家越是谈得凶，你放开了，其实也没有那么夸张。

受压抑而爱得死去活来的例子今天很多，古代也不少。

白朴的散曲：

〔中吕·喜春来〕题情

从来好事天生俭，自古瓜儿苦后甜。

奶娘催逼紧拘钳，甚是严。

越间阻越情忺（xiān，注：尽情欢爱）！

元曲四大家之一的白朴对那些争取爱情自由的男男女女们是了解的，对那些压制者则持嘲笑态度。其实谈恋爱对人来说是最自然不过的事情了。

中学生谈恋爱，大学生谈恋爱，为什么，到时候了啊，人长大了就得恋爱嘛。你控制、压抑，人家受不了说不定还会私奔哩。你放开了，或者加以理解，其实也没什么大不了的。

最主要的问题是教育没有教什么是爱，什么叫作爱嘛！

## 4

卫国的男女很放得开，受害的也就很多，受害之后反省起自己的过往，因此后悔的也不少。

《氓》是一位失恋女子的反思和失落，或者可以看作是"告天下恋爱中的女子书"。

《诗序》说这首诗是"刺时也。宣公之时，礼义消亡，淫风大行，男女无别，遂相奔诱。华落色衰，复相背弃。或乃困而自悔，丧其配偶。故序其事以讽焉。美反正，刺淫佚也。"

诗经读得多了，你就会发现，《诗序》一般是会把一首诗提高到道德高度加以评价，一首爱情诗，被《诗序》一评论，多半就会有教育意义。

朱熹《诗集传》说得更绝，说："此淫妇为人所弃，而自叙其事以道其悔恨之意也。"

朱老头子对此妇女被遗弃不但不同情，反而有点幸灾乐祸的意思。

朱熹这个人在男女之事上其实也是很矛盾的，他一面喊着"存天理，灭人欲""饿死事小，失节事大"的伟大口号，一面也狎妓娶小妾，甚至有人说他纳两名尼姑为妾。要求女人要保持贞洁，自己又去破坏女人的贞洁——这就是朱熹这位伟岸男人干的好事。

所以，对待自己的爱情和对待别人的爱情，还是大大方方的、自然一些的好。

# 5

接着说《氓》吧。

这首诗比较长，但是文字并不难，大致内容很好理解。

一般来说，剧情不复杂的故事，其精彩之处往往在于人物个性。

可以对男女两位主人公在性格、处事方式等方面做个比较。

首先是氓，氓这个人有这样两个特点：

第一，假惺惺。

第一次跑到女子家里来，笑嘻嘻地抱着布匹来换丝，其实不是来换丝的，是来商量婚事的。

第二次到女子家里，算卦，看看八字合不合，结果"体无咎言"，没有凶辞。

这次算卦之所以会是这个结果，只有两个可能，一是氓算过卦或者没有算过，到女子家中随意说自己算过了，而且卦象很好；二是氓在女子家里算卦，卦象虽然不怎么好，但是没有凶辞，这让他感到庆幸。

第二，发脾气。

第一次跑人家姑娘家里，就催着结婚，他自己连个好一点儿的媒人都没找下，还责怪女子耽误婚期。你看看人家姑娘是怎么说的："不是我耽误婚期，是你没有好媒人啊，请你别发怒，婚期订到秋天怎么样？"

从第一次来家里商量婚事到第二次来娶，氓在这中间可是一次都没有来看过人家姑娘。等娶回家之后，活也干了，苦也受了，但是氓已经不是当初憨憨的"抱布贸丝"的氓了，已经成了动不动就家暴的坏男人。

从说媒却没有好的媒人，到算卦稀里糊涂，再到开着车子来把新媳妇拉回自己家，都可以看得出来，氓对待这场婚姻是潦草的，视同儿戏。

# *6*

再来看这位被遗弃的姑娘：

首先，被爱情冲昏了头脑，一味地迁就和自作多情。

氓来说媒，媒人不行，责怪她耽误婚期，她迁就说，你别生气了，秋天我们就结婚吧。

从第一次商量婚事到出嫁，氓在这中间没有来看过她，她就跑到复关，站在矮墙上张望，看了半天没有，就哭得稀里哗啦。

她这样自作多情，难怪受到家庭暴力的时候还被娘家兄弟嘲笑，你看当初你们爱得死去活来，不是挺好的嘛，他怎么会打你啊，不是开玩笑吧？

其次，后悔莫及，欲罢还休。

这位姑娘受到家暴后才发现，当初的山盟海誓都是骗人的，但是她说"信誓旦旦，不思其反。反是不思，亦已焉哉"，意思是当初我们可是发了誓的呀，你不能就这样违反吧，我们的爱情可就这样完了啊！

这种语气分明有一些割舍不下的意思。虽然，之前她劝告那些正在恋爱的女子不要耽误自己，"男人们不担心爱得太深，因为人家还可以解脱，女人就不行啊，陷入进去就没有办法解脱了。"

# 7

我们不知道当初这二位发了什么誓言，是不是正如乐府民歌中《上邪》那样：

上邪！我欲与君相知，长命无绝衰。山无棱，江水为竭，冬雷震震，夏雨雪，天地合，乃敢与君绝！

不过现在，誓言变得软弱无力。

现代社会，十字路口有红绿灯，尚且很多人闯红灯，何况爱情的许诺连红绿灯都不是。

她一遍一遍地回想着自己为了氓这个负心汉操持家务，大好的青春耗费在了劳碌的生活当中，最终却落得个被打被骂被抛弃的下场。

然而，旁观者清，当局者迷。要是早知道最终结果，谁还会如当初那般去爱呢？

# 8

正如尼古拉斯·凯奇在《预见未来》中的经典台词说的那样："未来有一个特点，当你预见它的时候它已经改变。"

你没有办法预见到你的爱情会是什么结果，更有执着者，即使明知道结果不怎么样，也会毅然决然选择当初。

读过这首诗，也许你可以在看清男人方面稍微用点心观察一下，要知道，爱情的结果如何，是两个人的合力决定方向的，而不是一个人。

呃，抱歉，我怎么好像也尝试着说起教来了？

# 城里女人和乡下女人：
# 穿越千年的思念

## 伯兮 （卫风）

伯兮朅 (qiè) 兮， 邦之桀兮。

伯也执殳 (shū)， 为王前驱。

自伯之东， 首如飞蓬。

岂无膏沐？ 谁适 (dí) 为容！

其雨其雨， 杲杲出日。

愿言思伯， 甘心首疾。

焉得谖 (xuān) 草？ 言树之背。

愿言思伯， 使我心痗 (mèi)。

## 君子于役 （王风）

君子于役，不知其期，曷至哉？

鸡栖于埘 (shí)，日之夕矣，羊牛下来。

君子于役，如之何勿思！

君子于役，不日不月，曷其有佸 (huó)？

鸡栖于桀，日之夕矣，羊牛下括。

君子于役，苟无饥渴！

# 1

这个世界上，思念是最纯净的东西。

对一个在外流浪的男人来说，没有什么比"慈母手中线，游子身上衣"更容易让人泪流满面的了，对一个单身男人来说，没有什么比"静女其姝，俟我于城隅"更让他觉得幸福的了。

不管是忧伤还是幸福，思念总会让人感慨，写"思念"的诗，总让人回味。

那些现实中的不愉快都可以放下，被人思念是幸福的。

# 2

当你好不容易扯一次淡为自己能说会道暗自欣喜的时候，你会发现别人都比你能扯淡；当你出了一本书觉得自己文笔不错的时候，发现大家都在出书；当你写了一篇很长的文章因自己很能写而洋洋得意的时候，你会发现大家都是抱着一沓子文章搞职称……

我不是要写一首叫作"当2"的歌，我只是想告诉你，有时候需要静下心来，那样，你可以发现很多：包括被你为了在现实世界中逞能而忽略的亲戚、朋友，还有爱人。

也许这些劝说是无益的，喝过太多心灵鸡汤的人再喝会恶心，看过太多励志故事的人会雷声大、雨点小，思念只是春天的一阵小雨。

只有当你学会了思念和能够想起被别人思念，你才会恍然大悟，原来我该回家看看了，原来我应该认真地追一追那个女孩子了，原来我应该"努力加餐饭"了。

## 3

也许由于西周、东周多战争的缘故，《诗经》中有很多关于思念的诗歌，其中有很多诗歌是妇人写思念远方征战的丈夫的。

不管是普通百姓还是贵族妇女，都写这样的诗歌。

《伯兮》的作者是一位贵族妇女，而《君子于役》的作者是一位农家妇人。

她们一个在城市，一个在农村。

古代的城市环境很好，没有汽车污染，没有噪声漫天，贵妇必定住在大大的院子里，院墙高高但树木成荫，看着春去秋来、日出日落。男人当兵在外，她必定待在家里百无聊赖，于是开始看着天空发呆。

农村则环境更好，更有生气。日出日落、春去秋来都显得更加有特点，鸡鸣狗吠肯定是少不了的，清晨则雾气弥漫，傍晚则炊烟四起，农人日出而作、日落而息，春耕秋收。

她们的穿着打扮肯定不一样。

农妇粗麻粗布衣裳，不太考虑打扮的事儿，因为还要料理家务，还要给老人孩子做饭，看着牛羊归来，家里没有一个可以依靠的男人，怎么能不思念那个当兵的孩子他爹。

贵妇则涂脂抹粉肯定少不了，落地的衣裙，不用参加那么多劳动，放下手中的刺绣，发着呆想念那个该死的男人罢了。

但是一种共同的忧伤使她们那么相似，那就是思念。

## 4

《伯兮》中的女子，丈夫英俊潇洒，在君王警卫队工作（"伯也执殳，为王前驱"），只是难得回家。

他刚参加工作的那几天她还可以勉强度日，可是没有多久，她就被思念萦绕。她感到痛苦不堪。

高兴能让人忘乎所以，痛苦能让人忘乎所以然。

她已无心像从前那样认认真真、仔仔细细地打开妆奁化妆，现在的她，头发乱得像飘飞的蓬草。

"岂无膏沐？谁适为容！"难道是因为没有化妆品吗？只是打扮得再美丽又有谁欣赏呢？

她的这句话在《战国策·赵策》里出现的时候变成了"士为知己者死，女卫悦己者容"——后世那些为报知己而愿意牺牲的男人，和那些精心布置自己美貌的女人，都经常用到这句话。

雨天里，淅淅沥沥的声响让她心烦意乱，因为她对爱人的思念让她痛心疾首。太阳出来了，可是爱人还是没有回来，思念更加沉重。

怎么才能忘掉忧愁呢？"抽刀断水水更流，举杯浇愁愁更愁。"（李白《宣州谢朓楼饯别校叔叔云》）她想在后庭种上忘忧草。然而，心已经病了，那些忘忧草又能有什么用。

# 5

《君子于役》中的农妇，丈夫去当兵了，她不知道丈夫具体在做什么工作，更不知道战争何时才能结束，也不知道丈夫何时归来。

傍晚的时候，鸡已经回窝，牛羊已经归圈，那些每天都在重复的"呱呱"声和"咩咩"声让她心碎。

她又忍不住反复念叨：他去当兵了，也没有说回来的日子，究竟什么时候才能回来啊！

她不知道如何寄去自己的思念，也不知道如何表达自己的思念，看着袅袅炊烟在夕阳里被染成金黄，看着牛羊在圈里安然而卧，看着鸡已经在窝里调整姿势准备眯上眼睛，她觉得无法再说什么。

别人家的烟囱开始升起袅袅炊烟，这提醒了她——她要做饭了。可是她突然想到，那个当兵的男人是不是能喝上水，是不是能吃饱饭啊？

几百年后，另一位汉代的女子对远行异乡的爱人说了同样的祝福："弃捐勿复道，努力加餐饭。"

其他多余的话就不说了，你要保重身体多吃饭，切莫挨饥受寒！

# 6

一位是唱出"岂无膏沐？ 谁适为容"的贵妇，让"女为悦己者容"的思念越出高高的院墙，随风飘到了后世男人的襟怀和女人的心窝。

一位是猜度"君子于役，苟无饥渴"的农妇，让"努力加餐饭"的祝福随着沙尘飘给了那些边关的将士和远行的游子。

对于那些让人饱受思念之苦的战争，对于那些流血漂橹的历史和生灵涂炭的过往，评论起来大概只能是两个字——"无语"。

只是，多么希望每个人都能像思念的时候那样安安静静地生活，却不在被思念的愁绪所困扰。

那个时候，是战争改变了男人和女人之间在空间上的距离，他们的思念也得以通过诗歌越过千年。

然而，今天，交通、通讯的发达改变了所有人的距离的时候，思念又通过什么越过现在，传到未来？

# 知我者谓我心忧，不知我者谓我何求

## 黍 离

彼黍离离，彼稷之苗。

行迈靡靡，中心摇摇。

知我者谓我心忧，不知我者谓我何求。

悠悠苍天，此何人哉！

彼黍离离，彼稷之穗。

行迈靡靡，中心如醉。

知我者谓我心忧，不知我者谓我何求。

悠悠苍天，此何人哉！

彼黍离离，彼稷之实。

行迈靡靡，中心如噎。

知我者谓我心忧，不知我者谓我何求。

悠悠苍天，此何人哉！

# 1

时间究竟是怎么回事？

你可以去读霍金的《时间简史》，但是你仍然找不到答案。

我们沉睡的时候，时间会从我们的睡梦中流过，悄无声息；我们匆匆行走时，时间会从我们的脚底滑走，不知不觉。

现在，我正在打字，我知道时间正停留在我的手指，但是很快就会不知所去。

时钟不停地运动，提醒我们时间正在运动。

整个人类历史都是在时间中慢慢流过去的。秦皇汉武也罢，三教九流也好，都被时间送进了坟墓。

孔子曾站在河边感叹：逝者如斯夫，不舍昼夜！

圣人尚且如此感慨，俗人又情何以堪？

# 2

南朝《述异记》记载了这样一个故事：晋人王质入山砍柴，看见两个童子正在下棋，他就站在一旁看，等到两童子下完棋，发现自己手中的斧柄已经腐烂。回到家，他才知道已经过了百年，同辈之人早就已经死光。

我时常在想王质回到家中该是怎样一幅情景？

同辈被时间带进坟墓，而下一辈的人已经一个都不认识。看见自己的孙子比自己还老，那得多尴尬啊！那声"孙子"和那声"爷爷"如何叫得出口？

不管一个人是百万富翁，还是穷光蛋，总有一天会被时间带走。

沧海变成桑田，桑田变成沧海——只是没有人能够活那么长时间亲眼见证这样翻天覆地的变化。

然而，一个人一生从年轻到年老，世界的变化和人事变迁的幅度已经足够大了。

# 3

唐代诗人刘禹锡在《酬乐天扬州初逢席上见赠》中也写到"怀旧空吟闻笛赋，到乡翻似烂柯人"。

刘禹锡被贬离京二十三年，唐敬宗宝历二年（826年）冬天，罢和州刺史，召还京城，经过扬州时与白居易相遇。

白居易于是写诗相赠，诗中有云："亦知合被才名折，二十三年折太多。"白居易深感人生变故之大，而刘禹锡又何尝不是。

刘禹锡便写了这首诗回赠白居易，面对"到乡翻似烂柯人"的人事变迁，他鼓励白居易说："沉舟侧畔千帆过，病树前头万木春。今日听君歌一曲，暂凭杯酒长精神。"

刘禹锡的乐观豁达令人眼前一亮，但是借酒消忧的聊以自慰实在又难逃时间的魔掌。

# 4

诗经中的这首《黍离》，是经历西周到东周重大历史转变的一位士大夫写的。其中对于世事沧桑的感叹，不知道引起后世多少诗人的共鸣。

周代周平王东迁成为西周到东周的转折点，也是彻底礼崩乐坏的阶段。一位东周大夫路过西周首都镐京时，看见往昔的宗庙宫殿都已长满庄稼，不禁唏嘘，发出"悠悠苍天，此何人哉"的感慨。

往昔豪华的宫殿如今已经变成庄稼地，那些穗实累累、随风摆动的谷子，它们不知道历史的变化，却显得平静而洒脱。

这位曾经在前朝为官的大夫，看到往昔的豪奢如今已化为土灰并长满庄稼的时候，是何等的忧伤啊。

那些谷子从"苗"到"穗"，再到"实"，见证了岁月的流淌，而他这位大夫从年轻到年迈，见证的是"宫阙万间都做了土"（元代张养浩《山坡羊·潼关怀古》）的历史变迁。

这位大夫看着那些随风摆动的谷子，忧苦不堪，脚步踉跄，眼前恍惚，像喝醉了酒一般，又像东西卡在喉咙令他窒息。

他为何如此忧伤呢？仅仅因为他是前朝的臣子吗？

# 5

他说："知我者，谓我心忧。不知我者，谓我何求。"

记得电影《天下无贼》中葛优也说过这句话，这句话让这个人物显得又搞笑又阴险。

这句诗的原意是：了解我心情的人说我心里充满了忧苦，不了解我的人却说我作为一位大夫在这片庄稼地徘徊不去是所为何事呢？

这句"知我者，谓我心忧。不知我者，谓我何求"变成了千古名句，而这位大夫的心思永远没有人会真正了解。

他一次又一次地感叹和追问："悠悠苍天，此何人哉？"

苍天啊，那往昔豪华的宫殿和繁华的都市都变成了庄稼，这究竟是谁造成的呢？

历史只是过往，从来不会回过头来纠正任何人为造成的失误。甚至每一个王朝的终结都有着惊人的相似的原因：统治者腐败，官逼民反；统治者内斗，外敌入侵。

然而，当我们回过头追问究竟是谁造成了王朝的毁灭，竟不知从何处追问。

## 6

猜想这位大夫的忧苦，大概不外乎这样的原因：

第一，他是前朝的臣子，他曾经效忠过的帝国现在已经化为灰土，"故国神游"，他前来悼念而心情不佳，这在情理之中。

第二，他是巨大历史变动的亲历者，他想反思前朝颠覆的原因，是周王的错，还是臣子的错，还是反贼的错，还是侵略者的错？他追问而不得其解，自然忧苦不堪。

第三，前朝是他的精神寄托之所在，如今的王朝不能让人满意，终有一天会如前朝一样覆亡，他为此伤心和担忧。

历史上有太多人像这位大夫一样追问过。但是，历史也证明，对于整个统治阶层来说，一个人或者几个人的追问往往造成一个人或几个人的灾祸，只有整个统治阶层的追问才能复兴一个王朝。从秦到汉，从唐到宋，从明清到近代，莫不是如此。

## 7

刘禹锡又一次在历史深巷中随着燕子的鸣叫轻轻吟唱那首《乌衣巷》：

朱雀桥边野草花，乌衣巷口夕阳斜。

旧时王谢堂前燕，飞入寻常百姓家。

曾经辉煌一时的贵族世家如今已经不知所踪，他们住过的地方也已经荒凉不堪。

# 8

赤壁之战，孙权刘备结盟大破曹军，魏蜀吴三分天下。

公元229年，孙权称帝，史称东吴，当年七月，孙权将都城由武昌迁南京，取"建功立业"之意，将南京改为建业。当时，孙权的兵士们都是穿黑衣，驻军之地就称为"乌衣营"。

公元280年，晋军攻占建业，孙皓投降，吴亡，改建业为建邺。

公元290年，晋武帝死，皇宫和诸王争夺权力，互相残杀，酿成八王之乱。

公元317年，西晋灭亡。次年，司马睿在王导的谋划和周旋下立足于建业，重组政权建立王权，定都建康（其实还是南京）。

战争终于在这个时候停住了脚步。

# 9

为东晋王朝做出突出贡献的王导家族和以谢安为代表的谢氏家族都居住在孙吴乌衣营旧址，此时的乌衣营已改称为"乌衣巷"。

书法家王羲之父子、王洵、诗人谢灵运、谢眺都出于乌衣巷。遂使乌衣巷名气大振。

几经历史变迁，入唐后，乌衣巷沦为废墟。刘禹锡便写下了这首千古绝唱。

历史沉沦了许多繁华，也成就了许多人物。如今，车流不息的南京城里已不再有古人行走的脚步声，乌衣巷里身着牛仔裤和背着照相机的游人渐多。

那些喧嚣声中，连刘禹锡的诗也变得有些沉默。

# 大老鼠：
## 老百姓眼中的贪官污吏就是这么恶心

### 伐檀 （魏风）

坎坎伐檀兮，置之河之干兮，河水清且涟猗（yǐ）。

不稼不穑（sè），胡取禾三百廛（chán）兮？

不狩不猎，胡瞻尔庭有县(悬,xuán)貆(xuān)兮？

彼君子兮，不素餐兮！

坎坎伐辐兮，置之河之侧兮，河水清且直猗。

不稼不穑，胡取禾三百亿兮？

不狩不猎，胡瞻尔庭有县（xuán）特兮？

彼君子兮，不素食兮！

坎坎伐轮兮，置之河之漘（chún）兮，河水清且沦猗。

不稼不穑，胡取禾三百囷（qūn）兮？

不狩不猎，胡瞻尔庭有县（xuán）鹑兮？

彼君子兮，不素飧（sūn）兮！

## 硕鼠 (魏风)

硕鼠硕鼠，无食我黍！三岁贯女，莫我肯顾。

逝将去女，适彼乐土。乐土乐土，爰得我所。

硕鼠硕鼠，无食我麦！三岁贯女，莫我肯德。

逝将去女，适彼乐国。乐国乐国，爰得我直。

硕鼠硕鼠，无食我苗！三岁贯女，莫我肯劳。

逝将去女，适彼乐郊。乐郊乐郊，谁之永号？

# 1

一个时代的政府允许百姓发牢骚和讽刺朝廷是一件非常了不起的事，牢骚声能够传到统治者耳朵里，这是非常难得的事。因为，每一个朝代到"晚年"的时候都有一个共同特点，那就是统治者对百姓的声音充耳不闻。

对负面的东西充耳不闻，总觉得天下太平，社会和谐，百姓幸福无比，其实正好相反。

《诗经》中有几首诗歌对统治者讽刺非常尖锐，其中，《伐檀》讽刺统治者不劳而获，《硕鼠》讽刺统治者贪得无厌，都是讽刺诗歌中的名篇。

这样的作品能够编入诗经，不得不让人对当时统治者的宽容表示钦佩。

不过，想想看，战争横行的年代，也许统治者们忙着争霸哩，谁顾得上这些？当然，也有可能本来是前代人写的，只是后来人编进去而已，没有作者也没有版权，当然也就没有责任，没有纠纷。

# 2

腐败，当时可能是灾难，现在讲起来也许可以算作是笑谈了。

有史以来最愚蠢的皇帝之一晋惠帝有一个故事。

好多老百姓都饿死了,这位领导提了个建议:"为什么不喝肉粥呢?"

就算这位领导智力有问题，那么杀死比干的殷纣王可就完全是混蛋一个了。整天在肉林酒池中玩乐，拿着纳税人的钱快活，丝毫没有内疚之感。

妹喜，夏朝第十七位君主桀（姒履癸）的王后，这位女士的爱好是听撕绸子的声音。在那个生产力水平低下的时代，她的这种爱好得建立在多少织女的痛苦之上？

# 3

周厉王姬胡也不是好东西。

大臣告诉他："你横征暴敛，老百姓意见很大啊。"

他幼稚地认为只要严刑峻法地"监管"就可以堵住老百姓发表意见的嘴了，于是一时间到处是天子的耳目。

一开始确有"成效"，乡里乡亲见面都不敢说话了，打招呼的时候互相看一眼就算了事。

姬胡高兴地对大臣表示："你们看，老百姓再也没有意见了，天下多太平！"

虽然大臣召公一再相劝，说"防民之口，甚于防川"，你这样下去大周朝的天下就完蛋啦！但是姬胡不听。

终于在公元前841年，国人暴动，人民包围了王宫，袭击厉王，他仓皇而逃，于公元前828年在彘（今山西霍县）这个地方死翘翘了。

# 4

历史很明白地告诉统治者，你不让百姓动口，百姓就会动手。一旦动起手来，那就得改朝换代。

所以，不要老是喜欢听好话，坏话有坏话的好处。所谓"良药苦口利于病，忠言逆耳利于行"。

大到一个国家，小到一个公司，多听听下面人的意见，不是坏事情。如果对所有难听的话充耳不闻，那只能自取灭亡。

# 5

我们再次回到《诗经》中来。

《伐檀》直接质问统治者："你们不种庄稼，怎么能收取这么多的粮食啊？"

这句话换个说法就是，庄稼是我们老百姓种的，你们吃着我们的，住着我们的，每天无所事事啥也不干，开宝马、泡二奶、找小三、洗桑拿，难道不亏心吗？

从统治者角度来说，应该有这样的自觉性：我们吃的、住的、穿的、行的，这一切都是纳税人提供给我们的啊，我们每天好歹得多开几次会，多下几次乡吧。

但是这样的自觉性在很多朝代基本上都是开国皇帝的事儿，儿孙们一旦坐在皇帝宝座上，前朝的教训早就忘得一干二净了。

# 6

对老百姓来讲，应该认识到自己的权力，认识到自己其实是主人，其实是有质问统治者的权力的。

所以，我很佩服《伐檀》的作者——一位普通的伐木工人。他意识到了自己的权力。这样的人集中到一起，越来越多，早晚会造反。

# 7

《伐檀》的写作手法是《诗经》中典型的反复吟咏的办法。

"伐檀""伐辐""伐轮"意思都差不多，指为了做车料伐木头。说明这些农民工正在砍木头，为的是准备车料。

"河之干""河之侧""河之漘"都是指河边，"涟漪""直猗""沦猗"都是河水泛着波纹。看样子，这些伐木工人可能要利用水流来运送木头。

"三百廛""三百亿""三百囷"都是指粮食很多。说明这些"不稼不穑"的贵族们获得的粮食还真不少，但是没有一粒是他们自己种的，都是老百姓"锄禾日当午，汗滴禾下土"的结果。

"县（悬）貆"、"县（悬）特"、"县（悬）鹑"都是打来的猎物或者猎物的兽皮。这些猎物或兽皮挂在贵族们的家里倒没什么稀奇，问题是这些家伙根本没有去打猎，这些东西都是从哪儿弄来的啊？当然是老百姓那里。

"素餐""素食""素飧"都是白吃的意思，也就是"彼君子兮，不'白吃'兮"，你们这些君子啊，可真是都不白吃啊！显然是反讽。

所以整首诗的意思已经很明朗了，伐木工人对统治者说：你们不种庄稼，为什么收取这么多粮食？你们不出去打猎，为什么会在自家墙上挂着猎物？你们要用车料，为什么伐木的人是我们？你们都是君子啊，都不白吃啊！

这是老百姓多么严肃的质问！也是统治者多么值得反思的问题啊！

# 8

老百姓的隐忍能力其实是很好的，不到万不得已不会造反，何况那可是在拿生命开玩笑。

但是把他们逼上绝路，他们就会造反，把统治者哄下历史的舞台。

统治者一直致力于管理百姓，实际上管好自己就可以了。

《硕鼠》把贪得无厌的统治者说成是大老鼠，这很形象。你去看看，贪官的肚子是不是很大？是不是嘴脸丑恶？是不是暗中占人民的便宜？是不是一点也不顾念老百姓？

# 9

周代实行的是分封制，天子下面分成诸侯国，诸侯国下面分成大夫，大夫下面是士阶层——都是不用亲自下地劳动的一帮人，属于"劳心者"，属于"治人者"。

因为天下分为好多个国家，所以高级知识分子甚至还有选择的权力，能力足够强则可以在好几个国家当官，春秋战国时期尤其如此。因为每个国家的君王都想当天子，笼络人才很重要。老百姓也有一定选择性，在某个国家混不下去就产生偷渡到别的国家去的想法。

《硕鼠》也许就是一个在魏国混不下去想偷偷跑掉、去别国奔前程的老百姓写的（或许是吟诵，被采风的官员搜集到了）。

为什么要偷偷跑掉啊？因为大老鼠要吃他的粮食，一点都不顾念他。

"硕鼠硕鼠，无食我黍！三岁贯女（汝），莫我肯顾。"

大老鼠啊大老鼠，别再吃我的粮食了，我伺候你多年，你一点儿都不顾念我啊！你这是往死里逼我。

"逝将去女（汝），适彼乐土。乐土乐土，爰得我所。"

我发誓不再伺候你，我要去寻找我的乐土，那里才是我安居的地方。

这首诗仍然使用了反复的手法，"黍""麦""苗"都是粮食，"顾""德""劳"都是顾念、慰劳的意思，"乐土""乐国""乐郊"都是快乐家园。

# 10

这位农民的愿望其实很模糊，标准也很低。因为最后一句："乐郊乐郊，谁之永号？"说明在这位农夫的心中，理想的乐园不过是一个不会因为痛苦而长号的地方。

就像前文所说，老百姓的要求其实很低，隐忍能力极强。

这么好的老百姓，你该知足啦，你不能往死里逼啊！

## 11

那个时代，老百姓是很辛苦的。《诗经》中的另一篇《七月》（豳风）有非常详细的描述。

耕地、播种、收获；采桑、养蚕、织布；打猎、剥皮、做裘衣；掰葵花、敲枣子、摘葫芦；天气变冷了还得修房子、堵窗户缝、填老鼠洞；砍柴、凿冰、服劳役；打场、酿酒、祭祀。

——一年到头有忙不完的活儿，而且劳动成果还得有很大一部分上交国库。

如此辛苦，还耐心伺候着统治者，维持统治者们奢华的生活，却不被顾念，还被欺辱剥削，除了逃到别的地方去还有什么办法？

然而，周代后期和春秋时期，哪个国家的老百姓都不好过，因为政府要打仗，他们种的粮食都贡献给战争了。简直无处可逃。

## 12

不知道这位农夫最后去了哪儿，也可能哪儿都没有去，不过是发发牢骚。然而他的呼声却在人类历史的长河中永远泛着波纹。

老百姓应该做精明的老百姓，他们应该知道自己的权力，也敢于行使自己的权力，敢于发牢骚和提意见，而统治者应该做精明的统治者，敢于听不一样的声音，敢于接受牢骚和意见。

沉默和假装沉默都会导致死亡。

别听专家的，听老百姓的。

## 所谓伊人，在水一方：
## 美女与理想的第一次交织

### 蒹葭 （秦风）

蒹葭（jiān jiā）苍苍，白露为霜。 所谓伊人，在水一方。

溯（sù）洄（huí）从之，道阻且长。溯游从之，宛在水中央。

蒹葭萋萋，白露未晞。 所谓伊人，在水之湄（meí）。

溯洄从之，道阻且跻（jī）。溯游从之，宛在水中坻（chí）。

蒹葭采采，白露未已。 所谓伊人，在水之涘（sì）。

溯洄从之，道阻且右；溯游从之，宛在水中沚（zhǐ）。

# *1*

《诗经》的第一首就是爱情诗歌，写一个小伙子追一位淑女，但是只见男子的相思与追逐，却不知道人家姑娘意下如何，很像是单相思。

《静女》（邶风）则颇有两情相悦的意思：

静女其姝 (shū)，俟 (sì) 我于城隅 (yú)。爱而不见，搔首踟 (chí) 蹰 (chú)。

静女其娈 (luán)，贻 (yí) 我彤 (tóng) 管。彤管有炜 (wěi)，说 (yuè) 怿 (yì) 女 (rǔ) 美。

自牧归 (kuì) 荑 (tí)，洵 (xún) 美且异。匪 (fēi) 女 (rǔ) 之为美，美人之贻。

静女，就是温柔娴雅的姑娘。这首诗歌的作者是一位正在谈恋爱的男子，他追求的女子也很喜欢他，说好有一天在城墙底下等他，但是他去了之后却看不见，于是便抓头弄脑，徘徊起来，走也不是，等也不是，心里直犯嘀咕。

"搔首踟蹰"，"搔首"就是抓耳挠腮，"踟蹰"就是心里犯嘀咕不知道该等还是该离去。

即使现在看来，"搔首"也是非常"萌"的动作，憨态可掬；而"踟蹰"则是心里胡思乱想，琢磨不定的表现。所以不要小看这四个字，用得非常有表现力。

# 2

《静女》写到的第一次约会，姑娘有些调皮，好像故意不出现，来逗小伙子玩儿；而小伙子则老实憨厚，非常可爱。

第二次，姑娘给小伙子送东西了，是一支非常鲜亮的"彤管"。什么是"彤管"，说法不一，有人说是红色的管箫，有人说是带有红色色泽的茅草根部。

我觉得后者说法更有趣。想想看，不送别的东西，送个茅草根子，这小伙子竟然觉得光鲜漂亮，这说明什么？所谓"爱屋及乌"，只能说明喜欢人家姑娘，送什么都觉得好呗。

果不其然，第三次姑娘又给小伙子送东西了，这次送的也不是什么了不起的贵重物品，竟然是"荑"，就是荑草，说白了就是初生的茅草。

茅草本来没啥好看的，可是小伙子却认为"洵美且异"，不但非常美，而且还很特别。

联系上文，第一次送茅草根，第二次送嫩茅草的姑娘其实非常调皮，喜欢开玩笑；而小伙子已经投身爱河，爱屋及乌了，不管姑娘送他什么，他都觉得好看。

最后小伙子还说了实话，"匪女之为美，美人之贻"，并不是茅草根或嫩茅草有啥好看，是因为美人送的，所以才好看啊。

敢于说实话，多实诚的小伙子。

这位小伙子用憨厚可爱征服了美女。从这位美女第一次约见就故意藏起来到先后两次给小伙子送茅草根和嫩茅草，从小伙子"搔首踟蹰"到爱屋"及"乌并"及"了两次来看，这首诗其实写的就是谈恋爱的小青年活泼有趣的"打情骂俏"。

## 3

爱情最终是什么结果，需要两个人决定，终成眷属固然美丽，"打情骂俏"固然"虐狗"，让光棍们心生羡慕，但是诗歌所表现的爱情要比这宽阔和深远得多。

因为爱情是对追求的对象发生的，所以爱情诗在后来发展成为一种模拟爱情的诗歌。也就是说诗人自己其实并不是在写心爱的美女，或者不单纯在写心爱的美女，而是把自己的理想、自己追求的目标假设成美女来写。

写自己忠于爱情，就是写忠于理想、忠于追求；写自己爱情失意，就是写理想无法实现、追求的目标没有办法达到。

## 4

大规模开这个头的是屈原，屈原在《离骚》中写自己追求传说中的美女而不可得，其实就是写自己的政治理想无法实现。

但是，《诗经》中有一篇诗歌已经有这个苗头了，就是这首《蒹葭》。

蒹葭就是芦苇，或者荻之类的植物，与白居易《琵琶行》"浔阳江头夜送客，枫叶荻花秋瑟瑟"中的"荻"是同一类植物，长在水边。

芦苇是一种很普通的植物，但是《蒹葭》这首诗歌却用语言创造出了一种非常美丽的境界。可以说，是茫茫苍青的芦苇为整个诗歌提供了背景，甚至是进入《蒹葭》境界的关键，芦苇在这首诗歌中产生了一种神奇的魔力。

## 5

芦苇的魔力从何而来？

第一，"苍苍""凄凄""采采"，这里还是《诗经》中惯用的反复的手法来写芦苇，但是这三个叠音的形容词赋予了芦苇非常奇特的光影变化。

"苍苍"是芦苇的本色，就是青色，是一种茫茫的青色，有一种朦胧的感觉。

"凄凄"，你要是看一般文学作品选中的注释，解释还是"苍青色"——说了等于没说。实际上，"凄凄"相比"苍苍"，有一种湿润的感觉，茫茫青色的芦苇有了一种沾湿的冰冷的感觉。

"采采"相比"苍苍"，有一种色彩、光影闪烁多变的感觉。

所以，你看看，诗人把芦苇色彩写得多细致。

这里当然不是简单的反复了，而是一种时间和空间都发生变化的动态过程。这恰恰是生命最美最动人的地方。

第二，芦苇的这种光影变化是不是真实可信的？

白露"为霜""未晞""未已"的变化过程，完全可以用来印证上述说法。

"为霜"就是白露刚降，落在芦苇上，一片朦胧青色。

"未晞"就是还没有干，可见太阳快要出来了，但是露还没有干，不过可以想见，这个时候的白露已经在慢慢聚集成小水珠了。

"未已"，白露还没消失，有的小水珠还在芦苇上面，由于轻风微拂，这些小水珠便轻轻滚动，初升的太阳折射的多彩光线使得这些苍青色的芦苇从远处看去不正好就是"采采"吗？

所以，诗歌的语言从来不能停留在字典上和注释中的解释上，你不仔细琢磨，很难理解诗歌语言的特殊魅力。

# *6*

以上两个方面都还不是《蒹葭》要表现的重点，而只是背景。

"所谓伊人，在水一方"。

我们不知道伊人是谁，是女人还是男人，是亲人还是爱人，我们暂且还是习惯性地认为"伊人"就是作者思恋的对象吧。费玉清那首《在水一方》不正是一首写恋爱的歌吗？

可是"在水一方"又是在什么地方呢？还有"在水之湄""在水之涘"，都是说在河水岸边，也没有说明在什么地方，究竟能不能看见？

后文又进一步解释，"溯洄从之"，"道阻且长""道阻且跻""道阻且右"，就是逆流而上去寻找，路途艰难坎坷，不可到达。

那么"溯游从之"，顺流而下呢？则"宛在水中央""宛在水中坻""宛在水中沚"，反正就是在水中的一个地方，具体在哪里看不清楚，而且"宛"就是好像的意思，本身就有猜测的意思。

所以，作者所思恋的"伊人"究竟在什么地方，他自己也不知道，但是他仍然执着地一会儿逆流而上去寻找，一会儿顺流而下去寻求。

最终没有结果，他所看见的"伊人"仿佛是在水中的某个地方，那茫茫的芦苇让这种不确定性变得更加朦胧和混溶。

整首诗歌的意境也因此变得水乳交融。

# 7

那种不确定性的朦胧和追求的不可实现使得思恋之人和被思恋之人产生了一种可望而不可即的距离感。

你可以说那是一种忧伤，也可以说那是一种美丽，你也可以说那是一种美丽的忧伤或者忧伤的美丽。

总之，既然有太多的不确定，那你可以作任何理解。

但是这首诗有两种东西是确定的，一是追求的决心，二是爱和被爱之间的距离。这已经足以让人为之动容了。

上文已经提过，这首诗是屈原《离骚》中把对美女的追求当成对理想的追求来写之前出现的一个苗头，也正因如此，它写的究竟是什么，实在搞不清楚。

　　《蒹葭》，你可以认为是写恋爱的，也可以认为是在写追求理想的。

　　距离产生美，也制造了忧伤，更让人产生了追求的欲望。

## 采薇：

## 古诗中的止战之殇

采薇采薇，薇亦作止。曰归曰归，岁亦莫 (mù) 止。靡室靡家，猃 (xiǎn) 狁 (yǔn) 之故。不遑启居，猃狁之故。

采薇采薇，薇亦柔止。曰归曰归，心亦忧止。忧心烈烈，载饥载渴。我戍未定，靡 (mǐ) 使归聘。

采薇采薇，薇亦刚止。曰归曰归，岁亦阳止。王事靡盬 (gǔ)，不遑启处。忧心孔疚，我行不来！

彼尔维何？维常之华。彼路斯何？君子之车。戎车既驾，四牡业业。岂敢定居？一月三捷。

驾彼四牡，四牡骙 (kuí) 骙。君子所依，小人所腓 (féi)。四牡翼翼，象弭 (mǐ) 鱼服。岂不日戒？猃狁孔棘！

昔我往矣，杨柳依依。今我来思，雨 (yù) 雪霏霏。行道迟迟，载渴载饥。我心伤悲，莫知我哀！

# 1

从西周后期到春秋战国，战争一直是让老百姓最受伤的事情。

在《诗经》中，思妇诗大多是写妇女思念当兵的丈夫的。

《伯兮》中的贵妇尚且不能免于丈夫当兵带来的思念之痛，那《君子于役》中的农家妇女就更不用说了。

王翰的《凉州词》写道："葡萄美酒夜光杯，欲饮琵琶马上催。醉卧沙场君莫笑，古来征战几人回？"

那些饮酒作乐的士兵们，不过是用酒来麻痹自己罢了，因为打仗就是玩儿命，脑袋绑在裤腰上，根本无法预见还能不能活着回家。

所以，比起一般的思念的诗歌来，对戍边的士兵的思念更让人揪心。

# 2

《诗经》时代的战争主要是三类：一是周天子分封的那些国家之间的争霸战争；二是诸侯国内部的战争，造反派与当权派之间的战争；三是外敌入侵的战争，比如针对狄人（也就是后来的猃狁、匈奴）或者西戎的战争。

为了维持战争所需，统治者势必会提高赋税，强征壮丁。

受苦的终究还是老百姓。正如张养浩《山坡羊·潼关怀古》所谓："兴，百姓苦，亡，百姓苦。"

虽然百姓很受伤，但是就外敌入侵而言，保卫家园还是第一位的；因为外敌一旦入侵，统治者很容易把战争的责任都推到敌人身上，而不会归结于自己的无能。

## 3

《无衣》（秦风）是一首秦国的诗歌，当时秦国正逢西戎来犯，于是将领给士兵写了这首战歌（或者是士兵互相鼓舞士气的战歌）。

岂曰无衣？与子同袍。王于兴师，修我戈矛。与子同仇！

岂曰无衣？与子同泽。王于兴师，修我矛戟。与子偕作！

岂曰无衣？与子同裳。王于兴师，修我甲兵。与子偕行！

怎么说我们没有衣服呢，我们同衣同袍（将领要和士兵穿一样的衣服和战袍去打仗，这样很有鼓舞作用），大王就要攻打西戎了，我们一起修好兵器，同仇敌忾，赶跑侵略者！

我们不知道这样一首鼓舞士气的战歌给士兵给了多大的鼓舞，但是这首诗歌读起来铿锵有力，淳朴无华，颇有秦地之风。

## 4

同仇敌忾去御敌，固然需要高涨的士气，但是战后归来，依然难免满目凄凉。

另外一首诗歌《采薇》则是对于戍边士兵回家情景的叙述，让人不禁动容。

"昔我往矣，杨柳依依，今我来思，雨雪霏霏。"

想当初去当兵、离开家乡的时候，与亲人挥手告别，连杨柳也仿佛依依不舍；而今归来，满目苍凉，仿佛雨雪是特意为这物是人非的情景罩上的阴影。

采薇，"薇"就是野豌豆苗，豌豆苗不是什么美味，再说，刚长出来的小嫩芽（"薇亦作止"）还可以尝个新鲜，但是为什么要从柔嫩（"薇亦柔止"）一直采到坚硬（"薇亦刚止"）？

"载饥载渴"在诗歌中出现了两次，算是充分交代了原因——肚子饿得咕咕叫唤，吃粮食奢侈不堪，只能用豆苗充饥啊。

# 5

然而，这位战后回到家乡的士兵对战争的感受又何止"载饥载渴"！

纵观全诗，我们可以把这位士兵对战争的感受和态度分别作一个小小的总结。

首先是感受。

一是"载饥载渴"，又饥又渴，这是最直接的体会，饥饿像一个魔鬼，将他折磨得精疲力竭，所以他"行道迟迟"，走起路来动作缓慢。饿的时候只能采野豌豆苗吃，即使这些野豌豆苗长大变硬，也还是得采。

二是"忧心烈烈"，什么让他如此忧心呢？打完了仗，要回到家了，不是挺高兴的事儿吗？可是让他忧心的正是回家。

猃狁来侵，战事告急，连休息的时间也没有，边疆未定，想给家里人带个消息都办不到，一个月就得好几次和敌人短兵相接——这个时候，回家不过是一个愿望罢了，这岂能不让人忧愁。

战后归来，一路上饿殍遍野，满目凄凉，加上雪花飘飘，又饥又渴，这也让人愁苦不堪啊；家人生死未卜，家乡是不是也被战乱弄得面目全非——这又不得而知，怎么能不伤悲？

全诗的文字就像是在这些忧伤的气氛中游离漂泊的雪花一样，弥漫在我们眼前。

# 6

再来看这位士兵对战争的态度。

不像很多诗歌提到战争时要么消极、要么积极，这首诗歌的作者对战争持有非常复杂的态度。

一是他对战争有非常明确的认识，这是正义之战。

在他看来，导致他们背井离乡、家破人亡的原因是猃狁的侵略："靡室靡家，猃狁之故。不遑启居，猃狁之故。"也正是这样的原因，他一遍又一遍强调自己想回家而不得，想给家人带去问候却苦于没有信使。

正如岑参《逢入京使》所谓"马上相逢无纸笔，凭君传语报平安"。

二是虽然抱怨战争让自己远离家乡，忍饥挨饿，但是他很有责任感。

这位战士叙述了自己军队的情况："彼尔维何？维常之华。彼路斯何？君子之车。戎车既驾，四牡业业。"（"彼尔维何？维常之华"是起兴，只起到引起后文的作用。）"驾彼四牡，四牡骙（kuí）骙。君子所依，小人所腓（féi）。四牡翼翼，象弭（mǐ）鱼服。"

将军驾着战车，威武雄壮，士兵紧随其后，队列整齐，大家都为打击侵略者而战，我又岂能逃脱责任？所以他说"岂敢定居？一月三捷。"又说"岂不日戒？猃狁孔棘！"

# 7

在对战争的痛苦回忆中，这位士兵一路走来，终于快要到家了，拖着饥渴和疲惫的身躯迟缓地行进。

家，就在眼前，可是面对战后的满目凄凉，他该如何猜想家人是否健在、"家"是否还完整这样的问题呢?

答案只能是漫天大雪和无限悲伤。

## 8

那些几千年前的流血漂橹的战争,已经离我们远去,刀枪长矛弓箭也已经进了博物馆,历史仅剩的不过是书面上的那些干涩的文字。

然而,战争却一再重复,近代社会在战争中成长起来,两次世界大战已经足够人们继续反省了,但是一些在政治上谋求势力的好战者仍不断发动局部战争,不管是打着信仰的幌子,还是挂着安全的"羊头",仿佛离开战争他们就没有办法生存,而他们生存却威胁着很多人的生命。

我在想,那些发动战争的政治家和军事家们应该多读读《诗经》,少读《孙子兵法》和《三十六计》。

## 9

《采薇》是《诗经》中跟战争有关的诗歌中最有分量的一篇。后代写战争几乎都是诗经传统的继承和发挥。

"朔气传金柝,寒光照铁衣。"(《木兰诗》)是战时的肃杀。

"醉里挑灯看剑,梦回吹角连营。八百里分麾下炙,五十弦翻塞外声。沙场秋点兵。"(辛弃疾《破阵子·为陈同甫赋壮词以寄之》)是将士的气概。

"人不寐,将军白发征夫泪。"(范仲淹《渔家傲》)是远方的思念。

"国破山河在,城春草木深。"(杜甫《春望》)是战后的凄凉。

"三男邺城戍。一男附书至,二男新战死。"(杜甫《石壕吏》)是生死别离……

岁月蹉跎，时光荏苒，战争给诗歌带来了如此多的题材，也引发了诗人们如此多的感慨。

## *10*

可是，人们一边读着这些或豪迈或凄楚的诗句，似乎已经有些麻木，或者，这些诗句只是大学生的必读教材或者中学生的必背名句？

从《三十六计》到《三国演义》，再到如今书店里畅销的职场法则等等，战争的逻辑被随意地应用到生活的各个角落，不管是为人处事、职场竞争，还是当官、做生意。人们在新的领域不断地寻找战争的计谋和取胜的方法，乐此不疲。

然而，战争没有胜利，冷漠和孤独是战争的延续和结果。

战争正在威胁我们。

最后，用周杰伦的《止战之殇》（方文山作词）中的几句歌词结尾好了：

"光　轻如纸张　光　散落地方

光　在掌声渐息中他慌忙

他在传唱　不堪的伤

脚本在台上　演出最后一场"

# 我们从何而来：
# 那个被扔好几遍的孩子就是先人吗？

## 生民 （大雅）

厥初生民，时维姜嫄。生民如何，克禋（yīn）克祀，以弗无子。履帝武敏，歆（xīn）攸介攸止。载震载夙，载生载育，时维后稷。

诞弥厥月，先生如达。不坼不副，无菑（zāi）无害。以赫厥灵，上帝不宁。不康禋祀，居然生子。

诞寘（zhì）之隘巷，牛羊腓（féi）字之。诞寘之平林，会伐平林。诞寘之寒冰，鸟覆翼之。鸟乃去矣，后稷呱矣。实覃实訏（xū），厥声载路。

诞实匍匐，克岐克嶷（yí），以就口食。蓺（yì）之荏菽，荏菽旆旆（pèi pèi）。禾役穟穟，麻麦幪幪（méng méng），瓜瓞（dié）唪唪（fěng fěng）。

诞后稷之穑，有相之道。茀厥丰草，种之黄茂。实方实苞，实种实褎（xiù），实发实秀，实坚实好，实颖实栗。即有邰（tái）家室。

诞降嘉种，维秬（jù）维秠（pǐ），维穈维芑（qǐ）。恒之秬秠，是获是亩。恒之穈芑，是任是负。以归肇祀。

诞我祀如何，或舂或揄，或簸或蹂。释之叟叟，烝之浮浮。载谋载惟，取萧祭脂，取羝以軷（bó）。载燔（fán）载烈，以兴嗣岁。

卬盛于豆，于豆于登。其香始升，上帝居歆。胡臭（xiù）亶（dǎn）时，后稷肇祀。庶无罪悔，以迄于今。

# 1

每个人大概都要问：我是从哪儿来的？

每个民族也要问这个问题：我们是从哪儿来的？

一个民族的追根溯源常常集部分真实和部分"瞎编"为一体，让人们既因祖先的神奇而产生崇拜，也让人们为出生在这样一个民族而感到骄傲。

古代的神话和传说现在看起来好像是瞎编乱造，其实古人绝大部分是信以为真的。尤其是结绳记事和摆石子儿记事的时代，神话和传说对他们来说都是真事儿。

神话和传说比较复杂，用绳子和石子儿没办法记啊，而且既然关系到祖先，这些神话和传说应该流传，所以口耳相传就成了最佳方式，而且这些故事在口耳相传的过程中还进行了深加工，细节丰富，朗朗上口。

# 2

口耳相传，最好的形式莫过于诗歌。

诗歌有韵律，有节奏，朗朗上口，好记好背，而且对有音乐天分的人还可以谱曲吟唱，很多记不住的东西一唱起来就容易记住了。

有一个节目叫《我爱记歌词》，但是没有叫《我爱背课文》的节目。

这就是唱歌的优势——它让你通过旋律来记住东西。

## 3

诗歌在帮助人们讲祖先故事上既有优势，也确实起到了很强悍的作用。

所以，世界上才有了《荷马史诗》，才有了《格萨尔王传》，才有了《诗经》中这首《生民》，以及《公刘》《皇矣》《文王》《大明》等。它们都是关于祖先的追认。

这种追认最初据说是为了加强民族内部人们之间的关系，加强凝聚力。

但是，奇怪的是《盘古开天辟地》《女娲造人》等几个关于人类起源的神话故事却都不是以诗歌的方式流传下来的。

这是为什么呢？我猜想，这些故事大概都是后人根据自己的逻辑编撰的。如果是先人要给后人讲故事，应该是诗歌才对。

## 4

《盘古开天辟地》最早见于三国时徐整著的《三五历纪》，《女娲造人》见于东汉泰山太守应劭写的《风俗通》，都是三国两汉的人编出来的故事。

即便这两个故事是民间有传说，那也不大可能是氏族社会传下来的吧？根本没有更早的文献资料。

《盘古开天辟地》，说天地一开始像鸡蛋，盘古待在里面很黑很寂寞，然后拿斧头就把鸡蛋给劈开了，然后天地分离，他自己变成了世界万物。

这个神话故事是解释天地产生问题的，可能是有一个人看见鸡蛋想出来的。盘古手中的斧头从哪儿来？那还不得等到鲁班出来造啊？

《女娲造人》说的是盘古开了天地之后，世界上没有人类，特别孤独，女娲就捏泥娃娃造了人。后来女娲嫌累，就不捏泥娃娃，直接拿一枝藤条蘸了泥水一抡就OK了，泥点儿都变成了活人。

以前的泥娃娃的后代后来成了上流社会的富人，以前的泥点儿的后代就变成了吃苦受罪的穷人。这个关于人类起源的神话故事顺便也解释了贫富差距现象。

还有一个神话故事解释中国的地理特征——东低西高，东边多水西边多旱，故事叫《共工怒触不周山》。

共工是一个脾气暴躁和野心很大的半人半神，和另外一个半人半神叫"颛顼"的争着当天下主宰，于是闹得不可开交。共工不小心撞塌了不周山，结果天柱折了，导致"天倾西北，故日月星辰移焉；地不满东南，故水潦尘埃归焉。"

这个故事从《淮南子·天文训》而来，而这本书是西汉淮南王刘安组织文人编写的。

所以，你看看，这些神话故事多么荒诞！相比之下，那些用诗歌形式流传下来的故事虽然也有神化的痕迹，但是却相对可信一些。

# 5

我们把后人追认先代的文字总结一下，可以分成两类：一类是诗歌形式流传下来的祖先故事；一类是后人编撰以记叙的方式解释现实世界或古代世界的神话。

无疑，《生民》属于前者。

《生民》的主人公是后稷，"后稷"是荣誉称号，他的名字其实叫"弃"，就是被老妈丢掉过的意思。

后稷的母亲叫姜嫄，是陕西省武功县人，原为炎帝后代有邰氏的女儿，后来成为黄帝曾孙帝喾的元妃。

但是后稷却不是姜嫄和她的丈夫帝喾生的，而是她和上帝生的。所以很多人觉得姜嫄和丈夫帝喾没有什么关系，说姜嫄是帝喾的妃子完全是瞎编。

姜嫄很重视祭祀，而且非常真诚，每逢祭祀必然祈祷，希望能生儿子。结果，她把上帝感动了。

有一天姜嫄出门踩到了上帝的脚印的大脚趾上，上帝一看机会来了，就借姜嫄的肚子种下了自己的儿子。

姜嫄感到肚子有动静，非常重视，果然，十月怀胎，产下儿子。

生孩子的过程顺利得有点不同寻常，这都是姜嫄的真诚和上帝的保佑换来的，但是姜嫄却不这么想。

生下孩子之后，姜嫄越想越觉得有问题：第一，她不是和男人"啪啪"之后才怀孕，而是踩了一个大脚印怀孕的，这有可能是不祥之兆；第二，她生下孩子的过程太过顺利，加剧了她的不安。

## *6*

姜嫄打算把孩子扔掉，但是扔了三次都没有成功。

第一次，姜嫄把孩子扔到了一个小巷子里。

这个小巷子是牛羊晚上归来要走的必经之路，牛羊走路熙熙攘攘不长眼睛，这孩子扔到这儿，那肯定没命的啊。可是，这些畜生们看到后稷却故意绕开了走，结果后稷安然无事。姜嫄一看，孩子没事儿，只能再想办法。

第二次，姜嫄把孩子扔到了一个小树林里，刚扔下，就有人去砍树，结果，后稷又安然无恙。

姜嫄还不死心，扔了第三次。第三次她把孩子扔到寒冰上面，大冷的冬天，肯定冻死啊。然而，刚扔到冰上，飞来一些大鸟，用翅膀盖住后稷给他取暖，后稷又活了下来。

后来那些大鸟飞走了，后稷就呱呱大哭。这孩子嗓门特别大，哭声传到了大街小巷。

姜嫄实在没有办法，心想，这孩子扔了好几次都好好的，莫不是上天的意思？干脆，不详就不详吧，养活下来再说。

姜嫄给这个孩子起了个名字，叫"弃"，就是丢弃的意思。

# 7

后稷就是后稷，总有一些与众不同的地方。

别的孩子小时候不分能吃不能吃，见到啥吃啥，有的小孩儿甚至吃自己的大便。但是后稷就不同了，他刚会爬的时候就已经能辨识食物了，而且自己去找能吃的东西吃。

长大之后的后稷非常喜欢种地。他啥都种，粮食、瓜果、蔬菜，种啥啥丰收。

"蓺之荏菽，荏菽旆旆。禾役穟穟，麻麦幪幪，瓜瓞唪唪。"

他种大豆，大豆长得非常茂盛，种水稻，水稻那穗子沉甸甸的，种麻，麻也长势不错，种点小甜瓜，结得多，而且又脆又甜。

为什么后稷种啥啥好呢？因为他能够掌握技巧。

他种粮食，善于观察，该除草的时候就除草，该浇水的时候就浇水。粮食从种下去到发芽，从发芽到长大，从开花到结果，再到果实累累喜获丰收，他能够掌握这其中的规律。

# 8

后稷种粮食的能力让他名声大振，连当时的最高统治者尧都知道了他。

尧很看重后稷，所以就给他分了一块地方，叫邰（tái）。从此以后，后稷就在这里安家落户，家族逐步兴盛起来。

后稷是种地起家的，也是种地兴家的。分封之后，他更加重视种地。

他培养了秬、秠、穈、芑等好的粮食品种，这些品种产量很高，后稷就用亩来计算产量，然后再和家人把粮食背回家。

# 9

后稷作为周始祖，对周的贡献不光是农业生产，他还进一步完善了祭祀活动。准确来说是祭天。

别小看祭天，祭天是古人对大自然尊重的表现，感谢大自然给自己带来这么多收获。

不像现在的人，有点成绩就以为是自己努力的结果，房子、车都有了还要买私人飞机，以为这些都是钱买的，不知道这些东西其实是取自于大自然，再有钱你还得吃粮食啊。

城市里的人一过中秋节就知道吃月饼吃水果，在农村则保留了祭天祭月的习惯。中秋节丰收了，不能光自己吃，还得感谢老天爷，感谢月亮，大家一起吃。

古人认为"国之大事，在祀与戎"，对一个国家来说，有两件事情很重要，那就是祭祀和打仗。你看周幽王，为美人褒姒一笑，烽火戏诸侯，视打仗为儿戏，最后是什么下场？

祭祀还排在打仗之前，可见祭祀有多重要。

# 10

后稷在种地方面天分很高，但是收获了粮食之后并不归功于自己的努力，他认为这些都是大家一起努力和老天保佑的结果。

祭祀的时候，后稷先让人把谷脱糠，然后又用簸箕扬去米皮，反复揉搓，后又用水淘干净，这才下锅来蒸。

同时再烧点香蒿、牛羊脂等来改善上帝的用餐环境。

祭祀品光有粮食还不够，还要上烤全羊。羊不是普通的羊，是羝羊，就是长着两个大大的、弯曲的羊角的那种羊。烤的时候还要掌握好火候，使羊肉鲜美。

对了，还得有下饭的菜和酱料啊。所以，后稷叫人把菜和酱料盛在一种叫"豆"、形状也像"豆"字的容器里摆在祭桌上。

香味飘逸，老天爷开始享受美餐啦。

祭祀的目的是希望上天保佑来年的丰收和社会的和谐。

周人追溯先祖的时候，认为后稷发明和改进的这一套祭祀方式还是很有效果的：从后稷一直到这首诗歌写出来为止，周的百姓一直没有什么大的罪过，老天很照顾，社会很和谐。

# 11

历史总是不让当事人看到身后事。

周代自平王东迁之后一日不如一日。春秋战国更是礼崩乐坏、战火连绵。为什么？因为大家越来越觉得自己有点收获都是靠自己的努力得来的，而越来越不认为是上天赐予的，祭天已经不那么重要了，仗可以随时随地去打。

越是太看重自己的努力和成绩，就越忽略赠予的重要，就越猖狂地以为啥都是自己挣来的，其实想想看，这一切都归于大自然。

付出劳动得到收获，这没有错，但是得有感恩之心。

感恩之心并不是到年底给员工发很少的奖金而发动大家一起做着手语唱《感恩的心》，而是发自内心地将自然与他人放在比自己重要的位置上。

越是重视战争的人越不会去发动战争，因为他知道战争会带来什么灾难。

这也许就是"国之大事，在祀与戎"的意义所在吧。

每次读《生民》，我就忍不住多想，觉得周的先祖确实伟大，而读《盘古开天辟地》和《女娲造人》总觉得有点荒唐，总忍不住认为这是杜撰的。

两者比较，确实《生民》这样的诗歌更有意思，而《盘古开天辟地》和《女娲造人》却会越读越荒诞。

# 此生做人不风骚，只缘没有读《离骚》

## 离骚（节选并翻译）

女婴之婵媛兮，　　　　　　姐姐对我遭遇十分关切，

申申其詈（lì）予。　　　　她曾经一再地向我告诫。

曰："鲧婞直以亡身兮，　　　她说："鲧太刚直不顾性命，

终然夭乎羽之野。　　　　　　结果被杀死在羽山荒野。

汝何博謇而好修兮，　　　　　你何忠言无忌爱好修饰，

纷独有此姱节。　　　　　　　还独有很多美好的节操。

薋（zī）菉葹以盈室兮，　　　满屋堆着都是普通花草，

判独离而不服。　　　　　　　你却与众不同不肯佩戴。

众不可户说兮，　　　　　　　众人无法挨家挨户说明，

孰云察余之中情。　　　　　　谁会来详察我们的本心。

世并举而好朋兮，　　　　　　世上的人都爱成群结伙，

夫何茕独而不予听?"　　　　　为何对我的话总是不听?"

依前圣以节中兮，　　　　　　我以先圣行为节制性情，

喟凭心而历兹。　　　　　　　愤懑心情至今不能平静。

79

济沅湘以南征兮，　　　　　渡过沅水湘水向南走去，

就重华而陈词：　　　　　　我要对虞舜把道理讲清：

启《九辩》与《九歌》兮，　夏启偷得《九辩》和《九歌》啊，

夏康娱以自纵。　　　　　　他寻欢作乐而放纵忘情。

不顾难以图后兮，　　　　　不考虑将来看不到危难，

五子用失乎家巷。　　　　　因此武观得以酿成内乱。

羿淫游以佚畋（tián）兮，　后羿爱好田猎溺于游乐，

又好射夫封狐。　　　　　　对射杀大狐狸特别喜欢。

固乱流其鲜终兮，　　　　　本来淫乱之徒无好结果，

浞又贪夫厥家。　　　　　　寒浞杀羿把他妻子霸占。

浇身被服强圉兮，　　　　　寒浇自恃有强大的力气，

纵欲而不忍。　　　　　　　放纵情欲不肯节制自己。

日康娱而自忘兮，　　　　　天天寻欢作乐忘掉自身，

厥首用夫颠陨。　　　　　　因此他的脑袋终于落地。

夏桀之常违兮，　　　　　　夏桀行为总是违背常理，

乃遂焉而逢殃。　　　　　　结果灾殃也就难以躲避。

后辛之菹醢（hǎi）兮，　　纣王把忠良剁成肉酱啊，

殷宗用而不长。　　　　　　殷朝天下因此不能久长。

汤禹俨而祗敬兮，　　　　　商汤夏禹态度严肃恭敬，

周论道而莫差。　　　　　　正确讲究道理还有文王。

举贤而授能兮，　　　　　　他们都能选拔贤者能人，

循绳墨而不颇。　　　　　　遵循一定准则不会走样。

皇天无私阿兮，　　　　　　上天对一切都公正无私，

览民德焉错辅。　　　　　见有德的人就给予扶持。

夫维圣哲以茂行兮，　　　只有古代圣王德行高尚，

苟得用此下土。　　　　　才能够享有天下的土地。

瞻前而顾后兮，　　　　　回顾过去啊把未来瞻望，

相观民之计极。　　　　　观察做人根本打算怎样。

夫孰非义而可用兮，　　　哪位国君不义而能统治天下？

孰非善而可服？　　　　　哪位国君不善而能使人归顺？

阽余身而危死兮，　　　　我虽然面临死亡的危险，

览余初其犹未悔。　　　　毫不后悔自己当初志向。

不量凿而正枘兮，　　　　不度量凿眼就削正榫头，

固前修以菹醢。　　　　　前代的贤人正因此遭殃。

曾歔欷余郁邑兮，　　　　我泣声不绝啊烦恼悲伤，

哀朕时之不当。　　　　　哀叹自己未逢美好时光。

揽茹蕙以掩涕兮，　　　　拿着柔软惠草揩抹眼泪，

沾余襟之浪浪。　　　　　热泪滚滚沾湿我的衣裳。

# 1

"风骚"是一个功能很多的词。

现在说某个女人很"风骚",不见得是贬损,大概是说很性感,而且有点卖弄风情的意思。

毛泽东《沁园春·雪》"秦皇汉武,略输文采;唐宗宋祖,稍逊风骚"中的"风骚"一词则是文采的意思。

范仲淹在《岳阳楼记》中说"迁客骚人","骚人"的意思就是文人。

说女人"风骚"和说文人"风骚"还是有一些共同点的,他们都很风流嘛,而且有时候都是靠出卖风流顺便骚一把。

# 2

"风骚"最初是从《诗经》和《离骚》而来,《诗经》最主要的内容就是"国风",用"风"借代来指《诗经》,再从《离骚》中取出一个"骚"字来代替《离骚》,两个字组合就成了"离骚",其实就是指《诗经》和《离骚》。

《诗经》和《离骚》可是非常了不起的,春秋战国,孔子编订了《诗经》,《诗经》广泛搜罗和整理出的作品基本代表了当时北方文学的最高水准;而《离骚》是屈原和南方楚文化最经典和最具有代表性的作品,也代表了最高水准,乃至形成了一种文体,叫"骚体"。

所以，按照最初的意思，说某人"风骚"，那可是非常高的评价。

## 3

骚体和《诗经》体的区别非常明显。

诗经大部分是四言，四个字一句，赋比兴兼用，喜欢反复咏叹，一咏三叹，回环往复。

骚体则每句字数不定，很重节奏，一句话中间用"兮"作停顿，抑扬顿挫，喜欢铺成，也就是"赋"的手法，一写起来好不容易才能煞尾。

屈原的《离骚》是骚体的代表作品，骚体流行起来之后引来了南方作家宋玉等人仿效，在北方活动的荀卿也写起了赋，但是荀卿不用"兮"这种南方的感叹词。甚至到了汉代，还有一批作家借着宋玉等人的名字写仿制品。

## 4

汉代"赋"发展成熟，成了"大赋"。

实际上，汉代的人很喜欢挥"字"如土般的"铺张浪费"。

据说汉代的大儒解释《经》（"四书五经"）中的一个字就能说出几十万字的话出来，字数等于曹雪芹写了一辈子"披阅十载、增删五次"的《红楼梦》。

赋已经够大了，大赋则更大，极尽铺张之能事。像司马相如的《上林赋》《子虚赋》和枚乘的《七发》等都是汉大赋的经典作品。后期的张衡才独辟蹊径，写起了《归田赋》这样的小清新，开了魏晋小赋和田园诗歌之先河（陶渊明《归田园居》多么像《归田赋》）。

"赋"的形式和功能基本在宋玉的时候就固定了，形式就是一问一答，功能就是暗含讽谏。

一问一答当然是春秋诸子百家写散文的习惯之一，讽谏则明明就是孔子编订《诗经》的目标。而这些在屈原的《离骚》中已经同时具备，而宋玉时期进一步发展。

## 5

宋玉的《风赋》，写楚襄王和宋玉的问答。

有一天，楚襄王和宋玉等人在兰台宫游玩，忽然刮来一阵大风，楚襄王感觉很爽，并说："这风是我与普通人都能共享的吧？"

宋玉乘机说："这是大王的风，一般人岂能和大王一样享受啊？"

楚襄王问原因，宋玉就铺陈王室宫殿的豪华与奢侈，与穷人小巷子灰尘飞扬的环境进行比较，得出结论说大王的是雄风，普通人的是雌风。

文章戛然而止，讽谏的意思暗含其中：你看，你多享受，而老百姓多遭罪啊！

## 6

还有一篇据说是宋玉作品的《对楚王问》更为著名。

有一天楚王问宋玉："你的品行是不是不怎么样啊？为什么有很多士民议论你的不是呢？"

宋玉回答："是啊，有的。希望您宽恕我的罪过，允许我细细讲来。"

然后，宋玉就开始铺陈和讲道理。

他说："你看，有人唱《下里》《巴人》，附和的人有数千人；有人唱《阳阿》《薤露》，附和的有数百人；有人唱《阳春》《白雪》，附和的不过数十人。照此推理，更高深的歌曲附和的人可能就只有几个罢了。所以这是曲高和寡啊。"

讲完这个道理，他又讲凤凰和小鸟的区别，凤凰飞得多高啊，你不能和小鸟商量飞上天空的大事儿嘛；这就像你和鱼塘里的小鱼讨论大海里的鲲做的事情。不光是鸟中有凤凰，鱼里边儿有鲲，人也有超然独处的圣人嘛。

道理讲完文章戛然而止。意思再明显不过了：我是曲高和寡的圣人！

但是作者不说出来，讽谏的意思是暗含在里面的，而不是赤裸裸说出来的。

这篇文章之所以著名是因为它创造了好几个成语：阳春白雪、下里巴人、曲高和寡。文章本身把问答、寓言、赋、讽谏很好地结合在了一起，为汉赋的创作提供了一定的模板。

# 7

一种文体的形成得具备三个基本条件：一是文学的交融；二是作家的交流；三是某一特点夸大并固定。

"骚体"满足了这三个条件：空间上，是南北交流；时间上，前后相承；特点上，相对固定。

屈原写了《离骚》，意义多大可以想见。谈古代诗歌不谈《离骚》，那就别谈了。

读《离骚》可没有读《诗经》那么容易。

屈原词汇量非常丰富，典故也装了一脑袋，更要命的是这个人是个浪漫主义者，想起事儿来大张旗鼓，漫天乱飞，大有一发不可收拾之势。想要抓住重点可没那么容易。

再说，楚文化很有地域特点，没有《诗经》那么容易普及。

# 8

《离骚》一诗大致是两个方面：一是自我介绍，包括出生、人品、待遇等；二是自己寻求生存之路的过程，包括别人如何劝他适应社会，如何追求美女，如何算卦，如何打算远游而最终离不开楚国等。

先作自我介绍，说自己是高阳氏（传说中的颛顼帝）的后裔，寅年寅月寅日出生，父亲（"皇考"，也有人说是祖父的意思）叫伯庸。主人公自己的名叫正则，字叫灵均。

实际上，我们所知道的屈原，名平，字原。于是乎，有的学者对"平"和"正则"的关系以及"原"和"灵均"的关系作了非同寻常的考证。但是既然整个《离骚》是一部诗歌，是虚构的文学作品，上天入地，佩戴芳草，追求传说中的美人，那么杜撰一个高洁的主人公也未尝不可。所以何必要这样考证？

所以，屈原的这个自我介绍只是说自己出生的时间从迷信上讲非常不错，血统也很高贵，但并不一定就是他的实际出生日期和实际姓名。

# 9

屈原出生于楚国贵族家庭，和楚王一样，芈（mǐ）姓。芈姓族群从商代迁徙至南方楚地，当传到熊绎时，因功受周封于楚，遂居丹阳（也就是现在湖北省秭归县境内）。

这样看来，屈原的家族确实是王室。他有理由说自己血统高贵。

可能正是这个原因，他和许穆夫人态度一样，把国家的江山看作是他们家的，所以一旦统治者失去江山，他才会显得如此悲痛。但是统治者可不这么看。

司马迁《史记》说屈原是"博闻强志""娴于辞令"。

屈原二十多岁就做了楚怀王的左徒。左徒比令尹低一级，但是他对内和楚王讨论国家大事，发布号令，对外接待宾客，应付诸侯，是一个很强势的官员，官做到三闾大夫。楚王很信任他，不但让他草拟法令，还让他出使齐国，联齐抗秦。

所以屈原当时年纪轻轻就当上了国务院办公室主任和外交部部长，是很了不得的。

然而，好景不长。楚怀王的宠妃郑袖、儿子子兰和上官大夫靳尚联合起来对付屈原，再加上张仪等政客从中活动，使得屈原从此没有了好日子过，他以前做的好事儿经坏人一说都变成了坏事儿，被放逐到汉水上游。

后来楚怀王在政治上吃了亏，要复用屈原，但是没过多久楚怀王又想占政治上的便宜，而屈原不识时务地劝阻，导致下场只能是再次流放。

楚怀王三十年，屈原回到郢都，此时正逢秦王约楚怀王武关相会，怀王遂被秦扣留，最终客死秦国。

顷襄王即位后继续实施投降政策，屈原反对，所以再次被逐出郢都，流放江南，辗转流离于沅、湘二水之间。

顷襄王二十一年（前278年），秦将白起攻破郢都，屈原悲愤万分，遂自沉汨罗江。

所以屈原的政治生涯是很曲折的，而且最终以悲剧收场。

老百姓很可怜屈原，就将原来的端午节——一个驱除瘟疫的日子用来附会纪念屈原（吴国人则把这天用来纪念忠臣伍子胥）。

# 10

以上介绍的屈原的生死历程在《离骚》里是没有的。

屈原在诗歌中介绍主人公时用第一人称。他把重点放在了夸赞品质上面。

他说自己"有此内美兮，又重之以修能"，就是内外兼修的意思。但是春秋代序、岁月蹉跎，他年纪又大了，他很担心会来不及改变现状。他坚持以前代圣人为榜样，但是小人谄媚让他这个老实人吃了亏。他只好对着老天发誓："指九天以为正兮，夫唯灵修之故也。"意思是说这一切都是为了大王的统治啊，但是大王不领情，性情多变，一不小心就要被小人蒙蔽而流放我啊！

屈原的这个自我介绍是非常得罪人的。第一，他说自己是为了国家，而君王周围都是小人，说自己培养的芳草都变成了杂草、臭草；第二，他说自己是遵循了前代圣人的品质，而世俗根本不能理解他。最重要的是他固执地认为自己要坚持标准，死而后已。

这种倔强的性格可以说是造成他最终投江自尽的最重要原因。

# 11

屈原开始寻找生存之路。生存，不光是吃饱穿暖，不光是找个地方安放自己的身体，还要找个地方安放自己的灵魂。

屈原很固执，反复说自己"好修以为常"，坚持品质的高洁，宁死不变。

这个时候，一个叫女嬃的女人来劝说他改变以适应社会。

女嬃是谁？有人说是屈原的妹妹或姐姐，有人说是侍妾。

女嬃劝屈原（这里说的"屈原"是《离骚》的主人公，而不是现实中的屈原）说，你看大禹的父亲鲧，刚直不阿，最后还不是给处死了？做人应该灵活一点嘛，你那么高洁干啥？

屈原不听劝告，并举例说明凡是像周文王、武王那样遵循前代圣人的高贵品质、克己守法的都能治理好天下；凡是像夏桀、商纣那样的糊涂蛋荒淫无度都没有好下场。

坚持这两个"凡是"的屈原瞻前顾后一番，还是决定坚持品质，还是那句话：死也不后悔。说着说着，他还拾起挂在身上的香草链子擦了擦眼泪。

# 12

据《史记》记载，确实有人劝过屈原，但是这个劝说屈原的人是一位渔夫。

屈原流放时乘船，形如枯槁。

渔夫见屈原眼熟，问，你就是那位三闾大夫吧，怎么成这个样子了？

屈原说："举世混浊而我独清，众人皆醉而我独醒，是以见放。"

渔父说："圣人能够与世推移，举世皆浊，你何不随波逐流？众人都喝醉了，你也跟着吃酒糟嘛！何必握着块玉就不肯放手呢？"

屈原说："吾闻之，新沐者必弹冠，新浴者必振衣。人又谁能以身之察察，受物之汶汶者乎？宁赴常流而葬乎江鱼腹中耳。又安能以皓皓之白，而蒙世之温蠖乎？"总之，是不肯听劝。

这段与渔夫的对话竟然成了屈原留给世人的遗言。

说完这段话，屈原就抱着石头投江自尽了。

# 13

"路漫漫其修远兮，吾将上下而求索。"

这句《离骚》中的名句不知道感染了多少固执而坚持品质的后人。

在《离骚》中，屈原把自己追求的目标表现为美女。

他追求的美女是谁呢？有伏羲氏的女儿宓（伏）妃、有嫁给帝喾的简狄、有被夏朝少康在一个叫有虞的地方娶的姓姚的两位美女。

这些美女都有一个共同特点，那就是：都只是传说。

所以他的这种追求注定要失败，而他把原因归结为"理弱而媒拙"，而且感叹世界浑浊不堪。

# 14

追求美女不成功之后，屈原让灵氛给他算卦。

灵氛算卦说，天下何处无芳草，何必单恋那几枝花？你可以换个地方，不一定要坚持留在黑白颠倒、美丑不分的地方嘛！

屈原想听从灵氛的说法，但是又"犹豫而狐疑"。后来又仔细想想，终于想通了，于是打算选择吉日"周流观乎上下"，到处看看。

# 15

当屈原真的腾云驾雾要离去的时候，又一次看到了楚国那可爱的家乡。

他终于还是不忍离开。

最后，也就是《离骚》的"乱曰"部分，主人公做了总结。

国家没有人了解我，我何必这么耿耿不忘故都呢？既然没有人和我一起为了"美政"（作者的政治理想）而奋斗，我还是到彭咸那里去吧。

彭咸，是殷朝的贤臣，向最高统治者进谏没有被采纳，最终投河自尽——这可以说是作者对自己命运的一个预言。

# 16

《离骚》的情节并不复杂，只是语言非常复杂。取材博古及今，文采斐然绚丽，想象飞逸随性，要真的读一遍也不容易。

哪怕通读一遍，主人公的性格也能看出来：倔强得要死。

我们可以来讨论一下，如果一个人的品质是非常好的，那么他该不该如此倔强？

屈原的品质是没的说的。

首先，他忠君，在那个时代这是非常贵重的品质。他本来可以像张仪、苏秦等政客一样往来于国家之间，发挥自己的才能顺便捞点好处，但是他没有。

其次，他有理想，他的理想是"美政"，只是楚国没有合适的君主去实行他的美政。

第三，他有文化，屈原不但写了离骚，还写了《九歌》《九章》等作品，见博识广，而且是文艺青年中真的对文艺很在行的青年。

那么，屈原的做法是不是合适？

首先，他写离骚，把小人骂了个痛快，小人具体是谁，离骚中没有说，《史记》中说就是子兰、靳尚等人。骂人骂一堆，很容易造成范围太广，容易引起别人不快。

其次，他投江，投江之前和渔夫有一些辩论，但是投江是不是有点儿懦弱？

话说回来，要不是他投江，恐怕他的影响不会像现在这样大，因为我国老百姓和文人都喜欢失败的孤胆英雄，项羽、关羽、诸葛亮等。

我个人认为不应该鼓励死亡，应该把死亡看作是个人行为，不应该觉得女人守不住节操就该死，英雄活下来就不光荣；不能总是等人死了才追封荣誉称号号召大家学习。

普通人的死，最多上升到火化炉的高度；大学生的死，往往要上升到心理学的高度；而诗人的死，大家喜欢上升到哲学高度。

在我看来，屈原之所以死，是因为他自己觉得活不下去了，如此而已。

# 17

从屈原写的《离骚》来看，他还是一个浪漫的人。

浪漫，就是有点理想化，有点情绪化。这一点被后来的诗人发扬光大。

陶渊明"不为五斗米折腰"，"久在樊笼里，复得返自然"。

李白"安能摧眉折腰事权贵，使我不得开心颜"。

苏轼"一蓑烟雨任平生"。

虽然这些诗人面对理想的挫败采取了不同的方式继续生活，但是这种有点理想化、有点情绪化的特点是一致的。所以，他们都是浪漫主义诗人。

屈原在政治上终究还是没有什么作为，也没有留下关于他的"美政"更详细的论著，他在政治上的影响和他在文学上的影响相比简直是微乎其微、微不足道。

# 18

上文对于屈原在文学上的作为已经交代，总结起来，一是对《楚辞》和汉赋的影响，二是对后代诗人创作风格的影响，三是通过"香草美人"将象征、隐喻发扬光大。

我初次读《离骚》是在上中学的时候，是郭沫若译本，配有插图。

当时的感受是屈原太倔强、太浪漫。后来多次阅读不过是加深了这种感受。

现在想来，那些在现实中太倔强、太浪漫的人如果品质非常优秀，不是也应该有一条活路吗？

# 民歌：
# 白雪虽可贵，巴人也很高

## 战城南 （乐府民歌）

战城南，死郭北，野死不葬乌可食。

为我谓乌：且为客豪！

野死谅不葬，腐肉安能去子逃？

水深激激，蒲苇冥冥；

枭骑战斗死，驽马徘徊鸣。

梁筑室，何以南？何以北？

禾黍不获君何食？愿为忠臣安可得？

思子良臣，良臣诚可思：

朝行出攻，暮不夜归！

# 1

宋代有一个人，叫郭茂倩（1041年—1099年），字德粲，郓（yùn）州须城（今山东东平）人，他在官场和文坛上基本属于路人甲、路人乙之类默默无闻的人。

然而，郭茂倩干了一件对音乐和文学都非常有意义的事情，那就是编了一部《乐府诗集》。

乐府，据说秦代就已经有了，汉武帝的时候乐府不论从规模上还是功能上都大大扩充。

就职能来说，乐府负责两个方面的事情：一是组织文人和音乐家给朝廷写歌，二是搜集整理民间音乐和诗歌，也就是延续采风传统。

政府因为要搞外交接待，要搞宴会，还要搞祭祀活动，用歌曲的地方比较多，所以就成立了这么一个部门专门搞歌曲制作和整理。

本来只是考虑统治的实际问题，但是却一不小心促进了音乐的传承和诗歌的发展。

《乐府诗集》的分类非常细致，按照曲调把乐府诗分为十二类，包括郊庙歌辞、燕射歌辞、鼓吹曲辞、横吹曲辞、相和歌辞、清商曲辞、舞曲歌辞、琴曲歌辞、杂曲歌辞、近代曲辞、杂歌谣辞和新乐府辞，大类下面又分若干小类。这是对乐曲整理的贡献。

更重要的是它记下了很多非常有意思的民歌。

## 2

民歌就是民间歌谣，基本上就是老百姓口头传唱的歌曲，后来经乐府的工作人员加工了一下，但是民间特点仍然非常明显。

拿描写战争的诗歌来说，《诗经》和《楚辞》中都不乏篇章，但是看不出来民歌的特点。

《诗经》中有《无衣》这样的战歌，可能是将军组织人写给士兵鼓舞士气用的，《黍离》是写东周的大夫纪念已经颓塌的旧王朝的，《伯兮》是写贵妇人思念她在国王仪仗队工作的丈夫的，《卷耳》也是贵族妇女思念当兵丈夫的作品，像《君子于役》那样反应老百姓情绪的作品还比较少。

《楚辞》里边屈原的《国殇》是给死去的将士写的悼亡歌曲，战场上的激烈场面和将士的英勇成为重点，"身既死兮神以灵，子魂魄兮为鬼雄"，像是国家对阵亡战士的悼念。

实际上，老百姓恨透了战争，也恨透了发动战争的政府。

民歌是老百姓想说、想唱的内容。

## 3

比如这首《战城南》。

一开始就揭发战争的罪状：战争过后到处都是死人，你看那乌鸦在尸体上"呀呀"啄食啊。

作者想对乌鸦说：你们先为死难者哀号几声再吃也不迟啊，那么多尸体暴在荒野，难道那些腐烂的肉能从你们嘴里逃了不成？

河水激荡着冰凉冷清的水花"激激"作响，野地里蒲苇茫茫。战马要么战死，要么在尸体堆里徘徊。

这就是战场啊，正所谓"一将功成万骨枯"，老百姓才不在乎那些功成名就之类的东西，他们关心的是自己是不是也会成为枯骨。

战争阻断了百姓们的正常出行，也耽误了粮食生产。

你看那桥，以前是南、北城的百姓走亲戚的，现在建起了打仗用的营垒。这叫南来北往的百姓们怎么办啊？

你们只顾打仗，可是没有人种粮食你们吃什么啊？等到你们连饭都没得吃了，还当什么忠臣良将啊？想想你们这些忠臣良将，真的应该好好考虑一下，说不定早上去打仗，晚上就回不来啦！

统治者们总是希望通过打仗建立功名，通过打仗统一天下、流芳千古，通过打仗获得土地美女，好好享受。可是百姓们担心的问题不是更现实吗？衣食住行才是立命的根本。

# 4

还有一篇属于《横吹曲辞·梁鼓角横吹曲》中的《十五从军征》也是写战争的。

《诗经·小雅·采薇》中的战士回家途中又饥又渴，充满对猃狁来侵的责怪，最后感叹"我心伤悲，莫知我哀"；而这首《十五从军征》简单交代一句"十五从军征，八十始得归"，就开始记述回家后的情景，没有抒情，只有情何以堪的现实。

> 十五从军征，八十始得归。
>
> 道逢乡里人：家中有阿谁？
>
> 遥看是君家，松柏冢累累。
>
> 兔从狗窦入，雉从梁上飞。
>
> 中庭生旅谷，井上生旅葵。
>
> 舂谷持作饭，采葵持作羹。
>
> 羹饭一时熟，不知贻阿谁！
>
> 出门东向看，泪落沾我衣。

一位战士，十五岁当兵，八十岁才回家，碰到乡里人问："我们家还有谁啊？"乡里人回答："你看，那长着松柏的一堆堆坟墓就是你家啊。"

"那长着松柏的一堆堆坟墓就是你的家"——光是这一句回答，就能把人的心都伤透。

对于这位八十岁的老人来说，死亡见得太多太多了，而且以自己的年龄，面对家人的坟墓也许已在意料之中。

兔子在狗洞里钻来钻去，野鸡也在房梁上栖息，院子中长满了野草，井台上也长满了冬葵——这就是这位老者看到的家，家人已经入土，毫无声息，只是一片坟冢，房屋也已经凋零荒凉，长满了野草，任凭野兔野鸡自由居住。

老头子有点饿了，于是借来谷子春了做饭，采了些野菜做菜。然而，饭做熟了却不知道给谁吃。他自己孤零零一个人，面对一堆堆坟冢，如何吃得下饭啊？也不知道有无仍然活着的子孙，他们在哪里？

想到这些，老人家出门东望，不禁老泪纵横。

这是一首来自民间的古诗，后来被选进乐府。不知道统治者听到这样悲惨的一首歌曲的时候会是什么表情？是无所谓还是有所谓？

# 5

民歌基本上都有一个特点，简单直白，有的具有一定情节，有的干脆就是故事（如《孔雀东南飞》《陌上桑》等）。

老百姓们传唱的歌曲，太复杂的、太文雅的，他们编不出来，政府文人们编的未免阳春白雪，老百姓也读不懂。

老百姓的歌曲就是得简单直白或者故事性强。

# 6

《东门行》（《相和歌辞·瑟调曲》）讲了这样一个故事：

一个城市贫民，因为家里没了吃的，衣架上也没了衣服，穷得过不下去只好准备去抢劫。

诗歌写了这样一个细节，这个男人准备去打劫，老婆牵着他的衣角啼哭："再到别人家里看看吧，希望遇上富贵的施舍一点，我们还可以凑合吃顿饭，上对得起苍天，下对得起孩子们！"言下之意是打劫不是好事情，还是去讨饭吧。

男人的呵斥让人揪心："哼，非去打劫不可！这都去得太迟了，要是再不行动我这个白发老头子恐怕也活不长了。"

可见，诗歌也可以把故事讲得很动人。

# 7

最好的故事基本上都是通过细节打动人的，因为有了细节才能调动人的感官。

所以我们读历史书的时候，发现那些据说考试的时候不考、用小字印刷的补充材料往往吸引我们，而那些所谓的历史意义、重要作用等往往背了又背还是记不住。再说了，真实的历史绝对是细节构成的。

《史记》很精彩，像小说，因为他写了很多细节。记事的诗歌也是同样的道理，杜甫的"三吏三别"和《茅屋为秋风所破歌》不都这样嘛。

《乐府诗集》收集的民歌在叙事的时候都很注意细节，你去读《陌上桑》，美女罗敷究竟有多美，"行者见罗敷，下担捋髭须。少年见罗敷，脱帽著帩头。耕者忘其犁，锄者忘其锄"——多细致。

正如北岛在《我的记忆之城》一文中说的那样：正是属于个人的

可感性细节，才会构成我们所说的历史的质感。如果说写作是唤醒记忆的过程，那么首先要唤醒的是人的各种感官。

细节——不是记事的诗歌或者民歌独有的，散文和小说更能表现细节，但是诗歌还可以用节奏、韵律来表现更丰富的细节。

《陌上桑》是五言，五个字一句，押韵，读起来朗朗上口，罗敷的辩驳之言感觉更有气势。要是改编成散文或者小说，恐怕读起来就没有这么爽了。

# 8

当你翻看报纸杂志去读几首现代诗的时候，你会发现，有的编辑对现代诗的了解非常肤浅，以至于刊登的"诗歌"根本不能算是诗歌：

没有结构，没有节奏，没有韵律，没有标点，语言也没有凝练。

这些"诗歌"的作者常常这样区分诗歌和散文：诗歌是分行的，没有标点（既然分了行，其实标点也是白搭），散文是分段的，有标点。

所以有时候你读到的其实是一篇很糟糕的散文分成的行。作者自己很可能还很孤芳自赏，而文字配上孤芳自赏组成的诗歌是没有办法阅读的。

现在写诗歌的人很多，自己读自己诗歌的人也很多。但是诗歌已经逐渐在退出文学史的舞台，渗透到其他领域去了，比如流行歌曲，比如电视剧等。甚至在古装剧里面，有的古代人物对朗诵现代诗也很在行。

总之，你懂的。打动人的，往往不是文人雅士的灿烂词章，而是老百姓的口头编排。

# 从反抗强暴到皆大欢喜：
# 古诗中那些玩儿命女人

## 陌上桑

日出东南隅，照我秦氏楼。秦氏有好女，自名为罗敷。

罗敷善蚕桑，采桑城南隅；青丝为笼系，桂枝为笼钩。

头上倭堕髻，耳中明月珠；缃绮为下裙，紫绮为上襦。

行者见罗敷，下担捋髭须；少年见罗敷，脱帽著帩头。

耕者忘其犁，锄者忘其锄；来归相怨怒，但坐观罗敷。

使君从南来，五马立踟蹰。使君遣吏往，问是谁家姝？

"秦氏有好女，自名为罗敷。"

"罗敷年几何？""二十尚不足，十五颇有余。"

使君谢罗敷："宁可共载不？"

罗敷前致辞："使君一何愚！使君自有妇，罗敷自有夫。

东方千余骑，夫婿居上头。何用识夫婿？ 白马从骊驹；

青丝系马尾，黄金络马头；腰中鹿卢剑，可值千万余。

十五府小吏，二十朝大夫，三十侍中郎，四十专城居。

为人洁白皙，鬑鬑颇有须；盈盈公府步，冉冉府中趋。

坐中数千人，皆言夫婿殊。"

# 1

汉代有一位诗人叫辛延年，他的作品只有一首流传下来，叫《羽林郎》。

《羽林郎》之所以能够流传下来，完全得益于南朝徐陵编的《玉台新咏》和宋代郭茂倩编的《乐府诗集》。

历史有一个最大的特点就是偶然性，因为历史并非是历史书构成的，而是人构成的。

羽林郎，汉代所置官名，是皇家禁卫军军官。辛延年在诗中描写的却不是这个羽林郎，甚至整个诗歌和羽林郎一点关系都没有。所以这个题目可能是乐府旧题，作者不过是老罐子装了新酒。

《羽林郎》讲的是一位卖酒的北方少数民族妇女（胡姬），由于长得非常好看，被西汉霍光家的奴才头子冯子都看上，冯子都仗着自己是势力和容貌（他是美男子）调戏这位胡姬，胡姬则义正辞严地拒绝了老冯。

# 2

说白了，《羽林郎》就是一曲反抗强暴凌辱的歌。

那个时候有专门的妓女，而且地位很低，所以一般的良家妇女还是不愿意被人包养或者当小三的。但是遇上有权有势的纨绔子弟，有时候也没有办法，人家要强迫你，你不想被强迫那是要命的，想活命就先从了人家。

仔细想想，那个时候的统治者在对待女人的问题上是最自相矛盾的。他一方面要你守贞洁，一方面却要强迫你。

你要反抗，硬碰硬恐怕不行，人家硬起来你恐怕难以抗拒。所以反抗也要有一定技巧。

胡姬在反抗的过程中采取了两种办法：

一是玩儿命，冯子都给她的裙子上系了一个铜镜，她就果断撕下来，还撕裂了裙子，还威胁说你要这样我这小命也不要了。

二是道德施压，她说："男人都喜欢新女人，女人则看重旧丈夫，大家各有所爱，不能因为贵贱而改变。谢谢您的好意，您的心思恐怕要白费了。"

先玩儿命，把对方镇住，然后再讲理，让你回家玩儿去。

我们试想，如果胡姬先道德施压，然后再玩命儿，那恐怕效果就没有这么好了。因为对冯子都来说，"老子是不讲道德的，老子不玩儿道德，就想玩儿你！"一旦人家撕下道德面具，你想玩儿命都不行了。

# 3

民间美女反抗暴力的题材反映在《乐府诗集》中不仅仅有辛延年的这首诗歌，还有一首更为著名，即《陌上桑》。

女主人公叫罗敷（这是古代美女的名字），是秦家的姑娘，人很传统也很漂亮，擅长养蚕。

她的美丽程度是五星，聪明程度也是五星。

五星的美丽程度让人迷醉，五星的聪明程度却能把人灌倒。

# 4

先说她的美丽。民歌略带夸张的清新风格非常有趣。

我们说一个女孩子漂亮的时候，往往局限于说她长得怎么样，身材怎么样，这都属于正面描写。

《陌上桑》对罗敷的美貌则主要从侧面入手来表现：

第一，她采桑的工具非常美，"青丝为笼系，桂枝为笼钩"。

第二，她的首饰非常珍贵，"头上倭堕髻，耳中明月珠"。

第三，说她穿的衣服搭配很得体，"缃绮为下裙，紫绮为上襦"。

第四，说大家对她的长相的态度——都想多看几眼，"行者见罗敷，下担捋髭须；少年见罗敷，脱帽着帩头"。

老汉们看见罗敷都要放下担子慢慢欣赏，年轻人都要摘下帽子整理一下头发。结果"耕者忘其犁，锄者忘其锄；来归相怨怒，但坐观罗敷，"大家都忘了干活，回家之后免不了挨骂，仔细一检讨，原来是因为多看了几眼罗敷。

这让人想起李健的歌曲《传奇》："只是因为在人群中多看了你一眼。"

诗歌在写到老者和小伙子看罗敷的时候，表现得非常干净，没有丝毫侵犯的意思，都是无意的，都是对美的一种合理欣赏。这和使君很直白地想要占有是一个很好的对照。

一开始，使君问了下基本情况，罗敷也是很有礼貌地回答，因为人家是高级公务员嘛，多多少少会有些敬畏。

但是当罗敷被问"宁可共载否"的时候，她义正词严地说："使君您怎么这么愚昧，你家里三妻四妾，我也有我的老公啊。"

# 5

整首诗歌最经典的部分是罗敷夸夫。

罗敷夸夫主要是从三个方面：

第一，长得特别帅，"为人洁白皙，鬑鬑颇有须"，至于骑的马、配的剑，都起到了很好的装饰效果。

第二，官升得非常快，"十五府小吏，二十朝大夫，三十侍中郎，四十专城居"。

第三，其他人的评价特别高，"坐中数千人，皆言夫婿殊"。

有这三点，足以拒使君于千里之外。这是罗敷的聪明之处。

面对暴力，要敢于说不。面对暴力，还要会说不。这是胡姬和罗敷的品质所在。

敢于说不，是勇气，会说不，是智慧。

# 6

这类美女抵抗暴力的题材也让小说家和剧作者找到很多灵感。

《列女传》（西汉刘向所编，专门赞扬守节妇女）和《西京杂记》（晋人葛洪编著）都有"秋胡戏妻"的故事。

《列女传》讲，秋胡是春秋时候的鲁国人，婚后五天就跑到陈国去做官，五年后回到鲁国。

秋胡回到家乡，看见路边儿有一美女采桑，一时间非常销魂，于是把自己在官场上学到的本事发挥出来——调戏这位美丽的采桑女，而且还愿意牺牲自己的金银财宝换取芳心。可是这位美女不干。

秋胡无趣地碰了一鼻子灰，只好回家。

回到家之后，秋胡的老妈把秋胡的媳妇喊出来。

秋胡一看差点没晕过去，这不是自己刚在路边儿调戏过的那位采桑美女吗?

秋胡媳妇见到调戏自己的男人竟然就是自己的丈夫，这让她非常生气。于是乎，这位美女开始呵斥丈夫在路边儿的不良行为，指责丈夫忘了老妈的"不孝"和调戏美女的"好色淫佚"。

秋胡的媳妇好像很喜欢讲道理。但是，她并不满足于通过讲道理把对方感动，最终，因为愤怒过度，她竟投河自尽。

《列女传》似乎很欣赏秋胡妻子的死亡，而"秋胡"从此也成了爱情不专一男人的专称。

我们为秋胡妻子的身亡感到悲哀，更为秋胡官场归来不学好而感到感慨。

《西京杂记》讲的秋胡故事和《列女传》中情节基本一样，只是提到时间的时候稍有出入。

# 7

秋胡戏妻和《陌上桑》中罗敷的故事都是美女抵抗暴力为主要故事情节，所以后来有人牵强附会，把两个版本扯到了一起。

南朝梁文学家王筠（字元礼，一字德柔）写了一首诗歌《陌上桑》："人传陌上桑，未晓已含光。重重相荫映，软弱自芬芳。秋胡始倚马，罗敷未满筐。春蚕朝已老，安得久彷徨。"

这首诗将罗敷的故事和秋胡的故事同时列举出来。

还有一位研究女人贞洁和道德原理的问题专家朱熹则更擅长联想，这位认为女子"性命事小，失节事大"的老头子发挥自己的超强附会能力，用秋胡故事的模式来解说《陌上桑》，认为"罗敷即使君之妻，使君即罗敷之夫"。

这多少有点可笑。

# 8

石君宝的元杂剧《鲁大夫秋胡戏妻》中，秋胡的妻子罗梅英唱词中也提到了罗敷："不比那秦氏罗敷，单说得他一会儿夫婿的谎。"

其实，唐代就有《秋胡变文》。

变文是说唱的底本，最初用来演绎佛经故事，后来发展成各种故事底本就基本上和小说差不多了。石君宝将变文加工成了剧本，因为元代流行看杂剧。

这部元杂剧以"守贞烈端然无改，真堪与青史标题"为主题，这当然是对贞烈的进一步赞美。但是，最后罗梅英没有死，而是丈夫摆了桌酒席，大家和好如初。

为什么石君宝的《鲁大夫秋胡戏妻》没有把秋胡和妻子罗梅英的故事写成悲剧呢？实际上他只不过顺应了民歌或者民间故事的一大特点——"大团圆"主义。

关羽，本来是个悲剧人物，但是民间把他捧成了神；岳飞，死了之后老百姓就把他的对头——秦桧两口子塑了像进行无休止地唾骂以解心头之恨，顺便也安慰岳飞在天之灵。老百姓希望好人好报，坏人恶报。

即使是《窦娥冤》，最后不还得给窦娥昭雪嘛。

直到现在，很多电影电视剧采用这种"大团圆"的方式作结尾，因为老百姓容易接受。老百姓喜欢家庭和睦，两口子床头吵架床尾和，在床上把问题解决了总比把问题带到生活中好吧。

一般来说，比较长的民间故事，不管是喜剧还是悲剧，都要按照这种"大团圆"的方式结尾。

被称为"乐府双璧"之一的《孔雀东南飞》（另外一首是《木兰诗》北朝民歌，《孔雀东南飞》最早见于南朝陈代徐陵编的《玉台新咏》）也不免此俗。

# 9

《孔雀东南飞》讲的是汉末建安年间一位叫焦仲卿的小公务员和妻子刘氏之间的爱情悲剧故事。

刘氏和焦仲卿结婚后与婆婆合不来，娘家又不支持她，她心情郁闷，最后寻了短见，而焦仲卿也用上吊的方式殉了情。这是一个彻彻底底的悲剧故事。

不过，故事结尾的时候作者交代，焦、刘两家在儿子和女儿死后把他们合葬在华山旁边，种上松柏梧桐并长成连理枝，连理枝上有鸳鸯鸟，一直要从早上鸣叫到五更，惹得行人，尤其是寡妇都细细地听。作者还告诫后人不要再犯同样的错误。

不管是连理枝还是鸳鸯鸟，都是老百姓的美好愿望——这是对悲剧的淡化和补充，同样是"大团圆"特点的体现。

# 10

对一个时代而言，越是追求和希望的东西，就越是缺乏的东西。

那个时代也许是悲哀的事情太多了，所以那些面向老百姓的诗歌、小说、戏剧也就成"大团圆"的样子了。

但是这种结尾毕竟很多时候无法体现真正的现实，从评论者的角度看，阅读得多了也会生厌，所以，鲁迅在《中国小说史略》中赞扬《红楼梦》说它突破了古代才子佳人小说的固定模式。

比起绘画、书法、舞蹈、音乐等艺术形式来，文学似乎承担的压力最大，说教被人批，大团圆被人批，诌世媚俗被人批，奢华淫靡被人批，附庸风雅被人批，直白无文被人批……总之，只有你想不到的，没有被人批不到的。

批评是好事儿，但"过犹不及"就不好了。

有人口味太重，有人口味大众。品种齐全，大家各有所爱，这大概是最好的出路。对文学而言，这种菜市场的逻辑才是硬道理。

## 江南可采莲：
## 来自《江南》的安静、自由和惊喜

### 江　南

江南可采莲。

莲叶何田田，

鱼戏莲叶间。

鱼戏莲叶东，

鱼戏莲叶西，

鱼戏莲叶南，

鱼戏莲叶北。

# 1

对我这个北方人来说，关于江南的印象大都来自古人的诗词。因为古诗词比火车票来得更容易。

白居易有三首《忆江南》词：

其一

江南好，风景旧曾谙。日出江花红胜火，春来江水绿如蓝。能不忆江南？

其二

江南忆，最忆是杭州。山寺月中寻桂子，郡亭枕上看潮头。何日更重游？

其三

江南忆，其次忆吴宫。吴酒一杯春竹叶，吴娃双舞醉芙蓉。早晚复相逢？

白居易曾经担任杭州刺史，在杭州待了两年，后来又担任苏州刺史，任期也一年有余。

在我想来，一边当官，一边享受江南美景，还能看看江南的美女，这应该是相当惬意的事儿。

# 2

实际上，白居易并不是当官的时候才到江南去的。作为山西人，青年时期，他就漫游江南，旅居苏杭。所以，江南在他的心里和脑海里，远比我这种靠想象和去过一两次就说三道四的北方佬要深刻，自然也比天天生活在江南、对一切司空见惯的当地人要深沉。

当他因病卸任苏州刺史，回洛阳十二年后的六十七岁时，写下了这三首《忆江南》，可见他对江南的感情何等刻骨铭心。

六十七岁，是该放下宦海沉浮的那些破事儿了。

当年，十六岁时，白居易进京赶考，去拜访名士顾况先生，顾况还讥讽说："长安的什么东西都贵，想居住在长安可是不容易的哟（白居不易）！"

后来是他的那首"离离原上草，一岁一枯荣。野火烧不尽，春风吹又生"改变了顾况对他的看法，从此他走上了名声很响却仕途坎坷的道路。

他走过很多地方，但是在他的诗词里，江南却是最美丽的。

## 3

"忆江南"是词牌名，原名"望江南"，段安节《乐府杂录》说："《望江南》始自朱崖李太尉（德裕）镇浙日，为亡妓谢秋娘所撰，本名《谢秋娘》，后改此名。"

唐代白居易作《忆江南》三首后，"望江南"改名为《忆江南》。除此之外，还有《梦江南》《江南好》《春去也》，都是一回事儿。

很多诗人用词牌名的时候只用调子，实际上词牌名的字面意思和词的内容关系不大，如晚唐的温庭筠那首也叫《望江南》的词写道："梳洗罢，独倚望江楼。过尽千帆皆不是，斜晖脉脉水悠悠。肠断白苹洲。"

乐天居士却真的是用"忆江南"的词牌来写自己对江南的回忆。

# 4

乐天的三首《忆江南》词，写到了江南的水、江南的花、江南的寺庙、江南的潮水、江南的美酒和美女，这一切在他笔下绚丽多彩。

不过，我觉得他少写了一样，那就是江南的莲花。然而，当他想起江南美酒"竹叶春"和江南美女迷人的舞姿时，禁不住联想到清风中如醉般含情摇曳的"芙蓉"，"芙蓉"不就是莲花么。

我对江南的印象最早就是莲花，因为宋代诗人杨万里的那首《晓出净慈寺送林子方》：

毕竟西湖六月中，

风光不与四时同。

接天莲叶无穷碧，

映日荷花别样红。

六月西湖，和蔚蓝的天空连在一起的莲叶是那么绿，而盛开的莲花就显得格外鲜艳。因为莲花，所以六月的西湖在四时风光中显得别具一格。

林子方是杨万里的好友，当时准备去福州做知州，杨万里于是写了这首诗，意思是说西湖待着挺好的，前途很光明，不要去福州了。遗憾的是林子方没有看懂这首诗，或者他看懂了却仍然固执地去福州上任。

林子方最终沉没宦海，湮没无闻。他不知道，莲花唯有在六月的西湖才能那样美艳动人。

# 5

在我看来，莲花代表了江南特质，江南的美兼有浓艳、铺张的一面和温柔多情的一面。

正因为如此，《乐府诗集·相和歌词·相和曲》中的那首《江南》才专门写了莲花："江南可采莲，莲叶何田田，鱼戏莲叶间。鱼戏莲叶东，鱼戏莲叶西，鱼戏莲叶南，鱼戏莲叶北。"

莲叶铺开，为莲花的鲜美做了最美的背景，也为鱼儿的游弋嬉戏提供了很好的遮掩。当你透过莲叶的缝隙看到自由自在的鱼儿游动时，那是一种怎样的惊喜？

有人说这首诗非常变态。

我想可能是这样的人太变态了。一个人习惯了复杂的东西，突然看到简单的东西就觉得无法理解、不知所措了。

这其实是一首非常简单的诗歌，只是你可以从不同角度作不同理解。

## 6

很多文学作品选本或鉴赏之类的书介绍《江南》的时候，认为这是一首反映江南采莲人采莲时的光景和采莲人欢乐的心情。

这恐怕不妥，首先，"江南可采莲"，是说时间到了可以采莲的时候，但并没有说就是在采莲，何况采莲的工作非常辛苦，何以心情欢乐呢？其次，就算因为收获而心情高兴，那总不至于那么关心游弋的鱼儿吧？

不妨从另外的角度理解：

这首诗如题目所示，写的是江南，时间是可以采莲的时候，作者被莲叶田田、鱼儿游弋的情景深深吸引（千万别以为劳动人民写出来的诗歌一定要写劳动的愉快，劳动大多数时候一点都不愉快）。

试想，一个人正盯着无穷莲叶发呆，突然发现莲叶间游弋的鱼儿，一会在东，一会在西，一会在南，一会在北，这多让人开心。

你可以认为这是一个人在独自享受自由的美景，也可以认为是妖童艳女在谈恋爱，也可以认为是某人在考察到底能不能采莲的时候突然有所发现。

这首诗歌因为简单，所以可以让你尽情想象。

# 7

简单直率是乐府民歌的又一大特点。因为它们的作者最初可能是老百姓，或者生活在民间的文人，它们没有过多的顾虑，没有学到官场、政治、专业文人那些复杂的技巧。

比如《上邪》。这是一首情诗，但是你一读就会发现，作者没有调情的技巧，只有很直接的海誓山盟：

"上邪！我欲与君相知，长命无绝衰。山无棱，江水为竭，冬雷震震，夏雨雪，天地合，乃敢与君绝！"

还有《有所思》，写一个女人听到丈夫变心，一夜未眠，于是烧掉了定情信物，准备断绝关系，等到天亮鸡鸣狗吠的时候，又怕兄嫂知道，只好又回到现实生活。这首诗也写得很直接。

《上山采蘼芜》也是，写一位和丈夫分离的女人采蘼芜的时候碰见前夫后的一段谈话，他们没有互问"你到底爱不爱我"那样肉麻的话，也没有吵架。

女人行了礼，问男人新媳妇怎么样，男人老实回答，不如你啊，长得和你差不多，可是织布水平不行。

就这样一个片段构成了全诗内容，剩下的你就自己去想象吧。

# 8

民间流行的诗歌一般都是情歌，而且表现的方式都很直白。

明代冯梦龙编的《挂枝儿》是明代万历朝兴起于民间的时调小曲的一部合集，主要讲民间的男欢女爱，都是很直白的。如《相思》：

"前日个这时节。与君相谈相聚。昨日个这时节。与君别离。今日个这时节。只落得长吁气。别君止一日。思君到有十二时。唯有你这冤家也。时刻在我心儿里。

"害相思。害得我心神不定。茶不思。饭不想。酒也懒去沾唇。聪明人闯入迷魂阵。口说丢开罢。心里又还疼。若说起丢开也。我到越发想得紧。"

他编辑整理的另外一部民歌集是《山歌》，主要是吴歌，也以儿女私情为主，表现也相当直露。如：

"姐儿窗下绣鸳鸯。薄福样郎君摇船正出浜。姐看子郎君针扎子手。郎看子娇娘船也横。

"结识私情要放乖。弗要眉来眼去被人猜。面前相见同还礼。狭路上个相逢两闪开。"

据说"挂枝儿"在晚明甚为风行，沈德符《万历野获编》（卷25《时尚小令》）所谓"不问南北，不问男女，不问老幼良贱，人人习之，亦人人喜听之"，也就是说大家都喜欢，可见其风靡程度。

大多数人知道的冯梦龙是因为他编辑整理的"三言"，即《喻世明言》《警世通言》《醒世恒言》这三部话本集。实际上他整理了大量民歌小调，非常了不起。

# 9

古代流行的民歌和现在的流行歌曲很有相似之处。

第一，都非常流行；第二，内容以男女情爱为主；第三，歌词很"俗"，很直白。

诗歌作为人们的精神食粮，基本上无所谓雅俗。

海子的诗歌很深沉，大学生们很喜欢，搞文学评论的专家也要深究；乡下的老太太哄孩子的儿歌很浅显，那也是需要。

有山珍海味就有杂粮粗粮，不一定哪个更健康，吃多了都恶心，没吃过都想吃。诗歌也一样，不同的风格和内容满足不同的人群。

所以，欣赏诗歌可以从自己喜欢的入手，但是对自己不喜欢的而别人特别喜欢的也没有必要抱有偏见。

当然，对于那些用散文分行的方式写诗歌的人和他们写的诗歌，还是别搞笑了为盼。

# 梁鸿:

# 和丑老婆一起去隐居

### 五噫歌

陟彼北芒兮,噫!

顾瞻帝京兮,噫!

宫阙崔巍兮,噫!

民之劬劳兮,噫!

辽辽未央兮,噫!

# 1

文人有隐居的癖好，这倒没有什么特别。

古代文人的隐居，可以分成两类：

一是假隐，故意隐居起来，提高自己的名望，好让朝廷发现自己，所谓"终南捷径"。

别人都靠读书和花钱当官，要么就是十几年的寒窗苦读和N次的考试，要么就是富二代、官二代，走走关系花花钱，弄个官；而你只要隐居起来装两年高士，没准儿朝廷一发现就招你当大官。

二是真隐，因为不爱当官，厌恶官场和政坛的尔虞我诈，厌恶发表论文学术造假，所以真的藏起来，不愿意让功名利禄污染了自己。

陶渊明就是真的隐士，不过他们家有房子有地产，虽然年成不好的时候也算得上清贫，但是过日子基本不成问题。

汉代有一位真的隐士，两口子举案齐眉、意见统一、千方百计地隐居起来，显得非常特别——这就是梁鸿两口子。

梁鸿的生活史可以说就是一部隐居史。不过，故事还得从他的出身说起。

# 2

梁鸿，字伯鸾，扶风平陵（今陕西咸阳市西北）人，西汉末年出生。

梁鸿的父亲叫梁让，在王莽擅权专政时期做过城门校尉，后来被王莽封了个"修远侯"。本来梁鸿的出身很不错，可惜的是王莽新朝短命，几年后，天下大乱。

梁让举家逃难，途中得病死去。

梁让一死，昔日的官僚家庭就此衰落，成了一个赤贫户。

梁鸿的母亲无可奈何，丢下了年幼的梁鸿和丈夫梁让的尸体，离开了梁家。

梁鸿举目无亲，用一张破席草草地埋葬了父亲，开始真正的生活。

所以，对梁鸿来说，童年就是灾难和逃难。

# 3

还是得自力更生哪！

梁鸿于是跑到京师长安一边谋生，一边求学。当时长安有全国的最高学府——太学。

梁鸿到达长安后，无依无靠，不免彷徨。幸运的是他爹昔日的几位故吏向他伸出了援助之手，既给他解决了衣食困难，还通过关系将他送入太学学习。

太学是贵族学校，官二代和富二代们上学的地方，而他梁鸿衣着破旧，温饱都是问题。所以，大学教育对他来说就是嘲笑和欺凌。

想必他正是这个时候有了逃避尘世的念头。

穷归穷，书还得好好念。

梁鸿好学不倦，博览群书，经书、诸子、诗赋等无所不通——可以说大学没有白上。

但是这家伙对当时教育很有看法，他觉得没有必要皓首穷经，钻研章句。因为这个原因，梁鸿其实是个很有学问但是不会考试的学生，考试成绩上不去，自然，做官也就不大可能了。

大学毕业后，梁鸿去养猪了。地点是上林苑。

上林苑是长安郊区的皇家林苑，是皇宫贵族打猎的地方，需要很多动物作为狩猎对象，像猪这样的动物是别人养好了放进去的。

虽然工作不咋样，但是梁鸿早出晚归，白天放猪，晚上看书，倒也可以混个温饱。

然而，命运不让梁鸿这样过下去。

# 4

有一天，梁鸿在家中边做饭边读书，读到入神处，疏忽了灶中的火种，引起了火灾。当火光热浪使他醒悟时，他的小屋已是烈焰冲天，无法抢救。不仅如此，大火还蔓延到了邻家，烧坏了邻居的部分财物。

事后，梁鸿主动来到被火灾殃及的邻居家里道歉，还把自己喂养的那群小猪全都搭上。但是邻居还是不肯放过梁鸿。

梁鸿说："如今我啥都没有，也没法儿再赔你，实在不行我给你家干活吧。"

邻居家正好缺工，于是便爽快答应了。

梁鸿成了无偿佣工，邻人家里里外外的活儿统统包揽。夙兴夜寐，不懈朝夕，勤勤勉勉，毫无怨言。

群众的眼睛是雪亮的。时间一长，村里人见他举止不凡，品德不错，便为他抱不平，纷纷责备那位邻居贪心失礼。

邻居迫于舆论压力，同时觉得梁鸿这家伙确实厚道，于是不仅不要梁鸿干活了，而且把那群小猪全部退还给他。

梁鸿坚决不肯收回，说："火因我的过失而起，已给你家造成损失，我理应赔偿，岂能收回？"

梁鸿的这句话和他的日常表现让村里人另眼相看，以至于尊敬起来，见面都称他"先生""夫子"。

梁鸿的名声也渐渐传了出去。后来，上林苑已无法安稳宁静地生活，他便悄然回到了平陵老家。

## 5

人们提起梁鸿，总要谈到他的贤妻孟光。说来话长。

梁鸿回到家乡后，耕种自给，读书养性，并无什么惊人之举。

不过，天长日久，他的学问、人品还是显露了出来。特别是他在上林苑中牧猪及失火为人作佣的一段逸事不胫而走，传入扶风。

很多人很钦慕梁鸿的高洁，见他已届而立之年，纷纷拿着礼物操着一口陕西话来提亲，争抢这位高士为婿。

梁鸿看来看去都不满意。在他看来，这些提亲的介绍的姑娘都不过是些庸脂俗粉，所以一概拒绝。

## 6

却说扶风县有一户姓孟的人家，虽不是高门贵族家庭，但因为经商，聚积了不少钱财，算得上是当地数一数二的富庶人家。

孟家有一女儿，粗眉大眼，身材矮小壮实，肤色黧黑，可谓姿色俱无。这副容颜本来就使她的婚姻成为困难，但她偏又自视甚高，别人不挑她，她倒挑三拣四。

有一天，一个落魄书生饿昏在荒野，被孟女发现后背回家救醒，疗养月余，渐渐康复，书生渐生好感，也不嫌弃孟氏姑娘丑陋，有求婚之意。

孟家父母一看，这小伙子知恩图报，倒也不错，于是同意。

但孟女却大骂求婚的书生："你们读书人，不缺胳膊不少腿，到处请托权门。得意时，正眼都不瞧我们；失意时却饥饿不能自存，还痴心妄想娶媳妇呢？我如果在这时候答应你的求婚，人家会说我乘人

120

之危。你还是快滚蛋吧！"

书生只好答谢她的救命之恩，快快离去。

# 7

骂了书生之后，孟氏的这位丑姑娘的义举成了公众话题。于是乎，上门提亲的人多了起来。

当地一家财主的儿子求婚，孟女拒绝，结果这小子恼羞成怒，指斥道："我上门求婚是抬举你，凭我家的资产，找一个漂亮媳妇难道还成问题吗？瞧瞧你那模样。"

孟女针锋相对："有钱就财大气粗吗？丑是天生的，你有钱就买'俊'的去，我这'丑'的偏不嫁给你。"

县令的小舅子一听，这丑姑娘难不成不喜欢钱，喜欢官儿啊？于是决定来碰碰运气。他尽量打扮得儒雅一些，装出斯文相，登门求亲，与孟女相见，开口夸赞："久闻姑娘高义，实在佩服！"

孟女莞尔一笑："义高怎比官高啊？你们一人得道，鸡犬升天。我哪里值得您如此称道？"

县令的小舅子一听没戏，也就悻悻地走了。

# 8

孟女几次拒婚以后，也就没有人敢登门提亲了。

直到三十岁时，父母终于失去了耐心，问她："女儿，你到底要嫁个什么样的男人？"

女儿不假思索应声而答："我要嫁个像梁伯鸾一样的贤士！"

父母以为自己听错了，请她又说了一遍，仔细看看女儿神色，不像是在开玩笑啊！

父母都认为女儿的这个念头荒唐之极，绝无实现的可能。

## 9

人们万万没想到，梁鸿听到孟家女想要嫁给他的消息后，竟请人来下聘礼。

孟家人喜出望外，满口答应；又唯恐梁鸿反悔，很快议定了嫁娶之期。

孟家女儿知道后，当然也很高兴，但并没像她爹妈那样乐昏了头。

待到成婚之日，孟女被人打扮得花枝招展，头上珠宝金银，身上丝织衣服闪闪发光，脚穿青丝鞋——虽然这一切和她的模样不太搭调。

一路吹奏弹唱，好不热闹。

孟女和梁鸿拜天地、入洞房。然而，婚后一连七日，梁鸿却一言不发。

## 10

第八天早上，孟家女来到梁鸿面前，恭恭敬敬地行过礼，然后对他说："妾早闻夫君贤名，立誓非您不嫁；夫君也拒绝了许多家的提亲，最后选定了妾为发妻。妾深感荣幸！但是结了婚，夫君你默默无语，使妾诚惶诚恐。想必是妾犯了重大过失？如此，请夫君治罪。"

梁鸿听罢，不满地说："我一直希望自己的妻子是位能穿粗麻衣服，吃苦耐劳，能够与我一起隐居到深山大泽之中。而现在你衣着华贵，涂脂抹粉，打扮得像个贵妇，这哪是我理想中的妻子啊？"

孟女听了，也不生气，反而害羞且欣喜地说："你以为我想打扮成这样啊，我只是想验证一下夫君你是不是我理想中的贤士罢了。其实妾早就备妥了劳作的服装与用品。"

说换就换，孟女话刚说完，便取下首饰穿上麻布衣服，而且还架起织机，动手织布。

梁鸿见此，又惊又喜，连忙走过去，笑容满面地对妻子说："你是我梁鸿真正的妻子！"

梁鸿一高兴还为妻子取了个名字叫孟光，字德曜，意思是她就是他心目中闪闪发光的娘子。

# 11

自从梁鸿妻子换上麻布衣服，亲自纺纱织布以后，夫妇互敬互爱，男耕女织，在家乡度过了一段平静的日子。

一天晚饭后，梁鸿像平时一样拿起书要读，孟光却拉住了他的手，用深情的目光注视了他好久。

梁鸿被贤妻弄得困惑不安。

终于，孟光深情地说："妾早就知道夫君要遁世归隐，避开尘世的烦恼。但为何我们至今还不走？难道夫君还要向世俗低头，委屈自己去当官不成？"

一句话惊醒梦中人。

梁鸿说道："贤妻说得好啊，既然这样，我也没有啥可留恋的，我们归隐吧。"

于是就在当天晚上，夫妻二人收拾行装。第二天晨光熹微，夫妻二人便背着包袱悄悄地进到了霸陵山（今西安市东北）中。从此，他们过起了与世隔绝的隐居生活。

在霸陵山深处，他们搭起了草棚，在山谷中开垦出一片土地，种上了粮食。

白天，他们共同劳动；夜晚，梁鸿就着火光或诵读经书，或赋诗作文，或弹琴自娱。孟光或缝衣纳鞋，或夫弹妻唱，抒发他们对前代高士的仰慕之情。他们还给高士们写了赞歌。

## 12

霸陵山是一座普通的山，并非与世隔绝。

梁鸿夫妻隐居的事儿还是被外人知道了，昔日的平静惬意一去不复返。经常有人慕名前往寻找他们，而且经过"媒体"（人们的耳朵和嘴）一宣传，来访的人越来越多。

有人来讨论学术问题，有人来讨论哲学问题，当然，政府也有人来请他当官，更有人因为好奇前来参观。

看来霸陵山已不是世外桃源了。

夫妻二人决定搬往人烟稀少的关东地区继续隐居。

## 13

梁鸿两口子东出潼关，取道洛阳。

看到洛阳城中巍峨、富丽的宫殿群，想到沿途老百姓生活的艰难，梁鸿对东汉政府有些不满与失望，于是便作了一首《五噫歌》（如本文开头所示）。

《五噫歌》大意是：

"登上高高的北邙山，噫！俯览壮丽的帝王之都，噫！只见宫室连云遮日，噫！老百姓却是那么辛劳，噫！这无边无际的劳苦，噫！"

这首诗歌让当时的统治者很纠结，原因有两点：

诗歌讽刺政府，你看你们住的是豪华的宫殿，尽情享受，而老百姓的辛苦啥时候是个头啊。

这一点并没有啥大不了，关键问题是第二点，这首诗的作者是一位高士，说话有权威性，"媒体"喜欢报道，他的这首诗歌要是传扬出去，那对政府的形象大为不利啊。

这个时候东汉的政权还不是很稳定，当时在位的是东汉王朝第三代皇帝，章帝刘炟。章帝得知这首诗歌后，龙颜大怒，传令各地捉拿梁鸿夫妻二人。

当然，章帝用消灭的方式来结束舆论压力，结果却正好相反，这样的方式并没有影响到这首诗歌的流传，甚至还被史官记到了史书里面。

# 14

梁鸿夫妻有意隐藏自己的行踪，自然没有落入官府之手。

尽管如此，梁鸿不得不改姓运期（字候光），与妻子孟光一起跋涉千里。

在齐鲁地区，他们终于找到了一片属于他们的乐土，继续过着他们理想中的隐居生活。

然而，齐鲁并非梁鸿所希望的净土。过了几年，他们隐居的行踪又被世人发现，并最终传到了朝廷的耳朵里。

时间冲淡了章帝的雷霆之怒，他深感暴力不能解决问题，于是打算用招安的伎俩征服梁鸿。他向地方官吏传下圣旨，表示只要梁鸿愿意到朝中任职，以往的言行均不予追究。

梁鸿可不是傻子，皇帝派去的官吏正忙碌着在山东寻找梁鸿两口子的踪迹时，而他们早就离开了齐鲁大地。

临行之时，夫妻二人不禁百感交集，隐居怎么就这么难呢？

# 15

朝廷的诱饵没有让梁鸿两口子——这两只喜欢自由自在的鱼儿上钩。

梁鸿一家来到江苏地区，寄居当地豪族皋伯通的家里，租了一间小屋，靠为人舂米过活。

由于梁鸿已改名换姓，皋伯通一开始并未留意这个舂米的是何等人物。一天，他偶然看见孟光给梁鸿送饭的情景才感觉到不太正常。只见这位妇女恭恭敬敬地走到丈夫面前，低头将装饭的盘子高举齐眉，请丈夫进食。

皋伯通大吃一惊，心想：这举案齐眉可不是一般人干得出来的啊，一个雇工的妻子咋能如此守礼，这人定是高士啊。

既然都被他想到了，自然，对这个喜欢招待高士的豪族而言，给梁鸿一家好吃好住那是没有问题的。

梁鸿已上了年纪，体力大不如从前，重活儿也干不动了，对于皋伯通的热情款待，他也没有拒绝，皋伯通不是也没有盘根问底吗？干脆，安心住下得了。

这段不愁吃穿的宝贵时光，让梁鸿得以潜心著述。他写作可是有标准的：

一，不是前代高士的著作不作评定注释。

二，不涉及抒发自己志向的内容不写成文字。

所以，梁鸿的十余篇作品，都显得很独特。不幸的是流传下来的，竟然只有三首诗歌。

# 16

由于长期颠沛流离的生活，加上繁重的体力劳动和脑力劳动，梁鸿终于积劳成疾，奄奄一息。

临终前，梁鸿对皋伯通说："我听说前代的高士都是不择生死之地的。我死之后，请您千万不要让我的孩子把我弄回故乡去安葬。我既然死在这里，就把我埋在这里吧！"

梁鸿死后，皋伯通等人将其安葬在春秋战国四大刺客之一——要离的坟冢旁边，并说："要离是断臂刺庆忌的壮烈之士；梁鸿终身不出仕，是一位清高之士。就让他们二人做个伴儿吧！"

安葬完梁鸿，孟光带着孩子北上，回扶风老家，后不知所终。孟光也算得上是隐士。

# 17

梁鸿的故事讲完了，对于这位只留下三首诗歌的高士，和他那位只留下"举案齐眉"这样一个成语的"丑"妻，我想不必说过多的话了。

梁鸿的另外两首诗是《适吴诗》和《思友诗》。《适吴诗》一如既往挟怨社会，自己壮志难酬。他自己是个隐士，其实从内心来讲，他似乎并不喜欢有才能的人隐居起来。《思友诗》则写自己对好友的思念。

有的人想功名成就，生怕旁人发现不了他；有的人却生怕被人发现而千方百计藏起来。梁鸿的一生，真让人感慨。

要搁笔的时候，率真的高士又一次如在眼前。

# 文人自古心思多：
# 五言古诗如何成长起来

## 行行重行行

行行重行行，与君生别离。

相去万余里，各在天一涯；

道路阻且长，会面安可知？

胡马倚北风，越鸟巢南枝。

相去日已远，衣带日已缓；

浮云蔽白日，游子不顾返。

思君令人老，岁月忽已晚。

弃捐勿复道，努力加餐饭。

# 1

汉代的乐府民歌一度非常流行，证据也许就是《古诗十九首》。

《诗经》是四言为主，《楚辞》则以"兮"子作为断开节奏的标志，一句几个字没有定数。《汉赋》则借鉴了《诗经》的讽谏、《楚辞》的铺陈和语言、诸子散文的对话方式而成为一种特殊的文体，一直影响到魏晋到初唐的骈文。

五言诗则是另一条发展线索。

《古诗十九首》，最早见于《文选》，为南朝梁萧统从传世无名氏《古诗》中选录十九首编入，他把这些作者已经无法考证的五言诗汇集起来，列在"杂诗"类之首。

《古诗十九首》是东汉后期的文人作品。

然而，从形式上看，《诗经》《楚辞》《赋》都无法为这些文人用五言的方式写诗提供任何文体方面的参考。他们的灵感从何而来呢？我想一定是乐府诗歌。

乐府诗歌是民间诗歌，以五言为主，喜欢用大白话，喜欢直率，喜欢讲故事。因为它活泼，节奏明朗，而且政府也做了整理，所以文人也很喜欢。

但是文人的感情心思和老百姓是不一样的，乐府民歌给他们提供的借鉴是在形式上，也就是"五言"；而内容和表情达意上肯定要文雅酸腐一点。

这些仿照乐府民歌写五言的文人是很了不起的，但是他们只想表达感情，没有想到后世会有著作权之说，更没有想要青史留名，所以《昭明文选》中的《古诗十九首》都没有作者。

## 2

乐府民歌流行起来给一帮文人给了灵感，这帮文人的五言诗也流行起来，萧统搞整理工作眼光非常好，所以就整理了出来，结果五言诗更加流行。

一种诗歌很流行，得满足两个条件：

一是形式很流行，要新鲜实用。

二是表达的情感很普遍。

所以，你看，民间流行的诗歌，形式都很活泼，语言非常直白通俗，表现的感情不是反战情绪就是小伙子和大姑娘之间的打情骂俏。

为什么当代诗不流行，因为它的形式不流行，甚至除了断行和押韵（有的甚至对韵脚也没有讲究）之外没有什么形式，表现的情感也不怎么能看得出来，没有什么好流行的。

## 3

《古诗十九首》在文人圈里流行，也是因为这两个原因。

一是形式，"五言"通过乐府民歌已经流行起来，这不成问题。

二是表现的情感，不是想念情人就是希望当官，不是人生短暂就是离愁别绪，哪个文人不是这样？再说汉末那是啥情况？政治环境不行，社会环境也不行，文人对自己的处境普遍担忧，所以上述情感状况简直是每个文人都普遍具有的。

《古诗十九首》之后的魏晋南北朝的诗人们写起五言诗来就更加得心应手了，由于声律节奏的变化，唐代五言绝句、五言律诗等今体诗也逐渐发展起来，即使是现在给儿童编儿歌或者编顺口溜什么的，五言也是不错的形式。

# 4

《行行重行行》是《古诗十九首》中的第一首诗，这第一首诗歌就让人刮目相看。

主要内容：

那天，你出门远行，我们就此离别。你远去万里，我们相隔天涯海角。路是那么艰险和漫长，什么时候我们才能再相见？

你看那胡马都依恋着北风，越鸟都要在朝南的树枝上栖息。你离开后的日复一日，我的衣带日复一日地宽缓。

莫不是那人世的浮云遮住了你心底的日光，从此你就不再顾念故乡的我。对你的思念让我的青发掺上了白丝，忽然知道岁月已经流失了太多太多。

算了吧，我不再想说什么，你我都用心保重身体，好好吃饭。

# 5

《行行重行行》和乐府民歌相比有一些非常特别的地方。

乐府民歌喜欢写情景、写情节、写故事，而这首《行行重行行》主要是写心境、写心情、写心思。而且，更重要的是这首诗歌不再直白，而是用了一些很委婉的表达方式，充满了暗示。

"胡马依北风，越鸟巢南枝"后来成了名句，游子们尤其喜欢引用这句诗。这句诗暗示，胡马和越鸟都依恋自己的故乡啊，你却为什么一去不回？

"相去日已远，衣带渐已缓"，这句很容易让人想到柳永的那首词《蝶恋花·伫倚危楼风细细》："伫倚危楼风细细，望极春愁，黯黯生天际。草色烟光残照里，无言谁会凭阑意。拟把疏狂图一醉，对酒当歌，强乐还无味。衣带渐宽终不悔，为伊消得人憔悴。"

为什么随着时间的流逝衣带渐宽？因为思念让人憔悴。这也是暗示。

"浮云遮白日，游子不顾返"，浮云遮住了太阳和游子不想回来之间有什么直接关系吗？没有。这句还是暗示：远方的游子啊，莫不是被世间的功名利禄、佳肴美色遮住了回来的心？

# 6

"弃捐勿复道，努力加餐饭"，这句向来有两种解释，一种是说这位女子自我宽慰：我不想再说了，还是强迫自己吃点东西；另一种解释是说这位女子宽慰对方，说，算了，我不说了，你保重身体好好吃饭。

两种解释都可以说得通。当然，还有第三种说法，那就是这位女子希望她和远方的游子都保重身体努力吃饭，说不定哪一天我们能再见面。

不管是哪一种说法，都在暗示思念让人憔悴，应该保重身体，见面的希望还有。

我更喜欢第三种说法。一个思念过于遥远的人，既会宽慰自己，让自己不要因为耽于思念而熬坏身体，以至于加重对方的担心，同时也要宽慰对方，说自己很想念你，但是我们都要多吃饭，保重身体。

这句"努力加餐饭"很容易让人想起《诗经·王风·君子于役》中的"君子于役，苟无饥渴？"这两种担心都和吃饭扯上关系，多么实在的一种担心！

# 7

一开始，这位女子先对自己和爱人的别离做了简单回顾，然后不知不觉地通过暗示的办法来写自己的心境，好像是从民歌的那种直白叙述中鬼斧神工般地转到了委婉抒情中来，最后一句"努力加餐饭"又好像是回到了民歌所表现的那种非常实在的感情中去了，然而这两个转换如羚羊挂角，无迹可寻，是那么自然流畅。

也许是萧统精挑细选的缘故，《古诗十九首》中几乎每一首诗歌都是非常成熟的五言诗歌，形式上看不见雕琢，内容上也看不见造作。

# 8

乐府名歌是《古诗十九首》的灵感来源，但是《古诗十九首》毕竟是文人创作，既然是文人，肯定读过《诗经》和《楚辞》，既然读过《诗经》和《楚辞》就很难不受到它们影响。

我在翻阅的时候发现《古诗十九首》继承了《诗经》和《楚辞》的浪漫传统。

《诗经》中写男女恋爱赠香草来表达爱慕，如《邶风·静女》，"自牧归荑，洵美且异"。女孩子给小伙子送了嫩茅草，男孩子表示"匪女之为美，美人之贻"，茅草没有啥好看的，关键是美人赠送的啊。《郑风·溱洧（zhēn wěi）》中男女谈恋爱，赠芍药。

《离骚》中屈原追求宓妃，"解佩纕以结言兮，吾令蹇修以为理"，意思是说，要接下佩带作为信物，让蹇修给他说媒。屈原的佩带是什么？"折琼枝以继佩"，他佩带的无非是香草。他还明明白白地说："及荣华之未落兮，相下女之可诒"，意思是说，要趁这香草还新鲜、花还没有落的时候赠给要追求的女人。

你读一读乐府民歌，哪里有男女恋爱赠香草的？《有所思》里面的女主人公要烧掉的信物是什么，是"双珠玳瑁簪，用玉绍缭之"，是值钱的首饰。香草在乡下遍地都是，不值钱，赠那东西有啥意思？大家都不玩儿那种浪漫。

《古诗十九首》就不一样了，谈恋爱或者思念女友、男友，又开始赠香草了——浪漫啊！

如《涉江采芙蓉》：

涉江采芙蓉，兰泽多芳草。

采之欲遗谁，所思在远道。

还顾望旧乡，长路漫浩浩。

同心而离居，忧伤以终老。

这位游子想故乡的恋人，就跑到兰泽——一个芳草很多的地方去采芙蓉。为什么要采呢？因为要赠给远方的爱人。

如《庭中有奇树》：

庭中有奇树，绿叶发华滋。

攀条折其荣，将以遗所思。

馨香盈怀袖，路远莫致之。

此物何足贵，但感别经时。

这位思妇怀念远方的游子，看见院子里有一个树，长得很不错，枝头还开了花儿，于是便折下来，为什么要折树枝？因为要送给远方的爱人。

有些遗憾的是，这馨香盈袖的花枝怎么能送到那么远的地方去呢？那个时候又没有快递，就算能送到，也早就凋谢了。作者直言，这花枝其实也没有什么稀奇的，只是借以表达怀念之情罢了。

# 两情若是久长时：
# 偷看女神洗澡引发的悲剧

## 迢迢牵牛星

迢迢牵牛星，皎皎（jiǎo）河汉女。

纤纤擢（zhuó）素手，札札（zhá）弄机杼（zhù）。

终日不成章，泣涕零如雨。

河汉清且浅，相去复几许？

盈盈一水间（jiàn），脉脉（mò）不得语。

# 1

在中国诸多民间故事中，牛郎织女不得不提。

南北朝时期任昉的《述异记》里有这么一段：

"大河之东，有美女丽人，乃天帝之子，机杼女工，年年
劳役，织成云雾绢缣之衣，辛苦殊无欢悦，容貌不暇整理，
天帝怜其独处，嫁与河西牵牛为妻，自此即废织纴之功，贪
欢不归。帝怒，责归河东，一年一度相会。"

大概意思是说，河东有位非常漂亮的姑娘，但是忙于织天衣的工
作，连打扮都顾不上，天帝很可怜她，便把她许配给河西一个放牛的
小伙子，但是这两个年轻人结了婚以后，就只顾谈情说爱，工作不好
好干，天帝由于羡慕嫉妒恨，就责令织女回到河东，从此小两口一年
见一次面。

从这个故事看，似乎牛郎和织女是有错的，毕竟，他们不能因为
爱情而放弃工作嘛，虽然辛苦，但是不能逃避责任啊。

# 2

在民间，牛郎、织女这两个年轻人受到了极大的同情和追捧。

可能是由于河南南阳黄牛和丝绸非常出名，所以据说这个故事发
生在南阳。

很久很久以前（我们小时候听到的故事基本上都是以这句开头），

南阳城西的牛家庄有一个叫牛郎的孤儿，随哥哥嫂子生活，嫂子对他不好，故意找事儿。有一天，他嫂子给了他九头牛却让他领十头回来，否则永远不要回家。

牛郎就很生气，也很沮丧，要多领一头牛回家，不能偷也不能抢，这可怎么办才好呢？

正在他不知如何是好的时候，在伏牛山他发现了一头生病的老黄牛，他一看机会来了——把这头老黄牛领回家不正好凑个数嘛。于是他就悉心照料这位老黄牛，后来牛张口说话，他才知这头老黄牛可不是一般的牛，原来是天上的金牛星被打下凡间。

不管怎么样，领回家再说，牛郎把老黄牛领回家，成功躲过嫂子的责骂。

## 3

实际上，牛郎干了一件一举两得的事儿，一来嫂子没理由收拾他，二来老黄牛是神仙下凡并打算报答牛郎。

说起来，这头老黄牛出的主意也够馊的。他竟然把仙女们洗澡的地方告诉了牛郎，并说，去趁她们洗澡的时候拿走一件衣服，那个被拿走衣服的美女就会嫁给你。

牛郎一听这是好事儿啊，他也真够"老实"的，于是就照做了。至于拿衣服的时候有没有偷看仙女洗澡，那我们就不得而知了。

被拿走衣服的仙女就是织女，她对这个放牛娃非常喜欢，于是两人相识，坠入爱河，不久就生了一对龙凤胎。

仙女洗完澡嫁给了民间男人，这是触犯天规啊。织女被带回天界。牛郎眼看媳妇被人带上了天，是一点办法都没有。

老黄牛又一次发挥了出馊主意的作用，它告诉牛郎，它死之后把它的皮做成鞋穿上就可以腾云驾雾，到天界和织女相会了。牛郎很老实，等老黄牛死了果然把皮剥了做了双鞋。

# 4

牛郎终于上了天，眼看就要和织女团聚，但是半路上又杀出个好管闲事儿的王母娘娘。

王母娘娘取下发簪，变成一条河挡在牛郎面前，从此牛郎织女不得相见。

天上的喜鹊是一群多情和多事儿的鸟儿，它们被哭得稀里哗啦的牛郎织女感动了——再说，那牛郎担子里担着两个娃娃，看起来着实可怜啊。

喜鹊们可不听天帝和王母的话（好像动物们也不归天帝管理），它们化作"鹊桥"，让牛郎织女踩着它们见面。

王母娘娘有些动容，于是便下令每年农历七月初七两人可以在鹊桥相会。

之后，每年七夕牛郎就把两个小孩放在扁担筐中，到天上与织女团聚。这项任务牛郎每年都坚持，一直到现在。

和《述异记》中的故事不同，这个民间传说版的牛郎织女故事又加了老黄牛和王母娘娘两个角色，而且喜鹊也来帮忙，故事热闹了很多。

# 5

牛郎织女的故事基本上和《孟姜女》《梁山伯与祝英台》《白蛇传》的特点一致，都有一个美好的开始、悲剧的过程和相对美好的结尾。

《孟姜女》中的孟姜女和范喜良一开始也很美好，但是范喜良被征去修长城，并且死掉了，孟姜女哭得很伤心，老百姓不满意让孟姜女继续哭下去，于是让她哭倒了长城。

《梁山伯与祝英台》也是一开始很美好，祝英台女扮男装和梁山伯一块读书学习，后来两个人感情发展，相爱得不得了，但是家长阻拦，他们最后殉了情。老百姓很可怜他们，就让他们变成了蝴蝶，成双成对飞来飞去，多浪漫。

《白蛇传》是知恩图报的故事，但妖和人一起结婚，和尚看不下去啊，于是白蛇娘娘被压在雷峰塔下，许仙也出家当了和尚。而他们最后都升仙，他们的后代则考上状元。

这是民间故事的一大特点——大团圆情节。

你看《孔雀东南飞》不也是这样吗？焦仲卿和刘兰芝最后葬在一块，还长成连理树，变成鸟儿半夜三更地叫唤。

# 6

牛郎织女的传说使得七夕在民间变成了非常重要的节日。

这个节日有三件事情要做。

一是要看星星，坐看牵牛织女，这是民间的习俗。因为每年农历七月初七的夜晚，是天上织女与牛郎在鹊桥相会之时。

二是要乞巧。所以七夕也叫"乞巧节"。织女是一个不但外表美丽，而且心灵手巧的仙女，尤其是在那个做针线非常有用的年代，凡间的妇女要在这一天晚上向织女乞求智慧和巧艺。

三是乞求能找到一个好对象。这纯粹是大家引申出来的，想想看，牛郎追织女是趁人家织女洗澡的时候拿走了衣服——这种追求方式当然很有智慧。所以，有的人要在七夕晚上向这对一年见一次面的夫妻乞求美满姻缘。

传说，在七夕的夜晚，抬头可以看到牛郎织女在银河相会，甚至在瓜果架下可偷听到两人在天上相会时的脉脉情话。

# 7

老百姓总是这么乐观和这么喜欢故事。

文人可就没有这么豁达了，毕竟，高唱"两情若是久长时，又岂在朝朝暮暮"的人是少数。而且像牛郎织女这样的苦命鸳鸯，每天都在隔河相望，那岂不是更痛苦？

所以，《古诗十九首》中的这首《迢迢牵牛星》从某种程度上说，实际上道出了爱情的真相：假设真的和一个人发展到能够望见对方却无法相会，那可就真是惨无人道啦！

泰戈尔有一首诗叫《世界上最遥远的距离》，其中有几句简直就是说牛郎织女这种情况的：

> 世界上最遥远的距离
>
> 不是我就站在你的面前
>
> 你却不知道我爱你
>
> 而是
>
> 明明知道彼此相爱
>
> 却不能在一起

《迢迢牵牛星》是从织女的角度来写的，一年三百六十五天，见面的只有一个晚上，而其余的日子，织女都是怎么过的呢？

"纤纤擢素手，札扎弄机杼。终日不成章，泣涕零如雨。"

她只有不停地织布才能熬过一个又一个相思难眠的夜晚，可是那织出来的布，哪里是什么云锦天衣，她连最简单的花纹都织不好，唯有泪如雨下。

银河在作者的笔下，是一条又清又浅的小河，所以牛郎和织女并非相去太远，可是这盈盈河水的阻隔却让他们彼此相望而无法相会、无法交谈——这才是让人为之悲伤的地方。

这首诗的内容和牛郎织女的传说在情节上相去甚远，似乎把笔触集中到了织女内心的悲伤处，缓缓道来却让人为之动容。

## 8

文人的诗歌永远不会停留在表面，因为他们是文人，想法有点多，也有点曲折。

他们笔下的女人从来不只是女人。

也许真的是有那样一个女人让他们因为能够望见却不能相会、相知而伤心，但更有可能是因为他们在人生和仕途中的失落让他们"脉脉不得语"。

对很多文人来说，东汉末年社会混乱，功名、理想不正是可望而不可即的吗？

不管是宋代的柳永，还是清代的纳兰性德，他们写了太多的词都和女人有关，女人在诗歌中成了一个非常典型的意象，代表了回忆、失落、怀念、失去——然而，这一切不正是他们的人生吗？

所以，诗歌中的女人基本上是写诗的男人的生命归宿、心灵寄托。

# 政治与文学:
# 不可兼得不如相忘江湖

## 今日良宴会

今日良宴会,欢乐难具陈。

弹筝奋逸响,新声妙入神。

令德唱高言,识曲听其真。

齐心同所愿,含意俱未伸。

人生寄一世,奄忽若飙尘。

何不策高足,先踞要路津?

无为守贫贱,轗轲(kǎn kē)常苦辛。

# 1

对古代的文人来说，学习是为了考试，考试是为了当官，当官是为了实现理想、大干一番。正所谓"学而优则仕"。

只有实在当不下去官，他们才隐居起来专门写点东西。文学创作那都是业余生活的一部分，没有人是抱着当作家的目的去写作的。

现在说起当官来，都不好意思说出口，心想，这算啥理想啊。但是，嘴上不说的事儿常常是心里老琢磨的。说好听点儿叫"忌讳"，说不好听点儿就是虚伪。

古代的文人有当官的志向，不忌讳说出来。比如《古诗十九首》中的《回车驾言迈》：

回车驾言迈，悠悠涉长道。

四顾何茫茫，东风摇百草。

所遇无故物，焉得不速老？

盛衰各有时，立身苦不早。

人生非金石，岂能长寿考？

奄忽随物化，荣名以为宝。

一个人驾车远行，在旅途中四顾茫茫，春风吹拂百草，他心想，一路上看到的都是新的东西，没有一样东西不在时光流逝中迁移流变的，人难道不是如此？

每一种事物的盛衰变化都各有时机，人生在世，不过百年，怎么能不担忧立身太晚？人的生命比起金石来更加短暂，如同眼前的花花草草，刚刚新生，转眼之间就叶枯花谢。

所以，争取早日立身、立名，这才是人生中最宝贵的东西啊。

不知道这位作者后来的愿望是否实现，是否获得"荣名"。可能他没有想到，他被人记住的只是《回车驾言迈》——这首不知道作者的古诗。

## 2

另有一人，去参加一个宴会，宴会上的歌曲表达了大家共同的心愿：人生一世，如同忽然之间就在狂风中不见踪影的一粒尘土，何不快马加鞭，在关键部门当大官呢？何必长期挣扎于贫贱的生活和内心的苦悲之中呢？

也许是这位诗人参加宴会看见别人的生活丰富奢侈，这刺痛了他的内心，也许是一些郁郁不得志的人一起聚会，用歌曲抒发感慨。不管怎么样，大家的愿望是一致的，就是要当大官。

有感而发之后，这位文人写了《今日良宴会》。

## 3

上小学的时候，老师问大家长大想当什么，有人说想当科学家，有人想当作家，有人想当老师，有人想当大夫，就是没有人想当官。

当官似乎是一个不怎么样的想法，甚至是一个有点猥琐的理想。

很多年后，那些说想当科学家、作家、老师、大夫的人也许真的如愿以偿，但更多的人发现自己在做的原来都不是自己想要做的事儿。就像当初说的也并不是自己想要说的。

在这段充满假设的叙述中，你会发现，一个人不能成为他想的那样，这是因为：

一，他给自己定的理想并不是他想要做的，而只是表演的需要，所以在实现理想的过程中他一直在配合表演。

二，他想要做的是社会配套的角色，而不是他自己，他的热爱永远停留在表面。

但是话说回来，没有几个人能成为自己想要成为的人。《今日良宴会》和《回车驾言迈》的作者想必也不会例外。

我猜想，如果这两位作者真的成了大官，发达之后应该不会忘记把这么好的两首诗及时归结到自己名下。

# 4

"年年岁岁花相似，岁岁年年人不同"，这两句诗歌很多人都非常熟悉。

《唐才子传》讲了一个关于刘希夷和这两句诗的故事。

"年年岁岁花相似，岁岁年年人不同"这两句诗来自刘希夷的《代悲白头翁》（也叫《白头吟》）。刘希夷的舅舅宋之问苦爱这一联，得知这两首诗还未传于人，就恳求外甥把这两句诗放在自己名下。

刘希夷是个诗人，哪里懂政治啊，当然不肯，宋之问恼羞成怒，就让下人用土袋子把这位不过而立之年的外甥给压死了。

这个故事的真实性不太可靠，结局却着实让人感慨。

故事中宋之问的手段，基本上就是陷害，但是文学的才名不太可能用政治手段得到，即使一时半会儿大家都恭维你才名甲天下，一旦过时，连一坨大便都不如，大家踩都懒得踩你。就好像当官的拿起毛笔题字，如果他的官儿越做越大，字也当然越来越值钱，人们自会争相收藏，一旦失势，恐怕收藏者们扔之唯恐不及。

# 5

反过来说，用文学的才名来争取政治上的得势，恐怕也不怎么好。而且那些优秀的文人，你要是让他政治上得势，说不定政治上无所作为，文学上也耽搁了。

从这个角度说，宋仁宗对柳永的处理虽然有点邪恶，但是又像是做了件好事儿。

柳永三次进京考试。公元1017年第一次赴京赶考，没有考上。这个时候的他还有点洒脱，轻轻一笑，填词道："富贵岂由人，时会高志须酬。"（《如鱼水》）

然而，过了五年，第二次参加科考他又没考上。这次柳永沉不住气了，再加他生性旷荡，在妓院写词已出了名，于是便由着性子写了这首《鹤冲天》：

> 黄金榜上，偶失龙头望。
>
> 明代暂遗贤，如何向？
>
> 未遂风云便，争不恣狂荡？
>
> 何须论得丧？
>
> 才子词人，自是白衣卿相。
>
> 烟花巷陌，依约丹青屏障。
>
> 幸有意中人，堪寻访。
>
> 且恁偎红依翠，风流事、平生畅。
>
> 青春都一饷。
>
> 忍把浮名，换了浅斟低唱。

很明显这是一首发牢骚的词，而且高傲地称自己虽然无官无爵，但是已经是才子中的"白衣卿相"了，而且表示要放弃仕途的"浮名"，一边喝酒一边继续填词歌唱。

从实际情况看，柳永对自己的评价并不过分，这个时候已是"凡有井水处，皆能歌柳词"了，他说自己是才子词人中的"白衣卿相"，从影响力来看倒是名副其实。

柳永这次牢骚发得相当痛快，但是，恰恰是这次痛快让他一辈子都不怎么痛快。

因为柳永是名人，他的影响力太大了，他的痛快影响到了皇帝宋仁宗的心情，皇帝不痛快，他柳永做官就不能痛快，仕途就注定不会痛快。

没过几天，柳永的《鹤冲天》到了宋仁宗手中。仁宗读着读着就读出不爽来了。三年后他用他的绝对权力向柳永进行了报复。

三年后，柳永又一次参加考试，好不容易过了几关，只等皇帝朱笔圈点放榜。谁知，当仁宗皇帝在名册薄上看到"柳三变"时，竟抹去了他的名字，在旁批道："且去浅斟低唱，何要浮名？"

皇帝对柳永的词印象倒是挺深，三年了，竟然还能背出其中的句子来。

对于这次考试的失败，柳永自我解嘲说："我是奉旨填词柳三变。"从此他终日流连于歌楼妓馆、瓦肆勾栏。玩世不恭地扛着"奉旨填词"的御批"招牌"，浪迹江湖，夜以继日地"浅斟低唱"。

## 6

十七年的浪迹生活，使得柳永的文学天赋得到尽情地发挥，也铸就了他的才名。

十七年后，柳永已经四十七岁，他浪迹够了，还是想当个官儿——这也许是他"学而优则仕"的儒家思想在作怪。不管怎么说，当个小官儿，生活上有保障总是好事儿。

这次，他将名字从"柳三变"改成了"柳永"，也终于考中进士。

后来他做了几任小官儿，最大做到屯田员外郎（有名无实的小官儿，属于基本无事可干的公务员），所以大家也叫他"柳屯田"。

# 7

每次读到柳永的词，我都忍不住想，这家伙要是当时当了大官，以他的狂傲性格和放荡作风，是不是真的可以在政治上大有作为？

好在宋仁宗坏心做了件好事儿，后代知道柳永的人可比知道赵祯（宋仁宗）的人多得多了。

宋仁宗是从政治的角度来读诗歌，结果读出了问题，而柳永是用词人的逻辑去当官，自然也会不痛快。

也许，柳永的理想一直没有离开过仕途，他没有成为他想要成为的那个人，但是他成为了文学史上不得不提的大作家。

个人的愿望和社会对他的期望并不一致，这当然是一种悲剧，我对柳永的愿望没有实现表示遗憾，也为他在文学上的成就表示赞美。

政治和文学既然属于不同的领域，用不同的逻辑来做事情，我想最好的办法就是"相忘于江湖"（《庄子·天运》）吧。

# 歌行:
# 时光里漂流的音符

## 长歌行

青青园中葵，朝 (zhāo) 露待日晞 (xī) 。

阳春布德泽，万物生光辉 。

常恐秋节至，焜 (kūn) 黄华 (huā) 叶衰。

百川东到海，何时复西归?

少壮不努力，老大徒伤悲。

# 1

《古诗十九首》中的很多诗歌都写出了距离感。

《行行重行行》说："相去万余里，各在天一涯。"

《涉江采芙蓉》说："远顾望旧乡，长路漫浩浩。"

《冉冉孤生竹》说："千里远结婚，悠悠隔山陂。"

《庭中有奇树》说："馨香盈怀袖，路远莫致之。"

《迢迢牵牛星》说："河汉清且浅，相去复几许?"

《孟冬寒气至》说："可从远方来，遗我一书札。"

《客从远方来》说："相去万余里，故人心尚尔。"

这些都写距离感，而且都写"远"，距离的遥远给思念和愁绪留下了太多的空间。

写时间的时候，则写"长"，也写"短"。

《孟冬寒气至》说："愁多知夜长，仰观众星列。"

《冉冉孤生竹》说："思君令人老，轩车来何迟。"

《庭中有奇树》说："此物何足贵，但感别经时。"

对这些"漫漫长夜、无心睡眠"的思妇来说，时间慢得像爬行的蜗牛。

可是对那些希望建功立业的人和担心时光带走美丽容颜的女人来说，时间，仿佛经不起折腾，仿佛一不小心，时间就会溜走。

《行行重行行》说："思君令人老，岁月忽已晚。"

《今日良宴会》说："人生寄一世，奄忽若飙尘。"

《明月皎夜光》说："白露沾野草，时节忽复易。"

《回车驾言迈》说："人生非金石，岂能长寿考？"

《明月何皎皎》说："客行虽云乐，不如早旋归。"

诗人们的敏感在《古诗十九首》中表现得非常突出，而且这种敏感似乎是每个人都与生俱来的一种感觉，只不过在诗人那里更加打动人心。

# 2

《乐府诗集》中有一首古诗《长歌行》则专门针对时间发出感慨，使得"少壮不努力，老大徒伤悲"成为后来人时不时就要引用出来鼓励自己早点行动的名言，中学生写作文也经常引用这一句来说明时间宝贵。

《长歌行》的作者是通过两种东西来描述时间的，一是向日葵，二是流水。

清晨，向日葵花开正好，露水未干，和万物一样，在春天的恩赐下，吸收着天地精华，茂盛生长——多么朝气蓬勃，可是时间来了之后，一定会把这一切带到花谢枝枯的秋天。

这就是时间，它给你的也是它要带走的。

河水奔流也好，小溪涓涓也罢，在中国这块西高东低的土地上，不管你拐多少弯儿，终究得汇入大海吧？

孔子站在河边就说过："逝者如斯夫，不舍昼夜。"

晚上我们都睡着了，时间照样过，白天我们到处忙碌，时间还是照样过，水不能从大海流到雪山上去，时间也不会倒过来让你回到玩泥巴的童年。

时间所过，皆成回忆。

"少壮不努力，老大徒伤悲!"这就是结论。

发出"人生苦短"的感慨，一般来说都不是青少年，要么是已经"老大徒伤悲"的大龄人，要么是已经到了中年，觉得自己一事无成，对自己一天天变老的生命感到恐惧和担心的人。所以"少壮不努力，老大徒伤悲"对年轻人来说基本上是耳旁风，只有很少的人能把问题想得这么严重。

## 3

有"长歌行"，其实还有"短歌行"，比如曹操那首"对酒当歌，人生几何"就是《短歌行》。

奇怪的是这首《长歌行》很短，而曹操那首《短歌行》却相当长。可见，所谓"长、短"不是指诗歌字数的多少。

最有代表性的看法有两种，一种是《古今注》的作者崔豹，认为"长歌、短歌"是说人的寿命有长有短，各有定数，不能妄求。另一种是给《文选》作注的李善的说法，他说"长歌、短歌"是歌唱声音的长短，和寿命没有啥关系。

《长歌行》和《短歌行》基本上都是抒发对时间和人生的感慨，人生苦短，应该趁年轻多干点儿，所以崔豹的说法似乎也可以勉强说得过去，李善从音乐上说"行声有长短"似乎也有道理。

## 4

《乐府诗集》中叫"某某歌""某某行""某歌行"的诗歌还真不少，除了《长歌行》《短歌行》之外，还有《燕歌行》《齐讴行》《吴吟行》（"讴"和"吟"还是唱歌的意思）。

"燕""齐""吴"都是地名，诗歌内容和这些地方并没有直接关系，实际上只是标明了这些歌曲的地方特点。

152

那么，以此推论，《长歌行》《短歌行》"长"和"短"形容音乐特点的可能性更大，自然，李善的说法就更有合理性了。但是诗人们既然已经习惯用《长歌行》和《短歌行》来慨叹人生苦短，这也算是相对固定的一种体裁吧。

## 5

东汉的文人们很喜欢这种"歌行"的诗歌方式，并且发扬光大。

以曹操为例，《蒿里行》本来是古代送葬时用的挽歌，他用这个题目写起了关东州郡将领讨伐董卓的事儿，写"白骨露于野，千里无鸡鸣"的惨状。

《短歌行》本来是抒发人生苦短的，曹操用这个题目不但抒发"人生几何"的感叹，更表示要向周公一样爱惜人才。

还有《苦寒行·北上太行山》《步出夏门行·东临碣石》《步出夏门行·龟虽寿》几个名篇也基本上是"歌行"的发挥。

曹操似乎更擅长写四言诗，他的四言诗既有《诗经》的那种古朴，也有乐府诗歌的那种流畅自然。

他的《短歌行·对酒当歌》一共三十二句，有四句引用自《诗经》。

"青青子衿，悠悠我心"引用自《诗经·郑风·子衿》，"呦呦鹿鸣，食野之苹"引用自《诗经·小雅·鹿鸣》，这四句放在这首诗歌中，不像是引用，倒像是曹操自己写的一样自然贴切。

## 6

"三曹七子"和后来魏晋的一大批诗人都喜欢模仿乐府"歌行"的方式写诗。鲍照是其中创作最成熟的一位诗人，大家喜欢把"歌行体"归功于他。

鲍照（414年—466年），字明远，江苏人，由于出身贫寒，政治上很不得意，做过最大的官儿是临海王萧子顼的前军参军，所以后人叫他"鲍参军"。怀才不遇，对社会不满，只好通过写诗歌来批评社会黑暗面。

鲍照写的诗歌不外乎五言古体和乐府体，乐府体中写得最好的是"歌行体"，十八首《拟行路难》尤其著名，他的"歌行体"比乐府诗中的"歌行"和东汉末年"三曹七子"的作品题材更宽、思想更深刻、形式更加灵活潇洒、语言更成熟，一直影响到了唐代的李白、杜甫等人。

# 7

> 对案不能食，拔剑击柱长叹息。
>
> 丈夫生世会几时？安能蹀躞垂羽翼！
>
> 弃置罢官去，还家自休息。
>
> 朝出与亲辞，暮还在亲侧。
>
> 弄儿床前戏，看妇机中织。
>
> 自古圣贤尽贫贱，何况我辈孤且直！
>
> ——《拟行路难·其五》

第一句一下子就把心中的不满彻彻底底表现出来，"对案不能食，拔剑击柱长叹息"，饱含了多种感受——郁闷、愁苦、英雄无用武之地、不满、担忧、遗憾。

这么嚣张的情绪竟然被他一句反问压制了下来，转而颇有兴致地写弃官回家尽享天伦之乐，这得多大能量？

读到最后一句，才知道，原来经过"拔剑击柱"的折腾，他已经悟到"自古圣贤尽贫贱，何况我辈孤且直！"

这首诗歌五言、七言的句子顺手拈来，集气势轩昂和温情脉脉为一体，险峻而温馨，很容易让人想到李白的《行路难》《梦游天姥吟留别》的那种风格。事实上，李白是受鲍照影响比较大的。

# *8*

"歌行体"也是唐诗的重要部分，所以，提到唐诗的时候不要只晓得绝句和律诗，唐代的古体诗和歌行体成就也不小。

初唐刘希夷的《代悲白头吟》与张若虚的《春江花月夜》就是了不起的歌行体。后来则有白居易的《长恨歌》、岑参的《白雪歌送武判官归京》、杜甫的《茅屋为秋风所破歌》等；白居易的《琵琶行》、杜甫的《兵车行》等；高适的《燕歌行》。可谓蔚为壮观。

这些名篇如今读起来，就像是一些在时光里继续漂流的音符，绵长悠远，若隐若现。

# 曹子建：

## 他那么有才，为何老爸翻脸、兄弟相残？

### 七哀诗

曹 植

明月照高楼，流光正徘徊。

上有愁思妇，悲叹有余哀。

借问叹者谁？云是宕子妻。

君行逾十年，孤妾常独栖。

君若清路尘，妾若浊水泥。

浮沉各异势，会合何时谐？

愿为西南风，长逝入君怀。

君怀良不开，贱妾当何依？

# 1

在中国古代诗歌的诸多题材当中，山水诗不可不提，提起山水诗来，如果不提谢灵运（385年—433年）那也说不过去。

谢灵运被认为是中国文学史上山水诗派的开创者。甚至连他发明的登山鞋——"谢公屐"也和他的文学才华一起被人们津津乐道。

但是在谢灵运本人看来，另外一位诗人要比他厉害得多，那就是曹植。

谢灵运称"天下才有一石，曹子建（植）独占八斗，我得一斗，天下共分一斗。"谢灵运不知道是在夸赞曹植，还是在夸赞他自己，总之后来"才高八斗"的说法逐渐流传开来，如果是要夸谁有才华，用这个成语就算是夸到家了。

# 2

事实上，曹植确实很有才华。

曹植（192年—232年），字子建，沛国谯（今安徽省亳州市）人。他的老爸就是历史上有名的曹操（字孟德），也是非常有才华的人。

曹植十岁的时候文学才华已经显露出来。

一是记忆力好，《诗》《论》随便十几万字曹子建都能背下来。所以文学底子很厚，写作基础非常扎实。

二是擅于写文章诗词，曹子建的文章，他老爸曹操这样有才华的人见了也不得不称奇，甚至怀疑是别人代笔，曹植说："我言出为论，下笔成章，你可以当面试我，看我是不是请人代笔。"

果然，曹操建好了铜雀台之后找到了这样一个机会，让儿子们各写一篇辞赋，结果曹植写得最快，也写得最好，名曰《登台赋》。

曹植不光是文章写得好，也很会和老爸说话，所以曹操一开始很喜欢他，甚至想让曹植做自己的继承人。

## 3

本来，如果曹植多努力一下，那就没有后来当皇帝的曹丕什么事儿了。但是曹植除了不是长子之外，他还喜欢喝酒，而且不懂政治。

有一次，曹操出兵和孙权打仗，曹植、曹丕都来送行。

临别时，曹植高声朗读了为曹操所写的华美篇章，大家十分赞赏。

曹丕见状怅然若失，吴质对他耳语说："王当行，流涕可也。"

好吧，写文章不行可以哭鼻子作秀啊。于是曹丕当即泪流满面，感动得曹操唏嘘不已。

曹丕的这一哭可算是合了曹操的心意了。政治不是写文章，要的不是真性情，要的是表演啊，这个曹植哪里懂得。

建安二十四年，曹仁为关羽所围。曹操命曹植作南中郎将，当征虏将军去救曹仁。

带兵出征、掌握军权，这明明是曹操有意重点培养继承人。

遗憾的是曹植喝醉了酒，曹操派人来传他，连催几次，他仍昏睡不醒，曹操一气之下取消了曹植带兵的决定。这样一次绝好的机会，让曹植给整没了。

这位诗人是真不懂政治。

# 4

从不懂政治的层面来看，曹植年轻时候写的《白马篇》等充满政治抱负的诗篇只是空有一番热情。

诗人大多很有热情，感情充沛缺乏理性，要么浪漫得要命，要么郁闷得要死。

曹植最终郁郁而死，因为他的理想、抱负以及对感情和亲情抱有的那些热情被他老爸、老哥以及亲侄子先后不断浇凉水给浇灭了。

曹植不懂政治，但是他的下属有懂的，如果他能利用好这些人，政治上仍然可以很有作为。比如杨修，不但懂政治，连曹操的心思都摸得透（虽然他似乎唯一没有看透的就是曹操这个人杀人不眨眼）；再说曹子建的第一任老婆崔氏的叔父崔琰，也非常懂政治，这样的人也可以利用亲戚关系争取过来嘛。

但是，曹操将曹丕定为继承人之后，一切都晚了。杨修被曹操找借口给杀了，崔琰也被曹操找借口（"辞色不逊"）做掉了，连曹植的夫人崔氏也因为"衣绣违制"被曹操赐死。

曹操这是明摆着要打击曹植，为曹丕即位打好基础。

# 5

后来，曹丕继承了老爹的位子。

作为弟弟的曹植自然更没有好果子吃了。曹丕也很为难，他想除掉曹植，却找不到合适的理由。因为曹植除了喝酒之外，实在找不到什么罪名。喝酒骂人也不是什么大罪啊。

于是，"七步诗"的故事上演了。

曹丕对老弟曹植说："你不是很能作诗吗？我限你在七步之内做一首诗，做不出来，我就处理你！"

曹丕的这主意不知道是谁想出来的，对曹植来说，出口成诗并不是什么难事。

曹植诗曰："煮豆持作羹，漉菽以为汁。萁在釜下燃，豆在釜中泣。本自同根生，相煎何太急？"

诗歌的用意是很明白的，大家都是一个娘养的，何必打击得这么紧？

有人说这首诗和这个故事都是瞎编的。但不管怎么说，曹丕打击曹植是肯定的，不然他的皇帝当得也不安稳啊。

曹植没有被曹丕急着杀掉还有另外一个原因，那就是曹植的母亲卞氏。卞太后的话说得很绝："你已经杀我的任城王（曹彰），再要杀陈留王，我也不想活了。"

# *6*

曹丕看在老娘的面子上，终究没有杀曹植，但是贬来贬去自然是难免的。

魏文帝曹丕是公元220年即位，226年退位；曹丕的继承人曹叡继位后一直干到公元239年，即魏明帝。这两位当皇帝的时候曹植干吗呢？以下是曹植的官职和任职时间：

南中郎将 （219年）

征虏将军 （219年）

平原侯 （211年—214年）

临菑侯 （214年—221年）

安乡侯 （221年—221年）

鄄城侯 （221年—222年）

鄄城王 （222年—223年）

雍丘王 （223年—227年）

浚仪王（227年—228年）

雍丘王（228年—229年）

东阿王（229年—232年）

陈王（232年—232年）

从曹丕和曹叡的角度考虑，既然自己要安安心心当皇帝，当然得排除异己，何况是曹植这种至亲，更何况还那么有才——曹植的血统没问题，才华也要高于他们——对皇帝来说，这是多大的威胁啊！

曹植在政治方面没有什么天赋，但是下面的人肯定有希望他当领导的，所以从当皇帝的角度来看，曹丕和曹叡的做法还是明智的。

据说曹叡刚当上皇帝的时候是有心要重用叔父曹植的，但是有大臣建议还是别用了，因为曹植比起你曹叡来更有能力当皇帝。于是，曹植接着被贬来贬去。

后来，人们一遇到兄弟阋（xì）墙、自相残杀的情况，总会想到"本是同根生，相煎何太急"这两句话。皖南事变，周恩来也题词："千古奇冤，江南一叶；同室操戈，相煎何急！"

公元232年，曹植的最后封地陈郡成了他人生的最后一站，死后谥号"思"，所以又称"陈思王"。

# 7

以上就是谢灵运崇拜的"陈思王"曹子建的经历。

刘勰《文心雕龙》客观地说："文帝以位尊减才，思王以势窘益价。"

曹植所遭遇的不幸确能引起很多人的同情，但是他的才华仍然是最主要的。明代王士祯（1634年—1711年）认为自汉魏以来两千年间诗家堪称"仙才"者，只有曹植、李白、苏轼三个人——这可是很高的评价。

*8*

实际上，曹植在文学创作上确有其特点。

建安七子之一的王粲写过三首《七哀诗》，写自己离开长安的时候看到的乱象和自己悲痛的心情，更像是继承了古体诗直白实录的传统，民间特点非常明显。比如《七哀诗·其一》：

西京乱无象，豺虎方遘患。

复弃中国去，委身适荆蛮。

亲戚对我悲，朋友相追攀。

出门无所见，白骨蔽平原。

路有饥妇人，抱子弃草间。

顾闻号泣声，挥涕独不还。

未知身死处，何能两相完？

驱马弃之去，不忍听此言。

南登霸陵岸，回首望长安。

悟彼下泉人，喟然伤心肝。

曹植也写了《七哀诗》，不过，主要用来抒情，而且用了文人惯用的"代言"的方法，以一位妇女的口吻来暗写自己面临的困境。

"明月照高楼，流光正徘徊"即是《诗经》常用的"兴"的手法，同时告诉你主人公所处的环境：明月高悬而流光徘徊。

"上有愁思妇，悲叹有余哀。借问叹者谁，言是客子妻"即用"赋"的方法交代这位抒情妇女的身份和状态：原来她是一位游子的妻子，如今因为愁绪满怀而独立高楼，悲叹声中透着几份哀伤。

从"君行逾十年"开始，则完全从这位思妇的角度来抒情。

"君若清路尘，妾若浊水泥"显然是比喻，将夫君比喻为路中的清尘，将自己比喻为污浊的水和泥，两人相差太远，难以融合在一起，既然"浮沉各异势",自然要问"会合何时谐?"这一问,既有不能相见的悲哀,也有对未来失去希望的恐惧。

"愿为西南风,长逝入君怀"又是比喻,可以的话,我愿意化作西南风,进入夫君的怀抱中!但是"君怀良不开,贱妾当何依?"爱情不是一厢情愿的,即使我继续忠贞不贰,那要是夫君您已经别有所求,那我该当如何呢?这一问,既有忠贞不贰的态度,也暗含对夫君的失望和自己命运的忧虑。

# 9

表面看,这是一首爱情诗,但是文人的爱情诗基本上不是单纯写爱情的,曹植岂能例外。

所以这首充满文人特点、又借用民间形式创作的诗歌给读者预留了很大的想象空间。

有人分析说在这首诗里面,曹植是"贱妾",曹丕是"夫君",他们确实处境不同,而且曹植的处境更加糟糕。

当然,你也可以认为曹植是"贱妾",而他日子还没有这么糟糕的时候的好朋友是"夫君",如今因为政治的原因各行其道,而曹植心无所依。

还有,你可以认为曹植是在写自己的失意心情和失落情绪,根本没有暗指谁是"贱妾",谁是"夫君",这也是合理的。

不管怎么样,"君怀良不开,贱妾当何依"的这种从今以后心无所依的感受表现得非常到位。

曹植在写作中运用的手法可以说是集《诗经》和《乐府》之大成,而且浑然天成,毫无雕琢造作的痕迹。这是他的高明之处,也是很多诗人所达不到的境界,或者就是他的天赋。

# 10

曹植在好几首抒写个人情绪的诗歌中都忍不住发问。

一，对理想发问，对自己的才华发问——《杂诗·南国有佳人》问："时俗薄朱颜，谁为发皓齿？"世俗就是把美丽看得很轻啊，你能够为谁启齿歌唱？

二，对命运发问，对自己的前途发问——《杂诗·仆夫早严驾》问："将骋万里途，东路安足由？"从洛阳到鄄城的路途万里，真的值得一去吗？

三，对人生发问，对生离死别发问——《赠白马王彪》问："变故在斯须，百年谁能持？离别永无会，执手将何时？"人生灾变只在顷刻之间，百年人生能否走到最后？离别恐怕永远难再会面，握手一聚该是何时何夕？

曹植问来问去，最终没有问出来个原因来（这让人想起屈原写《天问》来）。

这就是诗人，不在发问中沉默，就在发问中写作，人生本来有路，问得多了，也就没有了路。

也许后人的评说是最好的归宿。

# 魏晋风流：
# 真风流难敌假世道

## 咏怀诗·其一

阮　籍

夜中不能寐，起坐弹鸣琴。

薄帷鉴明月，清风吹我襟。

孤鸿号外野，翔鸟鸣北林。

徘徊将何见，忧思独伤心。

## 上篇：他们干吗要吃药、喝酒、扯淡？

### 1

谈到魏晋的名人雅士，很容易让人有一种衣带飘飘、喝酒聊天、非常洒脱的印象，实际上，这跟他们主要做的三件事儿有关：吃药、喝酒、扯淡。这三件事对当时还是后世都产生了很大影响。

鲁迅有一篇演讲稿叫《魏晋风度及文章与药及酒之关系》，就是专门说这三件事的关系的。要欣赏魏晋诗歌，自然得先了解一下这三件事。

### 2

先说吃药，据说是何晏开始吃的。

何晏（约193年—249年）这个人比较奇怪，好老庄，"美姿仪而绝白"，喜欢敷粉，人称"傅粉何郎"，生性好色。

魏文帝曹丕很讨厌何晏，称何晏为"假子"，就是"假男人"，而且还不给他官儿做。魏明帝即位后在对待何晏的态度上和老爸曹丕一样：厌恶并压制。

直到正始年间（240年—248年）曹爽执政，何晏和他的一帮人才算是在政治上有了优势。

再后来，司马氏得势之后，何晏和他的同党们被司马懿给杀了。

魏晋时代影响最大的三件事中有两件即吃药、扯淡（清谈）都是何晏起的头，并且后来成为文人雅士们的时尚。

何晏吃的可不是感冒药那类普通药，而是一种名叫"五石散"的毒药。

五石散的基本成分，据鲁迅说"大概是五样药：石钟乳、石硫黄、白石英、紫石英、赤石脂，另外怕还配点别样的药。"

这药很贵，穷人吃不起，而且不会吃，所以吃的人都是有钱人，而且是有钱人中的聪明人，何晏有钱又聪明，所以他可以吃，而且据说成了第一个改良"五石散"成分并吃起来的人。

正始年间的何晏相当有势力，他一吃不要紧，名人雅士都效仿，所以就流行起来，晋代达到了高潮。

经吃药的人反复实践，吃完药后得注意两件事：一是吃药后身体发热，皮肤易损，所以要穿宽衣服多运动，以散发药性；二是要注意饮食，吃饭得吃冷饭，喝水得喝凉水，酒不能冷喝，得热一下再喝。

鲁迅先生还介绍说："更因皮肤易破，不能穿新的而宜于穿旧的，衣服便不能常洗。因不洗，便多虱。所以在文章上，虱子的地位很高，'扪虱而谈'，当时竟传为美事。"

衣服宽大，不鞋而屐，这种很飘逸的造型一开始只限于吃了药的人，后来在风流名士中流行起来，变成了时尚。"竹林七贤"之一的嵇康就坚持吃药。

## 3

再来说酒，酒发明得比较早，但是喝酒喝到最高潮的应该是魏晋名士，最杰出的"酒鬼"要算刘伶了。

刘伶（约221年—300年），西晋沛国（今安徽宿县）人，字伯伦，是西晋著名的名士组合"竹林七贤"之一，靠喝酒成为"千古醉人"。他对待政治的态度和老庄一样，主张无为而治，所以平生大部分时间都花在喝酒上，曾作《酒德颂》，大出其名。

刘伶身高只有六尺（据有关专家计算合今1.41米），而且面容丑陋，其貌不扬；性格放荡不羁，恬淡少语。

这样一个人自然是朋友很少的，但是他遇到阮籍、嵇康后很投脾气，立即结为至交，携手入林，一起喝酒、扯淡。参与其中的还有山涛、阮咸、向秀、王戎四个人，时人合称他们为"竹林七贤"。

## 4

刘伶喝酒究竟喝到了什么程度呢？举两个例子。

有一次，刘伶在家里喝醉酒，脱了衣服一丝不挂。有客人进屋找他正好看见就讥笑他。

刘伶傲然面对："我以天地为栋宇，屋室为裈衣，诸君何为入我裈中？"（天地是我的房屋，房屋是我的衣裤，你们为什么要钻进我的裤裆里来？）

喝醉酒并放荡不羁到能讲出一丝不挂的道理来，恐怕只有刘伶了。

又有一次，刘伶犯酒瘾，要老婆拿酒，他的老婆哭着把剩余的酒全洒地上，又摔破了酒瓶子，涕泗纵横地劝他说："你酒喝得太多了，这不是养生之道，请你一定把它给戒了吧！"

刘伶回答说："好呀！可是靠我自己的力量是没法戒酒的，必须在神明前发誓，才能戒得掉。就烦你准备酒肉祭神吧。"

刘伶的妻子是个老实人，信以为真，听从了丈夫的吩咐，真的准备了酒肉。

于是刘伶把酒肉供在神桌前，跪下来祝告说："天生刘伶，以酒为名；一饮一斛，五斗解酲。妇人之言，慎不可听。"说完，取过酒肉，结果又喝得酩酊大醉。

"竹林七贤"没有不喝酒的人，魏晋名士们没有不喝酒的人。离开酒，他们没法儿过。

# 5

最后来说扯淡。

说起来，古代文人是最喜欢讲道理的，而且喜欢谈论治理天下，不同的人有不同的谈法，但是像魏晋名士们集中起来谈哲学问题，恐怕是历史上最扯淡的了。

他们为什么好这口呢？我想和当时的社会环境有很大关系。

文人最喜欢聊天的时候一般是政局让他们感到迷茫的时候，一旦他们不聊政治问题而聊其他，那肯定是政治最不怎么样的时候。

春秋战国天下四分五裂，诸侯争霸，谁都要拉拢聪明人给他们帮忙，文人们就开始提出主张，开始大肆扯淡，所以诸子百家兴起。

清末政治最腐败，文人在干吗？大部分都在躲起来搞学术，对政治不想说话也不敢说话，实在想说什么的话就去说点儿学术问题好了。

魏晋的政治形势如何呢？有两点：

一是政局迷乱。一开始是三国，接着是魏要统一天下，可是司马氏篡权，文人们一不小心就跟错了主子丢了命。虽然扯淡的欲望也很强烈，但是对政治最好还是避而不谈。

二是政治不怎么样。春秋时候诸子喜欢谈论治天下的道理，但是魏晋名士们把诸子们的理论拿出来看的时候，一下子傻了眼，农家靠不住，法家靠不住，兵家靠不住，儒家的"礼"和"仁"简直变成了虚构，哪家都靠不住啊，挑来挑去就剩下老庄了，结果老庄主张"无为"。

看来只好"无为"了，魏晋名士们开始了他们的无为生活，所谓

"无为无不为"，什么都不干就是什么都干好了。再说当时正好赶上老庄向道教过渡，于是乎吃药、喝酒、扯淡的生活逐渐成为主题。

这些人聊天是不谈治理天下的，几乎都是哲学问题，什么本和末、有和无、动和静、一和多、体和用、言和意、自然和名教等等。

他们讨论完了还写感悟，于是乎就成了"玄言诗"。后来的诗论家表示这些诗歌是"淡乎寡味"，不是好诗歌，殊不知人家这才不是写诗歌呢，这是扯淡哪。

## 6

吃药、喝酒、扯淡对文人雅士来说本来是没啥大不了的，但是仔细想想你会发现，这三种东西在魏晋产生真是太合适了，因为只有这三种东西不是皇上陛下能禁止的。

吃药，皇帝巴不得有人尝试出真丹来自己也吃一粒以便长生不老。再说，那个时候儒释道争先恐后地发展壮大，有时候还会碰撞，皇帝也有点糊涂，但是追求长生不老总不会不对吧？

喝酒，也没有办法禁止，喝醉酒你没有办法治罪，再说禁止了喝酒你皇家的宴会、招待、狎妓都如何进行？

扯淡就更不用说了，人家不说你坏话就不错了，你不允许人家扯淡岂不是要弄得"道路以目"、反目成仇？

## 7

这三件事对魏晋文人名士的影响真是太大了。

吃药，改变了他们的衣食住行的习惯，改变了他们的生活状态，他们喜欢上了宽衣、木屐，喜欢上了旅游，变得洒脱和无拘无束。

喝酒，改变了他们的脾性，使他们变得率真，所谓"酒后吐真言"。

扯淡，改变了他们的思考方式，表面上放荡不羁，实际上思维并不混乱，探究哲学问题那可不是混乱的头脑能胜任的。

所以这三件事儿简直就是魏晋风度的核心要素。

他们为什么要做这三件事儿呢？因为他们只有这三件事儿可以好好做。

魏晋的文人名士们都是士族，是属于统治阶层的最下层，但是又比普通老百姓地位高一些，成分比较复杂。生活上温饱问题不用操心，仕途上主要是门阀决定，所以也不用太在意能不能当官、能当多大官。再说，魏和晋统治者都是通过篡权上台的，政局多变，文人也不好做出选择。所以他们最好就是吃饱穿暖又读了很多书之后到处集会扯淡，吃药旅游。

下篇：生亦何欢，死亦何哀？

# 8

有人说魏晋风度的形成是受魏晋时代儒、释、道各自成形的影响，实际上，对魏晋文人名士影响较大的显然是道，而儒、释更多影响的不是他们，而是统治者和普通老百姓。

我们可以把魏晋的社会分成三个部分，统治者、士族、普通老百姓。

统治者需要的是儒家的那套有礼有面的东西。

他们上台不怎么合法，私下里又很下三烂，本来和儒家思想不符，但是儒家的那套纲常伦理多适合他们装饰门面啊。杀个人本来是自己想杀，非要拿出"不孝"等罪名来。所以，儒家对魏晋的统治者影响最大，礼教是魏晋统治者们的遮羞布。

士族本来是最相信儒家的，但是事实证明儒家靠不住，而且统治者用儒家来遮羞这显得多恶心啊。所以，他们转而受道家影响比较大，对政治的态度是无为，只好吃药喝酒旅游扯淡。但是仔细研究可以发现，他们骨子里是最儒家的，道家只改变了他们的表面。

政局不稳的时代，老百姓只将吃饱穿暖作为头等大事，至于那些礼教的东西，他们又不读书不识字，只是按照统治者的要求做做样子罢了。至于道教的吃药访仙，他们要下地劳动，哪有时间啊，吃饱都难的情况下还追求什么长生不老啊。结果佛教占了便宜，佛经故事本来就很有趣，什么"因果报应"啦，"轮回"啦，那不正是生活在水生火热中的老百姓所需要的吗？

所以，儒释道对魏晋时代的影响是在不同层面上的。

# 9

魏晋的这些文人雅士们脾气古怪，行为变态，有的还因此丧了命。

小时候就以让梨出名的孔融，多孝顺啊，但是，他的理论认为"父之于子，当有何亲？论其本意，实为情欲发耳。子之于母，亦复奚为？譬如物寄瓶中，出则离矣。"

在孔融看来，父母生下孩子就是情欲的结果，和瓶子里倒出东西的道理是一样的——这样的理论在当时也是无人出其右的。

虽然孔融只不过是强调血统关系的自然而然。但是，一直想找借口杀孔融的曹操一下子抓住了机会，孔融说的这段话成了最好的借口，罪名是"不孝"。

孔融如果是聚集一帮雅士跑到林子里去扯淡倒也罢了，一个搞政治的人在公共场合扯淡那可是拿生命开玩笑啊，他性格又倔强不肯低头，他也不想想，曹操想杀人，难道会缺个借口？

# 10

嵇康死得更是固执。

山涛本来是嵇康的好朋友，后来去当尚书吏部郎，在他就要另谋高就的时候，朝廷要他推荐一位合格的人来继任，他真心诚意地推荐了嵇康。

作为哥们儿，山涛本来是好意，但是一向厌恶当官的嵇康却得理不饶人，拒绝了山涛。拒绝也就罢了，但是他非要写什么《与山巨源绝交书》。

山涛倒是没啥意见，他也知道嵇康的脾性。但是司马昭之属可就不这样想了，这是跟政府作对啊。

后来，在朝廷为官的吕巽、吕安两兄弟不和，由于嵇康是他们的朋友，所以他们要嵇康出来调停。嵇康很认真，仔细了解情况后发现，原来是哥哥吕巽强奸了弟弟吕安的媳妇，于是义愤填膺，写下了《与吕长悌绝交书》，痛骂吕巽一顿。

吕巽告到了司马昭那里。

司马昭一直不喜欢老不配合他的嵇康，根本不用辨别是非就借此机会除掉了嵇康，而且也完全不顾当时的舆论压力。

嵇康上刑场据说是很潇洒的。

临刑前，嵇康神色如常。他看了看日影，行刑尚早，于是向妻子要来平时爱用的琴，弹奏了一曲《广陵散》。

曲毕，嵇康把琴放下，叹道："昔袁孝尼尝从吾学《广陵散》，吾每靳固之，《广陵散》于今绝矣！"

嵇康就这样从容地死了，他死前最遗憾的事儿就是《广陵散》将要失传。当时，他年仅四十。

# 11

还有一些没有因为政治原因死亡的魏晋名士，也有非常奇怪的脾性。再讲两个来自《世说新语》的小故事。

第一个故事：

管宁、华歆两个人是好朋友，一起在园中耕地种菜。有一天，他们看到地上有块金子。管宁仍然挥动锄头，与看到瓦石没有什么两样，华歆则把金子捡起来扔掉。又有一次，两人同坐在一张席子上读书，此时有乘轩车穿冕服的达官贵人从门口经过，管宁照样读书，华歆放下书出去看。管宁就把席子割开，与华歆分开坐，并对华歆说："你不是我的朋友。"

另一个故事：

王羲之的儿子王子猷，住在山阴。有一天晚上下大雪，他正好睡不着，于是推开门，命人斟酒，欣赏起雪景，吟诵起左思的《招隐诗》。这个时候他忽然想起在剡县的好友戴安道，于是即刻乘小船前往拜访。经过一宿，终于到了戴安道门前，他却掉头又回来了。有人问他为什么，他说："我本来就是乘兴而行，兴尽而返，为什么一定要见戴安道呢？"

在《世说新语》中，还有很多类似的故事。

# 12

这些"风流"人物为什么这么奇怪呢？

其实仔细看看，你会发现，不是他们奇怪，是世道太奇怪了。他们不过是按照自己的想法率性而为罢了。

阮籍的一首《咏怀诗》可以说解释了他们魏晋风流人物为什么要反对礼教：

洪生资制度，被服正有常。

尊卑设次序，事物齐纪纲。

容饰整颜色，磬折执圭璋。

堂上置玄酒，室中盛稻粱。

外厉贞素谈，户内灭芬芳。

放口从衷出，复说道义方。

委曲周旋仪，姿态愁我肠。

阮籍对统治者的嘴脸看得还是比较清楚的。

他这样描述统治者：制定了制度，自己不遵守，穿得人模样，实际上是禽兽；设了尊卑秩序和纲常伦理，自己却住在皇宫乱伦；打扮得很正式，执政也很讲究礼节，祭祀的时候却用水代酒做样子，放点粮食欺骗神明；外表是够严肃，实际上私下里龌龊无比，开口闭口仁义道德，这不过都是造作出来的，是给别人看的。

所以，人的本性哪儿去了？

# 13

稽康的《幽愤诗》道出了他们这些"风流"人物追求的东西："志在守朴，养素全真"，就是要坚持人最本质的东西，要培养素质以全其真性，要把人最天真最质朴的东西作为追求的目标，而不是虚假的礼教。

所以，魏晋风度是不反礼教的，而是反虚假的，这些人的骨子里其实是最礼教的。正如鲁迅所言：

"因为魏晋时代所谓崇尚礼教，是用以自利，那崇奉也不过偶然崇奉，如曹操杀孔融，司马懿杀稽康，都是因为他们和不孝有关，但实在曹操司马懿何尝是著名的孝子，不过将这个名义，加罪于反对自己的人罢了。于是老实人以为如此利用，亵渎了礼教，不平之极，无计可施，激而变成不谈礼教，不信礼教，甚至于反对礼教。但其实不过是态度，至于他们的本心，恐怕是相信礼教的，且当作宝贝，比曹操司马懿们要迂执得多。

# 14

文学艺术在魏晋的发展可真是很了不起的，因为从魏晋开始，文学艺术创作成了文人们的自觉活动，这种大势所趋一直延续到南北朝。

有人去画画儿了，如顾恺之；有人去练习书法了，如王羲之；嵇康则把名曲《广陵散》演绎到了高潮。

文学方面更是不得了，建安风骨、正始之音、太康文学（"三陆两潘一左"为代表）各有优势；嵇康的游仙诗，陶渊明的田园诗，谢灵运的山水诗，各显神通；甚至连应用文、议论文都一下子发展壮大了。

本文所选的是阮籍的《咏怀诗》中的一首。

夜深人静的时候，他突然起身弹琴，一如往昔地风流与潇洒。

窗帘上映着明月，清风吹着衣襟，孤鸿在野外鸣叫，飞鸟在林中穿行，一切尽在孤独之中。

然而，那琴声分明是在诉说徘徊和忧思，但是没有人能听到和听懂。

在我看来，这种情景，正是魏晋风度真实的一面。表面上，半夜起来对着明月弹琴是多么潇洒，可是内心却像只孤鸟一样独自鸣叫，他们的忧伤又有谁能够理解？

# 悼亡诗:
# 当男人怀念逝去的女人

## 悼亡诗·其一

潘　岳

荏苒冬春谢，寒暑忽流易。

之子归穷泉，重壤永幽隔。

私怀谁克从，淹留亦何益。

僶俛恭朝命，回心反初役。

望庐思其人，入室想所历。

帏屏无髣髴，翰墨有馀迹。

流芳未及歇，遗挂犹在壁。

怅恍如或存，回惶忡惊惕。

如彼翰林鸟，双栖一朝只。

如彼游川鱼，比目中路析。

春风缘隙来，晨霤承檐滴。

寝息何时忘，沈忧日盈积。

庶几有时衰，庄缶犹可击。

## 上篇：潘岳，长得帅却专情的才子

### 1

说起潘岳（247年—300年），很多人可能未必听过，但是说起以美貌著称的潘安来，知道的人就多了。其实潘岳和潘安是同一个人。

潘岳，字安仁，杜甫写诗的时候说"恐是潘安县，堪留卫玠车。"后来人就把潘岳叫潘安；当然，也有可能是因为"潘安"叫着更顺口一些。

大家之所以更熟悉潘安，是因为这个人长得太帅了，所谓"才比子建，貌若潘安""才比宋玉，貌似潘安"，有才的人仿佛很多，但是比潘安还帅的男人却像是无出其右者。

### 2

潘安到底有多帅呢？

南宋·刘义庆《世说新语·容止》："潘岳妙有姿容，好神情。"

刘孝标注引《语林》："安仁至美，每行，老妪以果掷之满车。"意思是说，潘岳出行的时候跟明星一样，连老太太都要围观他的美貌，给他的车上扔水果，以至于出行一次，就拉满满一车水果回来。

另外，据说潘岳年轻的时候"挟弹出洛阳道，妇人遇者，莫不连手共萦之"。潘安出行，街道上女人们疯狂呐喊，甚至手拉手把"潘帅"围起来——这些潘粉的夸张行为在古代社会，实在令人耳目一新。

因为写了《三都赋》而洛阳纸贵的左思（字太冲），连这位才子都很羡慕潘岳，于是"亦复效岳游遨，于是群妪齐共乱唾之，委顿而返。"

左思长得太丑，他效仿潘岳出行，结果被女人们给一顿乱唾，差点让唾沫给淹死，垂头丧气回来了。

左思文章写得很好，但是人很丑，看来比起才华来，大多数女人宁愿喜欢美貌。

## 3

潘岳不但长得帅，而且很有才华。

小时候，潘岳就被人称为"奇童"，因为大家没见过这么有才的儿童。二十来岁时，晋武帝司马炎下乡耕田作秀，大伙纷纷写文章拍马屁，结果潘岳的《藉田赋》写得最好。

然而，潘岳的这篇文章并没有给他本人带来好运。

司马炎喜欢不喜欢倒不要紧，大臣们可受不了，对于这位长得帅又有才的男人，他们可是羡慕嫉妒恨，所以潘安先生不可能不受到压制。据说潘岳因作《藉田赋》，招致忌恨，滞官不迁达十年之久。

## 4

潘岳集美貌和才华于一身，而且大受女人们的喜欢和追捧，按理说，好色一点、多情一点可能大家也能接受，但实际情况是，他对爱情非常专一。

根据他的《怀旧赋》，他十二岁与父亲的朋友大儒扬州刺史杨肇相见，被杨肇赏识，许以婚姻。他对杨氏很满意，而且对杨家感激了一辈子。他很重感情，夫人杨氏早亡，潘安自此不再娶妻，并作《悼亡诗》怀念杨氏。

以潘岳的条件，在那个时代，即使取个三妻四妾，那也实在不会有什么问题。但是，他对夫人杨氏非常专情，而且夫人过世后还写了《悼亡诗》，这更不是哪个有才的男人能做到的。

据说潘安仁不但对爱情如此，对亲情也非常重视，他"辞官奉母"的故事还被写进了《二十四孝》。

潘岳的这种"至情"的性格恐怕和魏晋风流不无关系。

虽然他在政治上"动脑子"有点多，也遭人唾骂过，但是在对待爱情和亲情上他显然是很"真"的。追求"真性情"这是魏晋风流的题中之义。

# 5

潘岳在政治上过得不顺利，但是很上进，以至于有点溜须拍马和不择手段。

《晋书·潘岳传》说潘岳性格浮躁，趋于势力，与石崇等谄事贾谧，总是一看见贾谧出门时扬起的尘土就开始下拜。这竟然成为后代文人评论他品行污点的重要佐证。

然而，当时政治是高风险的活动，潘岳最终在政治上的趋附不成导致被夷三族，连他七十多岁的老母也被官府杀了。更可恨的是，宋人郭居敬重新校订《二十四孝》，也因为这个原因把潘岳从《二十四孝》中删去，用宋代的孝子朱寿昌弃官寻母的故事来调包。

凡事一码归一码，我觉得这位郭居敬有点过分了。

元好问更过分，他写诗批评潘岳说："心画心声总失真，文章宁复见为人？高情千古《闲居赋》，争信安仁拜路尘！"元好问的意思是说潘岳文章中把自己写得太高尚，而品行太低劣。

当然，有的人认为元好问评论得很好。但是元好问（1190年—1257年，字裕之，号遗山）出生于金，并因为金亡而不仕，他以他自己在政治上的忠贞来考评别人，难道不会有所偏颇？再说，他用诗歌来写评论和孙绰等人的用诗歌写玄理相比，谁更高明呢？

古代很多文人很看重政治上的忠贞，政治是他们的男人，他们都是政治的"女人"，自己有了贞节牌坊就看不惯那些没有牌坊的人，这实际上也不是什么好事儿。

# 6

潘岳在从政道路上有"污点"，但是也留下了一个非常美丽的典故。

据说他做河阳县令时，结合当地地理环境令满县栽桃花，"浇花息讼"，甚得百姓遗爱。

所谓"浇花息讼"就是通过种花让老百姓感受劳动时候的互相配合，以便共享和谐社会的好处，最终达到消灭争执和报复心理的目的。——这倒是很有创意。

杜甫的《花底》说："恐是潘安县，堪留卫玠车。深知好颜色，莫作委泥沙。"其中"潘安县"指的就是潘安"浇花息讼"的事儿，只不过这里他似乎是要告诉自己，别像潘安那样光有了美貌和才华却委身于肮脏的政治泥潭。

这倒是不错的，潘安要是像陶渊明一样隐居起来恐怕就深得后代文人的喜欢了。

但是，他恐怕未必预料到后世的文人们会有这么严重的政治洁癖，而且至情、至孝也不过是他心性"至真"罢了，哪里想过别人会怎么看。

# 7

作为好男人的潘岳，在爱情上是幸运的，但也是不幸的。

幸运的是杨氏是个才女，和他很有共同语言，他的婚姻生活也很美满，不幸的是杨氏于元康八年（298年）去世，难与他共赴"夷族"之难。

潘岳的悼亡词写得缠绵悱恻，情真意切。

"望庐思其人，入室想所历。"

活着的人与已故的人相隔幽冥，只能靠回忆把过往的一幕幕慢慢播映，孤独如影随形，内心的伤痛如何排遣？

"如彼翰林鸟，双栖一朝只。如彼游川鱼，比目中路析。"

潘岳的专情，正像元稹的《离思》所言："曾经沧海难为水，除却巫山不是云。"

潘岳混迹于政坛，而最终未得善果，知己甚少，一同为官者未免虚情假意，而高士们又嫌弃他感染政治污秽，能说句知心话的，恐怕也只有夫人杨氏了。

所以，潘岳是一定要写《悼亡诗》的。

潘岳的《悼亡诗》化悲痛为文字，感动了后代太多的"至情"文人。自他之后，悼亡竟成了夫悼妻的代言。

中篇：元稹、苏轼，女人多不代表滥情

# 8

元稹也写过悼亡诗。

唐德宗贞元十八年（802年），太子少保韦夏卿的小女儿年芳二十的韦丛下嫁给二十四岁的诗人元稹。此时的元稹（779年—831年）仅仅是秘书省校书郎。

出身高门的韦丛没有嫌弃元稹地位低下，反而勤俭持家，任劳任怨。夫妻两个人很恩爱，生活虽然不宽裕，但是非常甜蜜。

然而，造化弄人，唐宪宗元和四年（809年），韦丛因病去世，年仅二十七岁。此时三十一岁的元稹已升任监察御史，本来可以和韦丛开始他们更加幸福的生活。

元稹无比悲痛，写下了一系列的悼亡诗。最著名就是"曾经沧海难为水，除却巫山不是云。取次花丛懒回顾，半缘修道半缘君。"

另外，他的《遣悲怀三首》也非常动人：

其一

谢公最小偏怜女，自嫁黔娄百事乖。

顾我无衣搜荩箧，泥他沽酒拔金钗。

野蔬充膳甘长藿，落叶添薪仰古槐。

今日俸钱过十万，与君营奠复营斋。

其二

昔日戏言身后意，今朝都到眼前来。

衣裳已施行看尽，针线犹存未忍开。

尚想旧情怜婢仆，也曾因梦送钱财。

诚知此恨人人有，贫贱夫妻百事哀。

其三

闲坐悲君亦自悲，百年都是几多时。

邓攸无子寻知命，潘岳悼亡犹费词。

同穴窅冥何所望，他生缘会更难期。

惟将终夜长开眼，报答平生未展眉。

元稹的这三首诗质朴易读，令人回味。

当年你嫁给我的时候日子过得很苦，现在我当了大官，俸禄过十万，却只能用来祭奠，可真是造化弄人。

当年和你戏言我们的身后之事，如今竟然成真，贫贱夫妻，百事衰衰，怎么能不令人悲痛？

如今，我只能在悲哀中重复那些故去的画面，能做的，也只有漫漫长夜睁着眼睛，以报答你那自从嫁给我就未能舒展的眉黛了。

# 9

仅从和几个女人好过而言，元稹对爱情并不专一。

元稹写《遣悲怀三首》的同一年，三十一岁时，在成都认识了四十二岁薛涛（768年—832年，字洪度）——他的另一位红颜知己。

也有人说元稹在韦丛活着的时候就和薛涛同居了。

薛涛是官妓，也是一位女诗人，非常漂亮，也非常有才。元稹风流潇洒，才华横溢，他的《莺莺传》举世闻名。两个人互相倾心，不过，既然是典型文人和妓女之爱，自然，也未能长久。

此外，元稹一边当官，一边与官员子女结婚，一边与妓女恋爱，感情生活很是丰富。

所以元稹的爱情生活不太好评价，只能说是"多情"，情人也多，用情也多，而且好像都很真挚。但是他为之写《悼亡诗》并写得那么好的，还是韦丛，还是《遣悲怀三首》。

与潘岳相比，元稹的悼亡诗多了些遗憾，少了些沉郁。

# 10

苏东坡给人印象颇为潇洒不拘，实际上对待爱情，也算得上真诚之至。

宋熙宁八年（1075年），苏东坡梦见亡妻，即王弗，醒来颇多感慨，写下了一首千古绝唱《江城子·乙卯正月二十日夜记梦》：

十年生死两茫茫，不思量，自难忘。千里孤坟，无处话凄凉。纵使相逢应不识，尘满面，鬓如霜。

夜来幽梦忽还乡，小轩窗，正梳妆。相顾无言，惟有泪千行。料得年年断肠处，明月夜，短松冈。

# 11

苏轼共三任妻子，第一任妻子叫王弗。

王弗，四川眉州青神人，年轻貌美，知书达礼，十六岁嫁给苏轼。她堪称苏轼的得力助手，有"幕后听言"的故事为证。

据说，苏轼为人旷达，待人接物相对疏忽，于是王弗便在屏风后静听，并将自己的建议告诉苏轼。

王弗与苏轼过了十一年后因病逝世，苏轼悲痛万分。又过了十年，苏轼为王弗写下的，正是被誉为悼亡词千古第一的《江城子·乙卯正月二十日夜记梦》。

# 12

苏轼的第二任妻子叫王闰之，是王弗的堂妹，在王弗逝世后第三年嫁给了苏轼。王闰之比苏轼小十一岁，自小对苏轼崇拜有加，她生性温柔，处处依着苏轼。

王闰之伴随苏轼走过了他人生中最重要的二十五年，历经乌台诗案，黄州贬谪，在苏轼的宦海浮沉中，她与之同甘共苦，患难与共。

二十五年之后，王闰之也先于苏轼逝世。苏轼痛断肝肠，写祭文道："我曰归哉，行返丘园。曾不少许，弃我而先。孰迎我门，孰馈我田？已矣奈何！泪尽目乾。旅殡国门，我少实恩。惟有同穴，尚蹈此言。呜呼哀哉！"

苏轼死后，苏辙将其与王闰之合葬，实现了祭文中"惟有同穴"的愿望。生不能同时，死却能同穴，东坡应该无憾吧。

# 13

苏轼的第三任妻子叫王朝云，原是他的侍妾，比苏轼小二十六岁。

有一天，苏轼下班回来吃罢饭，摸着肚皮散步，就问旁边的侍仆："你们说说我这里边儿装的是啥东西？"

一位奴婢说："都是文章。"

苏轼不以为然。

又有一人说："满腹都是见识。"

苏轼仍然觉得不恰当。

王朝云则说："学士您这是一肚皮的不入时宜。"

苏轼捧腹大笑。王朝云实乃苏轼的知己，而且在他最困顿的时候，王朝云一直陪伴其左右。苏轼写给王朝云的诗歌最多，称其为"天女维摩"。

但不幸的是，朝云被扶正后过了十一年，即先于苏轼病逝。

朝云逝后，苏轼一直鳏居，再未婚娶。遵照朝云的遗愿，苏轼将其葬于惠州西湖孤山南麓栖禅寺大圣塔下的松林之中，并在墓边筑六如亭以纪念，撰写的楹联是"不合时宜，惟有朝云能识我；独弹古调，每逢暮雨倍思卿"。

# 14

苏东坡是性情中人，用了三种不同的方式悼念他的三任妻子，对王弗，他的贤内助，写了悼亡词；对王闰之，他的患难之妻，写了祭文；对王朝云，他的红颜知己，写了楹联。其中，流传最广的当属悼亡词《江城子》，不知道感染了多少人。

十年前的妻子与自己相隔尘世幽冥，生死茫茫，恍如隔世，却是那么真切；然而，千里孤坟，满怀思念，要到哪里去诉说？即使能够相逢，你我满面尘埃，鬓白如霜，是否还能认出对方？你突然跑到我的梦里来，那是在故乡，你正在小轩窗前梳妆，十年前的情形却清晰如昨日；一时间我们在梦里相见，你回头看我，一言不发，却清泪涟涟，令人肠断。明月斜照，松岗凄冷，那是你我日日牵挂，年年心痛的地方么？

苏轼的悼亡词，与潘岳和元稹相比，多了份牵挂，多了份感念。

## 下篇：陆游、纳兰性德的至情至真

# 15

陆游的爱情更为不幸。

宋高宗绍兴十四年（1144年），二十岁的陆游和表妹唐婉结为伴侣。两人从小青梅竹马，婚后相敬如宾。

然而，唐婉虽然人很漂亮，才华横溢，与陆游感情也好，但是陆游的母亲非常不满意，原因可能有两个方面：一是婆媳性格不合，相处不来；二是唐婉不能生育。

陆游迫于母命，万般无奈，便与唐婉忍痛分离。

后来，陆游依母亲的心意，另娶王氏为妻，唐婉也迫于父命嫁给同郡的赵士程。

一段短暂而甜蜜的爱情自此宣告结束，但是它带给陆游和唐婉的伤痛却伴其一生。

# 16

十年后的一个春天，三十一岁的陆游满怀忧郁，独自一人漫游山阴城沈家花园。正当他独坐独饮，借酒浇愁之时，突然意外地看见了唐婉及其改嫁后的丈夫赵士程。

一时间，悲痛之情涌上心头，他放下酒杯，准备抽身离去。

不料这时唐婉征得赵士程的同意，给陆游送来一杯酒。陆游与唐婉两眼相对，两行热泪，一饮而尽，并在沈园的粉墙上题写下《钗头凤》这首千古绝唱：

红酥手，黄縢酒，满城春色宫墙柳；东风恶，欢情薄，一怀愁绪，几年离索，错、错、错。

春如旧，人空瘦，泪痕红浥鲛绡透；桃花落，闲池阁，山盟虽在，锦书难托，莫、莫、莫。

陆游题词之后便怅然而去。唐婉则孤零零地站在那里，将这首《钗头凤》一读再读。回到家中，她愁怨难解，于是也和了一首《钗头凤》词：

世情薄，人情恶，雨送黄昏花易落；晓风干，泪痕残，欲笺心事，独语斜阑，难、难、难。

人成各，今非昨，病魂常似秋千索；角声寒，夜阑珊，怕人寻问，咽泪装欢，瞒、瞒、瞒。

后来的结果当然不怎么样。唐婉不久便郁闷愁怨而死，陆游继续痛苦。

# 17

陆游北上抗金，又转川蜀任职，几十年的风雨生涯，依然无法排遣心中对唐婉的眷恋之情。

六十三岁，陆游有感于他和唐婉年轻时候一起用菊花填制枕头——"菊枕"，又写了两首诗：

采得黄花作枕囊，曲屏深幌闷幽香。

唤回四十三年梦，灯暗无人说断肠！

少日曾题菊枕诗，囊编残稿锁蛛丝。

人间万事消磨尽，只有清香似旧时！

六十七岁的时候，陆游重游沈园，看到当年题《钗头凤》的半面破壁，触景生情，感慨万千，又写诗感怀：

枫叶初丹桷叶黄，河阳愁鬓怯新霜。

林亭感旧空回首，泉路凭谁说断肠。

坏壁醉题尘漠漠，断云幽梦事茫茫，

年来妄念消除尽，回向蒲龛一炷香。

七十五岁时，陆游住在沈园的附近。此时与唐婉逝去已经相隔四十年，他重游故园，依然和泪挥笔，作《沈园》诗：

其一

城上斜阳画角哀，沈园非复旧池台。

伤心桥下春波绿，曾是惊鸿照影来。

其二

梦断香消四十年，沈园柳老不飞绵。

此身行作稽山土，犹吊遗踪一泫然！

此时的陆游已经是一位白发苍苍的老人，缓步蹒过伤心桥，望着断壁老柳。也许该是回顾自己一生的时候了，可是最让他放不下的还是唐婉。

八十一岁，陆游又做梦游沈园，再次写下诗篇：

路近城南已怕行，沈家园里更伤情。

香穿客袖梅花在，绿蘸寺桥春水生。

城南小陌又逢春，只见梅花不见人。

玉骨久成泉下土，墨痕犹锁壁间尘。

八十四岁，陆游离逝世只一年，再次重游沈园，怀念唐婉写下《春游》：

沈家园里花如锦，半是当年识放翁。

也信美人终作土，不堪幽梦太匆匆。

自知不久于人世的陆游仍然念念不忘当日眷侣，这一梦长达半个世纪之久。对于陆放翁的"至情"，还能说什么好呢？

陆游的悼亡诗词，就像流淌了一辈子的眼泪，多了些柔情，多了些执着。

# 18

清代词人纳兰性德（1655年—1685年，字容若）的《青衫湿遍·悼亡》是为悼亡妻的自度曲，也是其悼亡词中极负盛名的代表作之一：

青衫湿遍，凭伊慰我，忍便相忘。半月前头扶病，剪刀声、犹在银釭。忆生来、小胆怯空房，到而今独伴梨花影，冷冥冥、尽意凄凉。愿指魂兮识路，教寻梦也回廊。

咫尺玉钩斜路，一般消受，蔓草斜阳。判把长眠滴醒，和清泪、搅入椒浆。怕幽泉、还为我神伤。道书生薄命宜将息，再休耽、怨粉愁香。料得重圆密誓，难禁寸裂柔肠。

这首词中对细节的描写尤为出色，"忆生来、小胆怯空房，到而今独伴梨花影，冷冥冥、尽意凄凉。"

当年你胆小，一个人空房都不敢睡，而今却孤零零躺在灵柩里与花影为伴。如此生前身后对比，极尽缠绵悱恻之情。

这也是纳兰容若的"至情"之作，但是他的悼亡词是我不喜欢的，感觉太华丽，太缠绵悱恻。

不管怎么说，"人生若只如初见"（纳兰性德《木兰花令》）终究只是假设，世上没有永久的美丽，也不会重复美丽的开始。

"至情"是最好的礼物，"至真"是最好的面对。

# 洛阳纸贵：
## "历史系"丑男——左思

### 咏史诗·其二

左 思

郁郁涧底松，离离山上苗。

以彼径寸茎，荫此百尺条。

世胄蹑高位，英俊沉下僚。

地势使之然，由来非一朝。

金张藉旧业，七叶珥汉貂。

冯公岂不伟，白首不见招。

# 1

魏晋名士文人里面，不管是门第，还是经济条件，甚至是相貌，左思（约250年—305年，字太冲）的条件可能算是最差的。

他不但没有潘安那样的出众长相，连最起码的不丑的标准也未能达到。据说他曾效仿潘岳出行，但是潘岳被女人们围住而大受追捧，他却差点被唾沫淹死——这个故事不知道是不是有人故意要"彰显"左思的丑陋而编出来欺负人的。

貌丑之外，左思这个人还有点口讷，话说不清楚。他的性格也有点孤僻，不善交游，也没有多少朋友。

这些都不是最重要的，最要紧的是他的出身也不怎么样。

魏晋名士很多都是王公贵族的后代或者亲戚，不愁吃不愁穿的一群人，但是左思出身寒门，要啥没啥。受门第的影响，他的仕途自然是很渺茫的。

然而，他的一篇文章改变了这一切，那就是《三都赋》。

# 2

《三都赋》文采富丽，规模宏大，内容包含了当时朝野上下关心瞩目的问题，即进军东吴、统一全国的问题。

《三都赋》一问世，首先得到了当时名流们的热烈追捧，张华赞叹不已，皇甫谧为之作序，张载、刘逵作注，卫权作略解。

文章本来写得就很好，再加上名人推广，一时间豪富人家竞相传写，以致"洛阳纸贵"。

自此，左太冲的文名也彻底打响。

## 3

最能代表左思水平的除了《三都赋》之外，就是《咏史诗》八首。

咏史诗不是左思的首创，班固早就写过，但是班固的咏史诗只咏史事，不联系自己。

左思一旦回顾历史总能将历史同他自己的处境和志向联系起来，为那些和他一样出身寒门却志向远大的人代言。

左思的咏史诗包含了三方面的内容：一是对当时门第现实和自己处境的愤怒；二是对历史上的英雄的崇拜；三是对理想不能实现的自我安慰。

## 4

《咏史诗》第一首，左思就给自己定下了目标：

一，要博览群书，写评论得达到贾谊《过秦论》的水平，作赋要达到司马相如《子虚赋》的水平。

二，国家要打仗的时候，要能拿出本事来，能有穰苴的治军水平（穰苴，春秋时齐景公的大将，官至大司马，善治军，后来齐威王让人整理出《司马穰苴兵法》），气定神闲，运筹帷幄，决胜千里之外。也就是要做文将，要有不战而屈人之兵的气度。

三，仗打完了，功成名就了之后不贪功、不受爵，解甲归田，隐居起来。正如《老子》所谓"功成而弗居"。

# 5

左思所崇拜的是段干木、鲁仲连那样的人。

段干木是战国时候魏国的贤士，隐居起来不愿意做官，魏文侯对他非常尊敬。

当时秦国要攻打魏国，司马唐进谏秦君说："段干木可是贤士啊，魏国对他以礼相待，这个天下人都知道，所以攻打魏国是不是不太合适？"

秦君一听，是啊，有道理。魏国因此而免于兵祸。

这个段木干同志其实啥也没有做，靠自己的名声就战胜了敌人。

鲁仲连则是战国时候齐国的高士。

赵孝成王的时候，秦国将军白起将赵国围了起来，魏王就派将军新垣衍到赵国做说客，想说服赵王尊秦昭王为帝。这个时候鲁仲连正在赵国，一听魏王出了馊主意，就跑到赵国说服赵国放弃"尊秦昭王为帝"这样丧权辱国的计划。

秦国的将领正围赵国围得高兴，一听鲁仲连参与进来，马上担心起来，最终退兵五十里。

秦军退了之后，赵国的公子平原君要封赏鲁仲连，但是平原君的使者来请了三次，都被鲁仲连委婉拒绝。平原君是个爱才的人，还不肯罢休，于是摆了桌酒席把鲁仲连请来，要送千两黄金给鲁仲连。

鲁仲连说："为人排忧解难而不要求报酬，这才是士啊。要是立了功领取官衔黄金，那岂不成了商人了？我鲁仲连可不愿意这样。"鲁仲连于是向平原君告辞离去。

段木干和鲁仲连都是左思崇拜的对象，因为他们"当世贵不羁，遭难能解纷。功成耻受赏，高节卓不群。"

不受笼络、能排人所难，任务完成之后又不受赏，视功名利禄为

194

浮云和粪土，这才是真正的士。

# 6

当时的社会现实是，像左思这样的有才能而出身寒微的人根本没有用武之地，而纨绔子弟们却高高在上无所作为。

左思作为寒士中的一员，对这种情况当然深有体会。

首先当然是气愤。左思在《咏史诗》中打比方说，"世胄摄高位"的世家子弟们就像长在山上的茅草，而"英俊沉下僚"，有才之士、有志之士就像生长在深涧中茂盛的松树，茅草因为长得地方高所以就压制遮盖住了百尺松树。这就是现实啊。

比如汉宣帝时候的金日磾和张安世家族，他们凭借祖先的世业做了七代贵族官僚。而冯唐这种出身寒微没有家族势力的人，文帝时出生，到了武帝的时候也不过是个小官，人生没有前途，志向也不能实现，头发都白了还是未能得到重用。

这正是"冯公岂不伟，白首不见招"啊。

# 7

其次当然还是气愤。

在《咏史诗·其七》中左思又一次用典故来说明当时的这种不合理情况。他举了四个例子来说明这种情况：

汉武帝时候的主父偃，游学未遇的时候，老爹老妈都不认他这个儿子，兄弟姐妹亲戚朋友都看不起他。

朱买臣也是汉武帝时候的人，年轻的时候家里穷，以打柴为生，他的老婆嫌丢人于是和他离了婚并改嫁他人。

陈平是汉初的人，少年的时候家里也很穷，居住在背靠城墙的一个穷巷子里，家徒四壁（实际上连"四壁"都不够，只有"三壁"），把一块破席子挂起来当门。

司马相如刚和卓文君一起回成都那会儿，也是啥也没有。

这四位没发达的时候穷困得简直快要死了，但是后来都成了了不起的人物，主父偃官至齐相，朱买臣当了丞相长史，陈平作了丞相，司马相如成了大文学家而且有了钱，他们都名垂史册。

左思得出结论说，英雄都有艰难的时候，自古以来就是这样啊，难道是这世上没有奇才吗？只是待在草野之中生不逢时，不能得到重用啊。"何世无奇才？一直在草泽。"他这是在说他自己。

## 8

王侯贵族的生活和左思这样的寒士相比，真的是天壤之别。

美丽繁盛的京城里，王侯们赫赫显要，宽大的官府和车盖把路都能遮住，大红色的车轮在宽敞的街道上滚动……这些都是什么人呢？都是汉宣帝许皇后娘家和汉宣帝祖母史良娣娘家那样的外戚，都是官宦人家的子弟，他们整天不是摆开宴会便是歌舞享乐。

再看看家里贫穷又爱喝酒的扬雄，待在家里研究哲学，写什么《太玄经》，但是他是真的高士，发表言论和文章都以孔子为准则，写起辞赋来以司马相如为模范。

百年之后的天壤之别正好颠倒过来：扬雄名震八方，而那些王公贵族不过是地下黄土罢了。

左思通过这些比较，似乎在安慰自己，意思是我现在是不怎么样，但是百年之后你们都臭了，我可就名震八方了，"悠悠百世后，英名擅八区"，所以不要只看到我现在是个无足轻重的无名小辈。

## 9

左思对那些达官贵族理所当然地有点厌恶，甚至是排斥。

他说，那些繁华的宫殿云山雾罩的都是王侯之属，他们的地位当然让人羡慕，但是我并非追求功名利禄的庸俗之辈。

我身穿粗布衣服，但是我出了阊阖门（晋代洛阳城的一个城门），我所追随的是许由那样的高士。我得扬去身上的灰尘，好好在河里洗个澡，把我沾染了你们城里这帮人的污秽清除干净。

许由是尧时的隐士，据说尧要让位给他，他不肯接受，逃避到箕山山脚下隐居起来耕田种地去了。"自非攀龙客，何为欻（xū）来游?"这是左思清高的一面。

# 10

左思最后不得不面对现实，于是他采取了两种态度：

一是自重："贵者虽自贵，视之若埃尘；贱者虽自贱，重之若千钧。"这是他的骨气所在，也是傲气所在。

二是知足："饮河期满腹，贵足不愿余；巢林栖一枝，可为达士模。"我追求不到，那我不追求还不行么。

《庄子·逍遥游》不是说嘛，"偃鼠饮河，不过满腹"，"鹪鹩巢于深林，不过一枝"，知足寡欲不就内心平静，不就没有那么多忧虑了？

左思通过他的《咏史诗》仔细思考了时代和世道对自己的不公平，但是他的内心是很矛盾的，有时候想不通便觉得很气愤，有时候想通了又显得很洒脱。

他采取的态度可以说是迫不得已，但是既然前代有那么多学习的榜样，那就拿出骨气和傲气，坦然面对吧，我是高士，这就足够了。

# 11

左思是很羡慕隐居生活的，他专门写了《招隐诗》。但是从他的经历来看，他骨子里还是很"儒家"的，老是难以摆脱"达则兼济天下"

的诱惑。

别看左思很丑陋，但是却有一个漂亮的妹妹。泰始八年（272年）前后，他的妹妹左棻（fēn）被选入宫，于是举家迁居洛阳，后来他当了个秘书郎的小官儿——这个时候他发达的希望还是很大的。

元康年间，左思参与当时文人集团"二十四友"（陆机、陆云、刘琨、潘岳都是其中成员）之游，并为贾谧讲《汉书》。这倒是个好职业，不过，在左思看来，归宿是有了，但是理想却远了——他不想当老师，他想当官。

元康末年，贾谧被诛，左思很受打击，于是退居宜春里，一心投入典籍研究。后齐王召为记室督，他说自己身体不适就没去。他这次看来是伤了心了，也仿佛下定了不再出仕的决心。

太安二年（303年），河间王司马颙部将张方进攻洛阳，左思移居冀州。又过了几年，生病去世，默默地离开了这个世界。最终，他都没有在政治上有所作为。

# 12

左思以儒家为出世的标准，但是又很羡慕隐士。实际上儒家从一开始就有这个"毛病"。

有一次，一个楚国的狂人接舆从孔子乘坐的马车前过去，神神叨叨地唱："凤凰啊凤凰啊！为什么德行就这么衰落了？过去的不用说了，今后的还来得及追。算了吧算了吧！现在从政危险啊！"

孔子深受触动，回过神来赶忙下车，想好好和这位狂人聊聊。结果，那个人（接舆）赶紧避开。孔子怅然若失（《论语·微子》）。

仔细想想孔子对隐士的态度，你会发现，孔子内心的矛盾和左思的这种矛盾非常相似。

所以有时候我觉得儒家这些自视甚高的名士很值得尊敬，他们拼命想为世界做点好事儿，但是又找不着门路。自己内心矛盾一番之后，最后不得已就退一步隐居起来研究典籍，这其实是一种很好的处世态度。

积极的时候想做的都是好事儿，消极的时候也不损人，这还不够好吗？

# 13

自从左思打着"咏史"的幌子对世道发表看法、抒发心中郁闷之后，咏史诗就成了一种很成熟的题材。

到了唐代，刘禹锡、杜牧、李商隐等人把咏史诗发展到了高潮。咏史既可以对历史发表看法或议论，又可以对当时的社会加以讽刺和嘲弄，还可以抒发自己的情感或感叹。

如杜牧的《金谷园》：

繁华事散逐香尘，流水无情草自青。

如暮东风怨啼鸟，落花犹似坠楼人。

金谷园是西晋石崇的别墅，也是他召集的"二十四友"文人集团唱和的地方，左思作为"二十四友"的一员，金谷园也一定有过他的足迹。

往昔，左思作咏史诗来吟咏历史、抒发感慨，到了杜牧这里，左思又成了杜牧吟咏的历史对象。

难道这就是历史？

# 我欲快乐成仙，只因糟糕透顶的人间

## 游仙诗

郭　璞

其一

京华游侠窟，山林隐遁栖。朱门何足荣，未若托蓬莱。临源挹清波，陵岗掇丹荑。灵溪可潜盘，安事登云梯。漆园有傲吏，莱氏有逸妻。进则保龙见，退为触藩羝。高蹈风尘外，长揖谢夷齐。

其二

青溪千余仞，中有一道士。云生梁栋间，风出窗户里。借问此何谁，云是鬼谷子。翘迹企颖阳，临河思洗耳。闾阖（chāng hé）西南来，潜波涣鳞起。灵妃顾我笑，粲然启玉齿。蹇修时不存，要之将谁使？

其三

逸翮（hé）思拂霄，迅足羡远游。清源无增澜，安得运吞舟。珪璋虽特达，明月难暗投。潜颖怨清阳，陵苕（tiáo）哀素秋，悲来恻丹心，零泪缘缨流。

其四

杂县寓鲁门，风暖将为灾。吞舟涌海底，高浪驾蓬莱。神仙排云出，但见金银台。陵阳挹丹溜，容成挥玉杯。姮娥（即嫦娥）扬妙音，洪崖颔其颐。外降随长烟，飘飖（yáo）戏九垓（gāi）。奇龄迈五龙，千岁方婴孩。燕昭无灵气，汉武非仙才。

# 1

前文已经说过，魏晋风流的三件事儿：吃药、喝酒、扯淡。

其中吃药是因为魏晋这个时候受道教的影响，崇尚老庄。吃药为了成仙，即便成不了仙，尝试一下也未尝不可，万一延年益寿了，不也挺好吗？

但是魏晋名士文人对仙人的羡慕只是表面的追求，骨子里还是儒家那套"达则兼济天下，穷则独善其身"的思想。

兼济天下的方式无非是做官，但是政治复杂，有时候当局者迷，也看不清历史以后向哪个方向发展，弄不好就成了奸臣贼人之类供后世遗憾并唾骂的茶余饭后。

但是，独善其身的方式却很多，喝酒、吃药、扯淡都算是独善其身，隐居起来也算，旅游也算，搞学术也算，等等。

所以，比起兼济天下来，独善其身更能显出个性来。魏晋风流追求"全真"，要按照自己的本真来生活，那当然就能找到更多独善其身的方式了。

当官的名士们一边当官，一边继续风流，原因很清楚，当官都一样，但是风流各有各的风流。所以他们具有两面性。

# 2

郭璞（276年—324年），字景纯，河东闻喜（今属山西）人。这个人风流的方式是游仙。

郭璞一直在做官，但是做官只是第一职业，他的第二职业是算卦、看风水。从职业就可以看出，这个人道行相当深，别人写游仙诗肯定没有他这么好的基础。

他卦算得很好，甚至算出了自己的生死。

西晋末年，郭璞算出家乡战乱将起，于是避地东南。过江后在宣城太守幕下任参军，后又从宣城东下，被当时任丹阳太守的王导引为参军。晋元帝即位后，任著作佐郎，迁尚书郎。后任大将军王敦的记室参军。官一直不大，但是至少可以一直等待时机，说不定哪天能发达。

公元324年，驻守荆州的王敦，也就是郭璞的领导，要谋反，要郭璞帮忙，郭璞不但不帮忙，反而给领导讲道理，说谋反没好处。

王敦就说："你不是会算卦吗，那你算一算我如果造反，命运如何？"

郭璞说："不造反还能多活一阵子，造反那就活不了多长时间啦。"

王敦说："那你算算你的死期吧。"

郭璞说："我的死期就是今天。"

王敦当天就把郭璞给杀了，但是他造反之后也很快就死了——郭璞的卦算得很准。这一年，郭璞49岁。

# 3

郭璞也搞学术研究，注释过《周易》《山海经》《尔雅》《方言》及《楚辞》等古籍。所以，他写出来的文章辞藻很华丽，而且典故也很多。

比起一般炼丹吃药的风流人士来说，郭璞知道的神仙和隐士甚至花草虫鱼鸟兽以及天文地理知识都要多得多。

但是比起专门修道的道士来说，他对于游仙又只是业余爱好，所以只是通过写诗的方式来感受一下仙人世界与人间的不同。他并没有通过炼丹修道去当神仙。

左思写《咏史诗》，历史不是重点，主要是写自己的感受；郭璞写《游仙诗》，游仙也是其次，他主要还是写自己的感受。这也是魏晋文人和魏晋文学的个性所在。

## 4

郭璞笔下的游仙，表面上看，包括两个方面的内容，一是游，二是仙。

先说游仙的第一个方面，游。

说白了游仙诗写的其实是人间的事儿，听说也好，传闻也罢，吃药也好，隐居也罢，就是到处旅游，找个仙境感受一下做仙的感觉。

这方面学习的榜样可不少，道家祖先庄子就是很典型的例子。郭璞崇拜的还有鬼谷子，鬼谷子即王诩（xǔ），是战国时候苏秦的老师，因为隐居于鬼谷，所以人们就叫他鬼谷子。在郭璞的想象中，鬼谷子就生活在仙境：房梁上绕着白云，窗户里吹着风，坐落在很高很高的山上。

还有叔齐、伯夷、许由、老莱子之类的隐士，也算是半个神仙，因为他们生活在仙境，内心也没有被俗世污染。这些人都是仙人，但不是神仙，历史或者传说中有他们的影子。他们的特点是：生活在世外桃源，不受尘世污染，不追求功名利禄，心灵自由，人身自由。

游仙的另一个方面，就是仙。

仙就是神仙，神仙都会腾云驾雾，住在黄金、白银、玉石做成的宫殿里，模样有点儿奇怪，基本上可以拿山海经为蓝本进行想象，比如人面龙身的五龙仙等等。

总结一下神仙的特点：

第一，自由自在，升降、来去自如，不受限制。

第二，高寿，老神仙一般都活几千岁。

第三，男神仙是半兽人的模样，当然，也有帅的，但是比较少，女神仙则非常美丽性感，皓齿红唇，身材好，声音动人。

第四，心情舒畅，没有不开心的事儿，要是有不愉快那也是成仙之前的事儿，神仙都很愉快，无忧无虑。

有这四个特点，足以让人们对神仙羡慕不已了。因为在人间，这四个特点没有一个能实现的。

# 5

这就是游仙，与游仙的世界相比，人间简直糟糕透顶。

俗世就像没有惊涛大浪的小河，大鱼没有办法远游，本来有才华的话不应该被埋没，但是如果不能被发现，那还不是白搭？生长在荫蔽地方的花草埋怨春天来得太晚，生长在高处的花草又埋怨秋天来得太早，人间的事儿真是太矛盾啦，只能让人叹息流泪。

所以，鸟的翅膀硬了就要飞上蓝天，人的腿脚方便的话就应该涉足远游。

尘世不如仙境，所以那些聚居在京城的游侠们，还是别指望当大官了，那朱门再荣耀哪里比得上蓬莱仙境呢？住在仙境，喝着清澈的泉水，吃着能延年益寿的仙草，想游玩就游玩，自由自在，何必非要在官场上混个出人头地？

# 6

郭璞很欣赏那些能摆脱人间烦恼，安于隐居的半仙们。

比如庄子，曾经做漆园吏的时候，楚王听说他是个贤人，就打发使者去请，使者带了一大堆金银财宝，并说要聘用庄子当宰相。庄子笑道："快滚蛋吧，别玷污了我。"

老莱子也是传说中的隐士，并且有一个乐于隐居的老婆。他本来和老婆一起隐居，生活在蒙山南麓。有人传言说他要到楚国去，楚王于是摆驾老莱子门前，说："我这个孤家寡人要请您出山帮我治理天下。"老莱子一听是好事儿，就答应了。但是老莱子的老婆不同意，说："我听说在乱世生活会受制于人，这样的话我们还能免于灾祸吗？我反正不愿意受制于人。"说完话，这婆娘就扔下簸箕愤然而去。老莱子见老婆这样，也就跟着去了，从此二人继续隐居起来。

郭璞举了庄子和老莱子老婆的故事为例，是要说明，隐居起来就能保持正中之道，而要是追求功名利禄，可能就会像羝羊一样，去撞藩篱，本以为自己有很大的触角，可以战胜藩篱，殊不知角挂藩间，进退不能啊！

所以应该"高蹈风尘外，长揖谢夷齐"。

# 7

游仙固然是很好，但不是每个人都能去做游仙的，尤其是抱着尘世的功利心态去追求游仙境界，那更是荒谬得很。燕昭王就是例子。

有一天，燕昭王问他的臣子甘需学仙之道，甘需回答说："能达到仙人的标准，那是要去除欲望，远离不良嗜好，洗了脑子灭了邪念，这样才能游于太极之门。可是您看看大王您，每天看美女，吃美味，妃子成群，心都被迷住了；对您来说，想要长生不老、学仙人一样远游，这跟拿着玉圭酒杯量沧海的水有啥区别，这跟靠着一毫一厘的长度到太阳、月亮上旅行有啥区别，您说您能学仙成道吗？"

《汉武内传》记载，西王母说："刘彻喜欢仙道，但是外形和精神都不干净，虽然可以给说说仙道，但是恐怕不是成仙的材料啊！"

仙人或者神仙的条件是很高的。第一，要绝尘，和尘世彻底告别，远离尘世污染；第二，要有高人指点，要么悟性极高。这两个条件恐怕很难有人达到。

所以，郭璞通过几首游仙诗表达来、表达去，最终也只是羡慕而已，而且明确表态，人间的荣华富贵比不上游仙，但他自己也没有去当神仙，只是玩点儿算卦看风水讲迷信的把戏而已。

游仙，只是抒发不满和精神暂驻罢了。

# 8

郭璞的《游仙诗》比之前的游仙诗，如屈原的《远游》，曹植、张华、何劭等人的《游仙诗》，更具有人情味儿，他拿现实世界和游仙世界来比较，而且抒发自己的郁闷和羡慕，更具有个性色彩。

游仙从虚构的寄托到个性、自由的张扬，这一过渡可是非常关键的一步，这一步，郭璞做到了。

从此以后，李白、李贺等人更加大肆张扬，想象力天上地上，简直发挥到了极致。

# 9

李白（701年—762年），字太白，号青莲居士，祖籍陇西成纪（今甘肃天水附近）。这个人的一生很富有传奇色彩，"力士脱靴""贵妃捧砚""御手调羹""龙巾拭吐"——基本上享受了非普通人待遇。

李白出生在李唐时代，统治者姓李，而老子也姓李，所以统治者就很尊崇以老子为创始人的道家。统治者一重视这可不得了，人民群众就跟着重视。李白这种自小喜欢道士和侠客的人当然会更倾心于得道成仙。李白一生基本上没有什么正式职业，主要活动是旅游、写诗。

司马承祯，是一位受到皇家极度尊敬的道士，连玉真公主都跟着他学道。他对李白的评价非常高，称赞其"有仙风道骨，可与神游八极之表"。

李白在长安还结识了贺知章。

当时已经很有才名和地位的贺知章看完李白的《蜀道难》和《乌栖曲》，兴奋地解下衣带上的金龟叫人出去换酒与李白共饮。

贺知章说："子，谪仙人也！"

李白从此便以仙人自居，别人也把他当仙人看。他的狂傲、恣肆的性格和诗歌都在向"仙"靠拢，成了"诗仙"，所以他的游仙诗达到了"人仙合一"的境界，当然就不可能有人超越了。

# *10*

李白在自己的诗歌中是一位仙人，和神仙们是朋友关系。

《古风·西上莲花山》说："霓裳曳广带，飘拂升天行。邀我登云台，高揖卫叔卿。"卫叔卿是汉代人，据说吃了云母石之后成了仙。

《梦游天姥吟留别》中，李白做了个梦，梦见自己和仙人们在一块，醒来的时候感叹："世间行乐亦如此，古来万事东流水。"在这个世界上，没有什么比当神仙更快乐的事情了，"安能摧眉折腰事权贵，使我不得开心颜？"

李白在《游泰山六首（天宝元年四月从故御道上泰山）》中简直就是个神仙：

朝饮王母池，暝投天门关。独抱绿绮琴，夜行青山间。

山明月露白，夜静松风歇。仙人游碧峰，处处笙歌发。

寂静娱清晖，玉真连翠微。想像鸾凤舞，飘飘龙虎衣。

扪天摘匏瓜，恍惚不忆归。举手弄清浅，误攀织女机。

明晨坐相失，但见五云飞。

在《远别离》中，他笔下的有虞二妃和帝舜的生离死别则充满了人情味，完全没有神仙的洒脱和快乐。又一次"人仙合一"了。

所以，李白的游仙诗概括起来有这样两个特点：第一，他把自己当仙来写，和仙之间没有鸿沟；第二，他是仙，但是他放不下的总是人间的悲欢离合，所以仙也和人一样有一些人情味儿。

# 11

李贺（790年—816年）超越了"仙人合一"的境界，以仙人的眼光重新打量宇宙中的一切，所以他的游仙诗显得有点怪诞：

> "老兔寒蟾泣天色，云楼半开壁斜白。玉轮轧露湿团光，鸾佩相逢桂香陌。黄尘清水三山下，更变千年如走马。遥望齐州九点烟，一泓海水杯中泻。"　（《梦天》）

因为怪诞，李贺被人称作"鬼才"。他以"鬼"的身份看待仙，自然有点儿与众不同。

# 陶渊明：
## 史上最牛辞职，没有之一

### 归园田居·其一

陶渊明

少无适俗韵，性本爱丘山。误落尘网中，一去三十年。

羁鸟恋旧林，池鱼思故渊。开荒南野际。守拙归园田。

方宅十余亩，草屋八九间。榆柳荫后檐，桃李罗堂前。

暧暧远人村，依依墟里烟。狗吠深巷中，鸡鸣桑树颠。

户庭无尘杂，虚室有余闲。久在樊笼里，复得返自然。

# 1

东晋义熙元年，公元405年。这一年对四十一岁的陶渊明（约376年—427年）来说，可是人生的重大转折。

这一年秋天，陶渊明当了彭泽县令。这一年秋天，陶渊明辞去了彭泽县令。

这天，县里派督邮来检查工作。有人告诉陶渊明说：那是上面派下来的人，应当穿戴整齐、恭恭敬敬地去迎接。

陶渊明知道贪官污吏又来了，大发脾气："我不能为了小小县令的五斗薪俸，就低声下气去向这些家伙献殷勤！"（"吾不能为五斗米折腰，拳拳事乡里小人邪！"，这句话中的"五斗米"还有其他不同的解释，这里用最普遍的说法。）

自此，陶渊明当了八十多天的彭泽县令之后回家种地，终老一生。

# 2

辞官回家途中，陶渊明酝酿了一篇好文章即《归去来兮辞》，回到家后写了下来。从这篇赋可以了解到陶渊明辞官回家打算种地为生，当时的心情是非常愉快的，恨不得早点到家。

具体来说，陶渊明打算到家后做好四件事：

第一，杜绝官场和那套官场式的走访、交游，拒绝媒体采访。

"归去来兮，请息交以绝游。"

因为官场的那套与他本人的性情格格不入，让他心里很不爽。这种性情和一般的隐士没有什么大的区别，但是陶渊明做得非常彻底，从此在田园终老一生。

第二，享受天伦之乐，读书写作，喝酒玩音乐。

"悦亲戚之情话，乐琴书以消忧。"

隐士远离官场，但是并非与俗世无染，他还得生活，而且还得好好生活。所谓"大隐隐于市"，就是这个道理。

第三，种好地，自给自足。

"农人告余以春及，将有事于西畴。"

注意这里的用词，"有事"在古代可是很严肃的，"古之大事，在祀与戎"，古代的大事就是祭祀和打仗，陶渊明在这里说"有事"却指的是种地。魏晋名士里面，有好多人家里有钱，隐居起来吃药、喝酒、扯淡，他们不用劳动。陶渊明却执意要参加劳动。

第四，感受生活，感受生命。

"善万物之得时，感吾生之行休。"

陶渊明归隐之后写了很多诗歌辞赋，这些都是感受生活、感受生命的结果。

春秋时期著名的隐士长沮、桀溺都是隐居躬耕的大隐，但是他们隐居起来之后光是种地，没有把种地生活的感受写下来，非常可惜。陶渊明则通过诗歌把他能感受到的一切都记录了下来。

## 3

陶渊明隐居的第二年，即公元406年，晋安帝义熙二年，他再次重申躬耕田园的理由：

首先是本人性情使然，"少无适俗韵，性本爱丘山。"以前那十几年的下流官场生活完全是个误会，笼中之鸟总是希望回到老林子里去，池中之鱼总想回到江河里去，这就是本性，而他现在就要按照这个本性来生活，那就是回到田园中去，劳动，收获，让心里感觉爽。

其次是他具备躬耕田园的基本条件，他有"方宅十余亩，草屋八九间"，有地可种，有房子可住，而且后院里种着榆树、柳树，前院长着桃树、李树，绿化很好，春天可以看花儿，夏天还可以乘凉，秋天还有水果吃。

还有就是他的家乡是典型的农村，具有非常温馨的美景："暧暧远人村，依依墟里烟。狗吠深巷中，鸡鸣桑树颠。"村落隐隐，烟气袅袅，狗吠鸡鸣，一看就知道是他想要的。

总之，这里就是"户庭无尘杂，虚室有空闲。"他对一年以来的隐居躬耕生活的感受是"久在樊笼里，复得返自然。"心情的自由，性情的全真，这是他的追求。从追求而言，他和魏晋风流名士们没有什么区别，都特讨厌官场上社会上那套虚假的东西，都喜欢真实、符合自己性情的生活。

# 4

陶渊明究竟喜欢怎样的生活，或许可以从《桃花源记》看看他的想法。

《桃花源记》是农业社会的理想：这里的人与战争、政治不相干，生活平静，甚至不知道当今是什么朝代，他们不需要被统治；他们住在非常美丽的田园之中，过着男耕女织的生活，自己劳动，自己收获；他们不管男女老少，心情都很好，生活很开心。

陶渊明用文字建设了这样一个温馨、浪漫的田园社会，但是他也很明确地告诉大家，这样的社会不存在，甭管是太守大人还是高尚人士，都寻不到这种社会。

所以，陶渊明还是回到了眼前，他想在现有条件下过得尽量美好一点儿，与政治、打仗远一点儿，离田园美景近一点儿，自己劳动自己消化，心情舒畅一点儿。

## 5

现在，陶渊明自由了，他开始了他的田园生活。

他开始与农民打成一片，这里官员们的车辘辘也不来折腾，白天也可以关起门来过日子，或者与邻里乡亲聊一聊桑麻的长势如何如何，明天天气怎么样，会不会下霜等等。

和农民打交道，玩虚头巴脑的东西用不着，有时候碰见识字的家伙，还可以邀来一起喝喝酒，谈谈历史、谈谈文艺，一起研究研究文章诗歌。

种地对陶渊明来说，并不是轻松的事儿，他自己讲，在庐山山脚下种了一块儿豆子地，结果草长得很茂盛，豆苗却稀稀拉拉，早晨扛着锄头去除草，直到半个月亮爬上来才扛着锄头回家，路边的草木起了露水，把老陶的衣服都沾湿了。

看来农活儿没有想象的那么逍遥，不过这种辛苦比起官场上低头哈腰和弄虚作假来又算得了什么？所以只要和自己的内心不相违背，衣服沾湿成啥样都心甘情愿。

虽然陶渊明相信"力耕不吾欺"，相信只要好好干活就能有所收获，但是那个年代，农业生产还得靠老天爷帮忙，再说你躲得再远，政府也得管你，也得收税。

有时候老天爷不帮忙，老不下雨，蝗虫蚜虫也来欺负人，政府还不给减税，此时对农民来说，日子就不好过了。

有一年，老陶就遇到了这种情况，他没办法，只好去借粮食，走到邻居家门口，敲了门，却碍于面子不好开口。幸好邻居一看就知道他的来意，赶紧让进屋，答应借粮食不说，还聊起天儿来，聊得投机，还喝了不少酒，一高兴作了几首诗。

作诗主要是感谢邻居的善举，当年韩信差点饿死，幸亏一位洗衣服的大妈给他口饭吃，后来韩信当了楚王，找到这位大妈就用千金来报答，我陶渊明是没有韩信那样的才能了，不过我的感激之情会一直藏在心里，到了黄泉也一定不会忘记。

# 6

生活就是这样，有时候不愁吃穿，喝点儿小酒、读点诗歌非常快活，有时候也不得不靠别人的帮助渡过难关——陶渊明很喜欢这样的生活，因为这里没有虚伪和落井下石，圣人一直说"安贫乐道"，这就是安贫乐道。

所以，对陶渊明来说，做农民有做农民的快乐，抬头看看蔼蔼远山和青雾间结伴还巢的飞鸟，又低头采菊嗅嗅香气，那种感觉是无法用语言形容的。喝着新酿的酒，听着儿子牙牙学语，功名利禄早就忘在脑后，时光在这种自由的生活中流淌，这才是真正的享受。

陶渊明骨子里是儒家，但是他生活的态度却和佛家有相似之处，即珍惜当下生活，细细感受当下生活。

据说，有一位老和尚大热天在太阳底下劳动，一位年轻和尚不理解，说，师父您怎么干这么辛苦的活儿啊？师父说，我不觉得辛苦啊！吃饭穿衣走路，一切都是修行。

# 7

陶渊明骨子里还是儒家——这即使在他隐居之后，也没有改变，这一点，陶渊明和诸多魏晋风流名士是一致的。他的心底一直有一种遗憾，那就是没有能够在年轻的时候施展才华，没有机会好好奋斗一番。越是年龄大，越是时间催促，这种感受越是强烈；越是一个人独处的时候，越是寂寞的时候，这种感受就越是让他悲伤。

陶渊明在《杂诗·第一》中说："盛年不重来，一日难再晨。及时当勉励，岁月不待人。"时光消逝和壮志未酬让他很不甘心。

《杂诗·第二》又说："日月掷人去，有志不获骋。念此怀悲悽，终晓不能静。"这天晚上，陶渊明想了很多，心里不是滋味，以至于彻夜难眠。

在《杂诗·第四》中，陶渊明又似乎想开了，说："理也可奈何，且为陶一觞。"他似乎又回到了现实，用温饱都有些困难的田园生活给自己做开解，但是无可奈何的心情明明就在文字中了。

陶渊明没有为自己的隐居后悔，只是现实太愚弄他了：先是想好好干一番事业，兼济天下，结果官场的虚伪丑恶让他恶心到一甩袖子隐居起来去过田园生活；后来真的过起了田园生活，虽说也还不错，但是温饱问题却一直围困他。眼看岁月流逝却无能为力，这让他情何以堪？

# 8

陶渊明晚年的时候又回到了最初的那种"金刚怒目"中去了，他写了《咏荆轲》，写了《读山海经》，刺秦的荆轲、填海的精卫、舞干戚的刑天让他回到了最初的冲动。

陶渊明的曾祖父陶侃，是东晋开国元勋，军功显著，官至大司马，都督八州军事，荆、江二州刺史、封长沙郡公；祖父陶茂、父亲陶逸都做过太守。

陶渊明却没有能像曾祖父那样大干一番，连祖父、父亲的水平都没有达到，先后当过江州祭酒、镇军参军、建威参军这样的小官，也就维持个温饱，谈不上有所作为。好不容易混到彭泽县令，却已经对官场的虚假造作厌恶透顶。

回家种田——对陶渊明来说，这也许是最好的选择，虽然已经把青春和理想都埋了起来，最起码心安理得。最初"大济苍生"的冲动在他心底久久徘徊直到逝去。

# 9

陶渊明，字元亮，在官场混迹的十几年，他的前途也没有"亮"（明）起来；晚年的时候给自己改了名字，叫"潜"（渊），意思是藏起来、隐居起来。所以"渊明"两个字倒过来基本可以概括陶渊明的一生。

他的朋友颜延之给他起了谥号，叫"靖节先生"，谥号一般是政府给皇帝或者朝中大员起的，颜延之给陶渊明私下起这么个谥号，可见对陶渊明坚守骨气和纯真性情的敬佩。

文人们更喜欢称陶渊明为"五柳先生"，这是从陶渊明《五柳先生传》来的，那个"闲静少言，不慕荣利"，安贫乐道，喜欢喝酒看书的"农民"——五柳先生让他们羡慕不已，但是他们没有人能做到这个境界，只有陶渊明做到了。

元嘉四年（427年）秋，陶渊明距离死亡还有两个月时间。老态龙钟的陶渊明为自己写下了《挽歌》：

"亲戚或余悲，他人亦已歌。死去何所道，托体同山阿。"

死亡是所有人的最终结果，悲伤也会随着时间的流逝慢慢淡化，而那个已经死亡的人，也将彻底归于山川自然。

既然这就是结局，那么，何必要那么完满的过程？

# 旅游达人谢灵运的山情水意

## 过始宁墅

谢灵运

束发怀耿介，逐物遂推迁。

违志似如昨，二纪及兹年。

缁（zī）磷谢清旷，疲薾（ěr）惭贞坚。

拙疾相倚薄，还得静者便。

剖竹守沧海，枉帆过旧山。

山行穷登顿，水涉尽洄沿。

岩峭岭稠叠，洲萦渚连绵。

白云抱幽石，绿筱（xiǎo）媚清涟。

葺宇临回江，筑观基曾巅。

挥手告乡曲，三载期旋归，

且为树枌（fén）槚（jiǎ），无令孤愿言。

# 1

孔子说："智者乐，水；仁者乐，山。智者动，仁者静；智者乐，仁者寿。"

很多人不是这样断点的，他们说："智者乐水，仁者乐山。"认为智者喜欢水，仁者喜欢山——这多少有点断章取义。

结合上下文，应该这样解释才对：智者反应敏捷、思想活跃，性情好动就像水不停地流一样；仁者安于义理，仁慈宽容、不易冲动，性情好静就像山一样稳重不迁。

所以，智者的特点是动，仁者的特点是静；智者固然乐趣不少，仁者则生命宽缓而安详。

《论语》中还记载，孔子有一次站在河边儿感叹时光流逝："逝者如斯夫，不舍昼夜！"

由山、水而议论人事，这实在是再自然不过的事情了，因为人得"靠山吃山，靠水吃水"。山水赋予人以生命的灵气，人有了文化之后又反观山水，这也是非常自然的事。

所以，诗歌不写山水也说不过去。诗经中有《蒹葭》，曹操写了《观沧海》，都写自然山水，抒发自己的感受。

# 2

魏晋南北朝，文人雅士们开始各自风流，有的执迷于喝酒，如刘伶；有的纵情于音乐，如嵇康；有的热衷于清谈，如孙绰；有的得意于书法，如王羲之；有的寻根于田园，如陶渊明，等等。这些都在诗歌中反映出来。

还有的则像谢灵运一样，对山水情有独钟。但是，鲜有文人雅士能像谢灵运一样有能力纵情山水并写出一大堆山水诗来。

谢灵运，名叫谢公义（385年—433年），字灵运，浙江会稽人（今绍兴）。他出身陈郡谢氏士族，他的老爸谢瑍智力有问题，而且早逝，但是作为东晋名将谢玄的孙子，他不但袭封康乐公并享受高级公务员待遇，而且还受到了良好的贵族教育。

由于老爸在他出生十多天后就去世了，所以家里人认为子孙难得，怕谢灵运难养活，就把他送到钱塘杜明师那里寄养，因此他的小名叫"客"。

十五岁至二十一岁（晋隆安三年至晋义熙元年，399年—405年），谢灵运终于回到了京都建康乌衣巷，与王谢子弟们一起度过他作为世家子弟的一段富贵风流的生活。

从经济上来看，作为康乐公，谢灵运衣食无忧，游山玩水不成问题。而且会稽始宁这个地方有他们家的庄园，他的爷爷谢玄和老爸谢瑍在这里建了别墅，后来他还扩建一番。

对普通人来说，游山玩水可能还需要带足够的盘缠，但是对谢灵运来说，想看什么山、什么水，简直可以在自己家里建。

从大的文化环境来看，作为士族代表的王谢家族受吃药、喝酒、扯淡的魏晋风流影响比较大，旅游当然也是生活的一部分。

从谢灵运自己的受教育情况来看，也占尽了天时地利人和。从小寄养在钱塘杜明师那里，道教对谢灵运的影响非常大，山水对他幼小的心灵而言几乎是天然的依赖，再加上他本身也聪明好学，读了不少书，十五岁之后回到乌衣巷又受到了良好的贵族教育，文化修养那是没得说。

# 3

说到教育，不得不多说一点。

实际上，谢氏家族的教育一直质量很高，教育传统也很优良。以谢灵运的爷爷谢玄为例，我们顺便说一说谢氏家族的教育方法。

谢玄从小就很聪明，但是他有一个不良嗜好，即喜欢佩戴紫罗香囊。谢玄的叔叔谢安对此非常担心。

谢安为什么担心呢？我猜想，一方面担心侄子玩物丧志，一方面佩戴香囊之类的行为在政治上有点学习屈原的意思，难不成是讽刺世人皆睡，社会浑浊？

但是谢玄是小孩子，谢安不想使用暴力让侄子伤身或者伤心。终于，谢安想到了好办法。在某一次游戏时，谢安和侄子谢玄打赌，要是赢了，谢玄就得把紫罗香囊给他，谢安当然赢了，他于是把香囊取到手中并烧掉，谢玄心服口服，终于改掉恶习，从此再也不去佩戴紫罗香囊之类的东西了。

谢安在这件事儿上的态度和做法即使是今天，也很值得一提。

谢玄长大后成了一代名将，最终在和前秦苻坚的"淝水之战"中一战成名。不可否认，谢玄自身非常努力，但是良好的教育对他的影响绝对不可小觑。

在同样的教育环境中成长的谢玄的长姐谢道韫，也是谢家的杰出人物，当时的人甚至拿她比之于竹林七贤。谢灵运很尊敬谢道韫，谢道韫也很在意弟弟的教育。出嫁之后，谢道韫甚至还质问过谢玄："你怎么还是不长进，是天分有限还是俗事太多？"

谢玄无法用自己曾经接受的良好教育来启发智力低下的儿子谢瑍，但是他的孙子谢灵运在他的教育下明显"后生可畏"。

谢玄自己都觉得奇怪，说："我乃生瑍，瑍那得生灵运！"（我何以生下了谢瑍这样不聪明的儿子，谢瑍又何以会生下谢灵运这样有才的儿子！）殊不知谢灵运的成才也有他这个作爷爷的一份功劳，当然道士杜明师以及谢灵运的老妈刘氏（王羲之外孙女）的影响也是不可或缺的。

谢灵运在这样的家庭成长起来，想不成材都难哪。

## 4

谢灵运的才能究竟有多高呢？《宋书》本传称其"少好学，博览群书，文章之美，江左莫逮"。"诗书皆兼独绝，每文竟，手自写之，文帝称为二宝"。也就是说谢灵运不但文章写得美，书法也非常美。

关于文学才能，谢灵运自己也说过一句很狂放的话："天下才共一石（即十斗），子建（即曹植）独占八斗，吾占一斗，天下共分一斗。"

自从谢灵运说了这句话之后，"才高八斗"成了形容一个人有才华的常用成语，曹子建也沾了不少光，但是这句话原是谢灵运要说他自己的。

## 5

再来说说谢灵运对旅游的热爱。

谢灵运热爱山水，热爱旅游。《资治通鉴》记谢灵运"好为山泽之游，穷幽极险，从者数百人，伐木开径，百姓惊扰，以为山贼"。

热爱旅游，并且喜欢带上百十号人一起跋山涉水、伐木开路以至于被人误当成山贼的，恐怕只有谢灵运了。

谢灵运旅游为什么要带这么多人？其实这也是有榜样的。

王羲之不就召集一帮人在兰亭打着"修禊"的幌子喝酒吟诗么？

"竹林七贤"也在一块凑热闹，喝酒聊天，瞎溜达。就连孔子的弟子曾皙，他的志向也是"莫春者，春服既成，冠者五六人，童子六七人，浴乎沂，风乎舞雩，咏而归"，孔子也对此深表向往。这种自发组团的形式多有趣啊，这种方式直到欧阳修甚至是清代还一直保留着。

## 6

谢灵运在旅游方面的成绩主要有两个：一是发明了方便上下山的旅游鞋"谢公屐"，据说这种木屐"上山则去前齿，下山去其后齿"非常方便，二当然是写了大量的具有稳定的"三段式"结构的山水诗。

实际上，谢灵运虽然具备游山玩水的优势条件和写山水诗的特殊才能，但是作为名门世族，他的志向并不在这里，至少一开始并不在这里。他想像爷爷一样在政治上大有作为。

政治上的作为不光是靠门第，也不光是靠才能，还得有机遇。有千里马，还得有伯乐。然而，谢灵运这匹千里马没有能够得到重用。

宋文帝元嘉三年（426年），文帝为巩固统治，对世家大族采取笼络政策，由于谢灵运名气大，被征召为秘书监，还被指定撰修晋史。但是谢灵运发现，文帝接见他的时候，总是让他谈文章，根本没有重用的意思，这让他很郁闷。

谢灵运是个有点极端的人，政治上不受重用，他就干脆不务正业，虽然当了官，也不干政务，只顾带一帮人游山玩水。但是游山玩水的同时，他对政治抱负仍然念念不忘，结果陷入两难境地。

钱钟书说："人生的刺就在这里，留恋着不肯快走的，偏是你所不留恋的东西。"

谢灵运对于仕途的留恋和对于山水的留恋都不是彻底的。留恋仕途又不肯好好当官，觉得朝廷不重用他，留恋山水又不肯脱离仕途，忧愤难堪。所以他只好矛盾着度过他的一生，最终死在了这种矛盾里。

# 7

元嘉八年（431年），因决湖造田之事，谢灵运被会稽太守孟𫖮
（yǐ）告发，他上书申辩。这次，文帝似乎相信他的清白，未予追究，
让谢灵运做临川内史。

但谢灵运并没有好好干他的临川内史，依然荒废政事，遨游山水。
司徒刘义康看不下去他的这种不作为，于是要追究，谢灵运兴兵拒捕，
犯下死罪。这次，文帝愿意再放他一马，没有治谢灵运死罪，而是流
放广州。

元嘉十年（433年），有人告发谢灵运在广州参与谋反，文帝下诏，
于广州行弃市之刑（弃市就是在闹市执行死刑并将犯人曝尸街头的一
种刑法）。这回文帝彻底生气了——弃市是对罪大恶极的犯罪分子才会
使用的刑罚。

元嘉十年，谢灵运终于没能迈过四十九岁的坎儿。

# 8

我们在前文说过，魏晋南北朝的这些风流文人们虽然各有各的风
流，但是骨子里是儒家，他们放不下兼济天下的情节。

谢灵运从小接触道教，他自从仕途受挫之后就一味地纵情山水，
和魏晋风流们一样率性而为，无视政治名教，但是一代名将的爷爷和
谢氏家族的政治成就又让他不能像陶渊明那样轻易放下仕途的一切。

如果按照孔子对"智者"和"仁者"的区分标准给谢灵运归类，
我想谢灵运应该是"智者"。他好动，他的人生无一刻不是在仕途和山
水之间变迁，他笔下的山水也无一不是在运动变化之中。

# 9

公元422年，谢灵运在朝廷受到排挤，由京师外放永嘉（今浙江温州）去做太守，经过始宁县的别墅时写了这首《过始宁墅》。

谢灵运在《过始宁墅》中一开始就说自己童年的时候便抱有守正不阿的节操，只是后来追求世俗名利没有办法坚守，这一耽搁就是二十多年，他自己深感惭愧和遗憾。

如今，被委任去海边的永嘉郡当太守，路过始宁的别墅，故园情深，当然要好好看一看啦。

> 山行穷登顿，水涉尽洄沿。
>
> 岩峭岭稠叠，洲萦渚连绵。
>
> 白云抱幽石，绿筱媚清涟。
>
> 葺宇临回江，筑观基曾巅。

游走于山水之间，岑峦耸翠，岛屿萦回，白云怀抱幽石，绿竹垂戏清涟，在水绕山峙之间修上亭台楼阁，在云雾徘徊的山巅建起台榭屋观，如此美景，登高望远，可比那功名利禄好多啦。

但是上任在即，谢灵运不得不暂时离开始宁，他希望三年后任期届满还能回到这里。

《过始宁墅》是谢灵运纵情山水的开始，也是他大量写山水诗的开始，从此一发不可收拾，直到四十九岁走完短暂一生。

# 10

谢灵运的山水诗有两个特点：

一是游记的形式，以记游开头，中间写美景，又以记游结尾，抒发感情和志向。他总是不厌其烦地使用这种基本固定的结构，而且这种在结尾抒发志向的形式很有玄言诗的特点。

二是他笔下的山水气候总是非常多变，这可能跟他自己动来动去有关，不过这倒符合大自然变幻无常的本性。

《登池上楼》说："初景革绪风，新阳改故阴。池塘生春草，园柳变鸣禽。"

《登江中孤屿》说："乱流趋正绝，孤屿媚中川。云日相辉映，空水共澄鲜。"

《石壁精舍还湖中作》说："林壑敛暝色，云霞收夕霏。芰荷迭映蔚，蒲稗相因依。"

无论是草木还是禽鸟，无论是水流还是云日，无一不是动着的。山水、光影、气候的变化虽然和人事的变化一样难以捉摸，但是前者让人惬意享受，后者却让人痛心失望。

第一个特点使谢灵运的山水诗显得有点呆板，而且谢灵运才学很高，似乎有刻意琢磨之嫌。好在和谢灵运同族的另一位诗人谢朓克服了这种毛病，为后来王维为代表的山水诗人开拓了道路，所以王维、孟浩然等人在山水诗的创作上路子就很宽了。

# 11

谢灵运和谢朓被人们称为"大谢"和"小谢"。

谢朓的山水诗吸收了民歌自然清新的风格，不再像谢灵运那样拘谨做作；另外，他还吸收了沈约等人在声韵方面的研究成果，所以读起来更加秀逸流畅。

比如那首《王孙游》：

绿草蔓如丝，杂树红英发。

无论君不归，君归芳已歇。

至于《晚登三山还望京邑》中的"余霞散成绮，澄江静如练"，色彩绚丽而不失静谧，更是千古佳句。

李白也在《宣州谢朓楼饯别校书叔云》中赞美谢朓："蓬莱文章建安骨，中间小谢又清发。俱怀逸兴壮思飞，可上九天揽明月。"

如今，交通的便利使我们的旅游效率更高，古人只能"一日看尽长安花"（孟郊《登科后》）便觉自豪，我们恐怕一日纵横大江南北也不算什么。

然而，山和水对我们的影响似乎远远小于我们对山和水的影响。

# 敕勒歌：

# 战火中的人们需要那一曲宁静

## 敕勒歌

——北朝民歌

敕勒川，阴山下，

天似穹庐，笼盖四野。

天苍苍，野茫茫，

风吹草低见牛羊。

# 1

"魏晋南北朝"这几个字概括了中国从公元220年到589年间最乱的一段历史。

这段历史需要简单梳理一下，不然当我说《敕勒歌》是北朝一首鲜卑语翻译过来的民歌时，你肯定会糊涂。当然，说完这段历史，你也有可能更糊涂。

我们先从三国说起。

公元220年，曹操逝世，曹操的儿子曹丕将东汉的最后一位皇帝刘协从皇帝宝座上拽了下来，自己当了皇帝，定都洛阳，也就是曹魏。

一向自称大汉皇族的刘备第二年听到了这个消息，他一看机会难得，就名义上继承了刘协的皇位。刘皇叔终于变成了刘皇帝，蜀汉政权建立起来。

孙权也不甘落后，听说两个敌人都说是皇帝，他也就当了皇帝，建立孙吴帝国，时年公元222年。

这就是所谓的三国鼎立。但是事实上三国发展并不平衡，经济、文化中心仍然是人家曹魏。一提起文学，大家首先知道的就是"三曹七子"，而蜀国无非也就是诸葛亮写了几篇文章，孙吴也建树不大。

# 2

魏蜀吴这三个国家建立后都没有英名的继承人，这点倒是惊人地一致。

曹魏政权早就被司马氏盯上了，蜀汉的阿斗刘禅治国方面较为平庸，而孙吴的亡国之君孙皓游手好闲且残暴非常。

刘阿斗的蜀汉帝国最先灭亡，然后是曹魏，被司马炎赶下了台，公元266年，司马炎代魏称帝（晋武帝），国号曰晋，史称西晋。最后是东吴，早就被孙皓弄得腐败不堪的政府被西晋给做掉了。司马炎本来就不是什么好东西，能被他灭掉的自然还不如他。

## 3

注意，中国历史上先后兴起，并以东、西、南、北来区分的朝代，基本上都是先有西、北，后有东、南。如西周、东周，西汉、东汉，北宋、南宋等。

这种朝代的更替，皇族的姓氏没有变，而是原来的统治者受到北方或者西方的少数民族威胁，就利用长江天险在南方或东方重新建立王朝。政治疆域变了，政府经过了重组，经济、文化也跟着发生了变化。

晋武帝司马炎死后不久，司马家族开始了大规模的夺权斗争，出现了人人都想当皇帝、不造反就得等死的局面。

公元291年发生了所谓的"八王之乱"。北方少数民族一看机会来了，也纷纷起兵，各族首领们也争着当起了皇帝，匈奴、鲜卑、氐、羌、羯，五胡乱作一团。

北方从此进入所谓的"五胡十六国"时代。从公元304年刘渊称王起，北方各民族纷纷建立起各霸一方的王国，直到公元386年被鲜卑拓跋氏所建立的北魏统一北方为止，共历一百三十五年。

十六国分别为：成汉（巴氏人李氏）、夏（匈奴赫连氏）、前赵（匈奴刘氏）、后赵（羯族石氏）、前秦（氐族付氏）、后秦（羌族姚氏）、西秦（鲜卑族乞伏氏）、前燕（鲜卑族慕容氏）、后燕（鲜卑族慕容氏）、南燕（鲜卑族慕容氏）、北燕（汉族冯氏）、前凉（汉族张氏）、后凉（氐族吕氏）、西凉（汉族李氏）、南凉（鲜卑族秃发氏）、北凉（匈奴族沮渠氏）。

实际上，这十六国只是比较重要的政权，真正建立政权的还不止这十六国。只有前秦的苻坚，曾经一度统一北方，但也没能坚持多久。

# 4

南方则仍然掌握在喜欢内斗的司马家族的手里。

公元317年，晋朝宗室司马睿在南方重建晋王朝，占有今长江、珠江即淮河流域，建都于建康，史称东晋。

接下来，历史会更加混乱，我们得南北分开说，南方即南朝，北方即北朝。

先说南朝的宋、齐、梁、陈：

宋，公元420年，刘裕代晋，定都建康，改国号曰宋，东晋灭亡。除了标志东晋灭亡之外，刘宋王朝简直是一个没有必要存在的混乱王朝。刘宋的统治将近六十年，却有九任皇帝，暴君居多。

齐，公元479年萧道成所建，国号曰齐，建都建康，为了与北朝的北齐加以区别，史称南齐或萧齐。萧齐比起刘宋也好不到哪儿去，只有二十四年，但是有七任皇帝。凡是皇帝换得比较勤快的王朝，没有能长久的。

梁，公元502年萧衍所建，国号曰梁，建都建康，史称萧梁。

陈，公元557年陈霸先代梁称帝，国号陈，建都建康。589年，陈国的统治在皇帝陈叔宝享乐的音乐声和美女的欢愉声中宣告结束。结束陈国统治的是隋。

# 5

再来说北朝的北魏、东魏、西魏、北齐、北周及隋朝：

北魏，北魏是鲜卑族拓跋部所建，公元398年建都于平城（今山西大同），前身在十六国时代为代国，淝水之战前秦输给了东晋，拓跋珪乘机重建代国，公元399年改国号曰魏，史称北魏。拓跋氏很强悍，逐步并吞十六国中的夏、北燕、北凉诸国，与南方的刘宋对峙。

北魏国力颇强盛，孝文帝拓跋宏于公元493年迁都洛阳，进行一连串的汉化改革运动，但他的改革没有带来国力强盛，反倒造成汉化与反汉化两大阵营的对抗，引起"六镇之乱"，最终瓦解了北魏王朝。

公元534年北魏分裂成东魏与西魏，隔黄河而治，东魏后为北齐所代、西魏为北周所代。从拓跋珪建魏，到公元557年西魏灭亡，共历十七帝、一百七十一年，是所有魏晋南北朝王国中立国最长久者。

东魏，公元534年，北魏孝武帝受权臣大将高欢胁迫，逃往关中。文盲高欢另立元善见为孝静帝，迁都于邺（今河北临漳西南），史称东魏。统治区域有原北魏领土洛阳以东的地区。公元550年高洋（高欢的儿子，以残暴著称）做了东魏的皇帝。

西魏，公元534年北魏孝武帝西入关中，将领宇文泰迎之。公元535年宇文泰毒死孝武帝，另立元宝炬为魏文帝，定都长安，史称西魏。统治区域有原北魏领土洛阳以西的地区及益州、襄阳等地。公元557年被宇文觉（宇文泰的三儿子）所代。

北齐，公元550年东魏大将高洋夺取东魏政权称帝，国号齐，建都于邺，为与南朝的萧齐区别，史称北齐或高齐，统治区域相当于东魏领土。公元577年被北周所灭。

北周，公元557年，西魏大将宇文泰的儿子宇文觉夺取西魏政权称帝，国号周，定都于长安，史称北周或宇文周。公元577年灭北齐，统一中国北方，并继续攻取江北、淮南，统治区域扩大到长江北岸。

隋朝，公元581年，北周大臣杨坚称帝，将宇文氏灭族，国号大隋，公元583年建都大兴（今陕西西安），公元589年灭南方的陈朝，结束南北朝分裂的局面，全国终于统一。

# 6

这段历史为什么这么乱呢？因为天下大事，分久必合，合久必分。从西晋开始，统治者中虽然有老实人和好人，但是大部分不是文盲就是禽兽，小聪明不少，大智慧不多。一个没有文化和精神凝聚力的天下当然要分。

以上只是这段历史中复杂的政权更迭，并不是历史的全部。历史是那些为了权力而放弃灵魂的残暴、乱伦、腐败，或者是那些胸怀大志、视死如归的所谓英雄们的事迹。同时，历史也只是战士的疲惫归来或死得不明不白的普通人的挣扎。

# 7

公元546年，高欢率兵十万从晋阳南向进攻西魏的军事重镇玉壁(在今山西南部稷山县西南)，折兵七万，损失惨重。返回晋阳途中，军中谣传高欢中箭而且马上就要死了，高欢为了辟谣就带病勉强设宴面会大臣。

为振军心，高欢命部将斛律金作歌。斛律金即作《敕勒歌》，并带头领唱，高欢也随之附唱，并感动得一把鼻涕一把泪，军中的普通将士也感动得泣不成声。

这一场大哭过后，《敕勒歌》在军营中广传，留传到今。

# 8

实际上，斛律金在文学史上什么都不是，可能比起他的上级领导高欢这个大文盲来，他还算能唱几首歌，如此而已。

这首《敕勒歌》也不是斛律金创作的，只是敕勒人流传的一首民歌，他借机唱了出来。

《敕勒歌》是敕勒族的民歌，一开始可能是敕勒语，但是斛律金唱的时候，东魏官员将士多是鲜卑族，所以应该会用鲜卑语唱，后来才传唱多了，被人翻译成了汉语并成了经典。

《敕勒歌》在历史的巧合中流传了下来。宋朝的郭茂倩在编《乐府民歌》的时候将这首歌收集了进去。

# 9

民歌比起一般的文人诗歌来说，要精练得多。因为民歌不是一个人写的，在传唱过程中，每个人都有可能对它修改，甚或在文人或政府整理到文献中的时候也有可能进行修改。因为把关的人很多，所以这样打磨出来的诗歌，当然也是比较经典的。

另外，民歌要比一般的文人诗歌通俗直率。因为民间的老百姓或者艺人读书少，甚至是文盲，他们不可能用那么多典故，做过多的修饰。

再说，要流传下去，如果用词太偏，过于委婉曲折，那肯定是不行的。必须得斛律金这样的文盲都会唱，而高欢这样的文盲都听得懂，那样才有利于流传。

民歌按照是不是讲故事可以分三类：一类是讲故事的，而且故事相对完整，比如《陌上桑》《木兰诗》；第二类是故事的片段，如《战城南》《有所思》；第三类是不讲故事的，如纯属发誓的誓言的《上邪》和纯粹写景的《敕勒歌》。

民歌如果不讲故事，就一定得简短、简练，容易让人记住。

# 10

《敕勒歌》展现了一幅完全不同于南方景色的北方画面：天大、地大，草原辽阔，牛羊满山坡。

这种情景与水多、树多，楼阁亭台，莲花朵朵开的南方完全不一样。在南方，你可以"低头弄莲子，莲子清如水"，在北方边塞地区，这简直是玩笑。

这是南北的不同，还有就是游牧民族和农耕民族的不同。

在敕勒人看来，天圆地方的世界基本上就是一个很大的帐篷，水草丰茂、牛羊满山是最让人怀念的；而农耕民族的人喜欢稳定，家乡就是有地方住，有田可种，不用到处逃难的生活所在地。

# 11

《敕勒歌》还有一个特点，就是你不知道它要表达什么。

这也许就是斛律金用它鼓舞士气的原因。《敕勒歌》确实很容易让在外征战的士兵想起家乡。

水草丰茂，牛羊又多，安静祥和的生活多让人怀念！战争的目的在士兵们看来，就是结束战争，回到宁静祥和中去。

比起当时无休止的战争和争权夺利来说，这首民歌所呈现的几乎就是令人向往的天堂。那样的场景，过去可能有过，将来也可能再次出现，但是魏晋南北朝，没有。

你可以说这是一首战歌，也可以说这是一曲乡恋，你还可以说这是一首情歌。

或者，有一天，当这样一幅画面在你眼前的时候，你什么都不用说，只要享受那宁静而苍茫的一刻就足够了。

# 隋朝并非没有诗人：
# "一根经" 的全才薛道衡

## 人日思归

薛道衡

入春才七日，离家已二年。

人归落雁后，思发在花前。

# 1

隋朝（581年—619年）是一个短命的王朝。

按理说，统一了全国，正是大有作为的好时候，而且南北朝战乱不断，反面教材也很翔实，不应该短命啊！但是，隋朝偏偏就要短命。

历史总是要重复一些情节。

秦始皇统一了六国，本来也可以大有作为，但是很快就折戟沉沙，很多本来应该是秦朝做出来的成绩都留给后来的西汉王朝去实现了。隋朝也是一样，本来可以无比辉煌，但是无比辉煌的是接下来的唐王朝。

秦朝和隋朝这两个朝代命运相似，统治者也都非常相似，他们犯了同样的错误：第一，开国皇帝的接班人都是混蛋，都靠不住；第二，前代的反面教材都被他们当成正面教材使用，在残暴和享受方面无师自通。

# 2

提到文学，隋朝总给人一种乏善可陈的感觉。

实际上，隋炀帝的诗歌写得就很好，但是这个人太恶棍了，大家不想给他作评价。那么，值得一提的就只有杨素、李德林、卢思道、薛道衡几个人了。

这几个值得一提的人当中，我最佩服的要算是"一根筋"的薛道衡。

薛道衡（540年—609年），字玄卿，河东汾阴（今山西万荣）人。

这个人从小就很有才，十三岁时，读《春秋左氏传》写了一篇读后感叫《国侨赞》，辞藻华丽，足以让时人称奇。后来写诗歌，水平也很高，大家看了都说好。

薛道衡的《边塞诗》确实很有北方气概，而《昔昔盐》这样的诗歌又很具有南方气韵，如此南北都有借鉴，再加上他的专心创作，当然可以受到广大读者的喜爱了。

薛道衡不但文学作品写得好，应用文写作水平也不低。隋文帝杨坚每次谈到这位秘书的时候，总是说："薛道衡作文书称我意。"

薛道衡在政治和军事方面也很有才能，有一件事情可以证明。

隋文帝开皇八年（588年），薛道衡被任命为淮南道行台吏部郎，随从晋王杨广、宰相高颎出兵伐陈，专掌文翰。

隋朝部队临江驻扎，高颎问薛道衡："这次我们出兵打仗，你看有没有胜算哪？"薛道衡引经据典并结合当下形势做了一番分析，高颎听完之后，不得不惊叹："我以为你光会写点儿文章，没想到在谋略方面这么厉害！"

看看，薛道衡有多厉害，军事他也懂。

## 3

既然薛道衡是一个在文学、文秘、谋略方面无不擅长的全才，本来升官发财是不成问题的，混个文联主席什么的就更是顺手拈来。但是，他这个人的性格有一个"缺陷"，那就是"一根筋"，用杨坚的话来说，就是"迂诞"。

如果是生在唐太宗那个时候，薛道衡的这点脾气也不算什么，比起魏徵来可能还差得远哩。但是，他"一根筋"的对象是隋炀帝，这样一来，问题就严重了。

说起来，一开始杨广对薛道衡还是很爱惜的。还在杨广作晋王的时候，和薛道衡一起伐陈，杨广就对薛道衡的文才很爱慕。

　　隋文帝杨坚时，有一次，薛道衡被人弹劾，说他在朝中结党。杨坚很生气，薛道衡被除名，流放岭南。

　　这个时候，晋王杨广正坐镇扬州，听说这件事后，就秘密派人到长安通知薛道衡，让他取道扬州到岭南。

　　杨广的计划是等薛道衡到了扬州，就上奏皇帝，把薛某人留在扬州幕府中。但薛道衡偏偏不领情，他没有走扬州路，而走了江陵道。他的理由很简单，他不喜欢杨广。

# 4

　　后来，杨广即位当了皇帝之后，打算让薛道衡做秘书监——这可是很有发展机会的职务。

　　然而，薛道衡没有因为杨广当了皇帝就喜欢上他本来很讨厌的人。他写了一篇《高祖文皇帝颂》呈了上去。

　　杨广一看就明白，对大臣苏威说："薛道衡文章和《诗经》中的《鱼藻》是一个意思呀。"

　　《鱼藻》是《诗经》中的一篇，《诗序》说这首诗是通过歌颂周武王而讥刺周幽王。杨广言下之意是薛道衡这是通过歌颂他老爹来讽刺他。

　　杨广这次可真是杀薛道衡的心都有了，然而，薛道衡只是赞颂他老爹而已，暂时还不好定罪，他需要一个更好的机会和一个更名正言顺的借口。

　　薛道衡的朋友，时任司隶刺史的房彦谦（也就是后来唐朝名臣房玄龄的老爸），觉察到隋炀帝对薛道衡不会轻易放过，就劝薛道衡闭门谢客，以求保全。但薛道衡一点都不在乎，他没把皇帝老儿放在眼里，也不觉得自己有啥危险。

薛道衡不喜欢杨广，这是可以理解的，因为杨广确实不是什么好东西，但是明知对方是恶棍并有能力杀掉自己却不求保全，这当然就是典型的"一根筋"了。

# 5

杨广为什么那么不喜欢薛道衡歌颂他老爹杨坚呢？

据柏杨在《中国人史纲》的叙述，这个杨广其实是个非常虚伪的家伙，先是极尽表现之能事，投爸妈所好当上了太子，然后又因为和他老爸最宠爱的陈夫人（也就是他的庶母）上床未遂而被老爸知道，于是一不做二不休指使属下杀掉了病床上的老爸。这还不算，他还和庶母陈夫人上床成功之后把囚禁深宫的哥哥杨勇也杀掉了。

所以，杨广虽然当上皇帝之后金光四射，但是他实际上还有见不得人的一面。有人把被他杀死的老爸拿出来歌颂，这是揭他的伤疤，他怎么能高兴起来？

这样看来，薛道衡的眼力还是很不错的，他讨厌杨广，说明他的眼睛是雪亮的。但同时，他是在拿自己的生命开玩笑，杨广杀他那是迟早的事情。

薛道衡的那根筋完全没有转过来。对于古代的皇帝来说，杀一个人想找个机会，那简直太容易了。

# 6

有一次，朝臣们在一起讨论新令，争论不已。薛道衡说："如果高颎还活着，新令早就定稿啦！"

高颎是隋文帝杨坚的宰相，而且在杨广与杨勇争夺太子之位的斗争中站在杨勇一边。大家避之犹恐不及，薛道衡竟公然讲崇敬高颎的话，这和他上次犯的错误简直一模一样啊。

这次，薛道衡没那么好的运气了，因为杨广早就在等这个机会了。

当时担任御史大夫的大臣裴蕴，他知道炀帝讨厌薛道衡，一看置薛道衡于死地而自己升官发财的机会来了，就上奏弹劾，说："道衡负才恃旧，有无君之心。见诏书每下，便腹非私议，推恶于国，妄造祸端。论其罪名，似如隐昧，源其情意，深为悖逆。"

裴蕴给薛道衡定的罪状非常可笑：

第一，薛道衡仗着才华和依赖过去的威望，把皇帝您不放在心上。

第二，每次诏书一下来，他薛道衡就要心里暗骂，私底下议论，这是宣扬我们大隋王朝的缺点，故意制造祸端。

第三，薛道衡虽然表面上看起来要定罪不太容易，但是从他的辞情分析，本质上就是不满和忤逆，他心里就是这么想的。

这可真是"欲加之罪，何患无辞"。

隋炀帝果然像裴蕴所预见的那样满意，他称赞裴蕴说："你说薛道衡忤逆，真是能够透过现象看本质啊。"于是下令将薛道衡逮捕审讯，最后逼迫其自尽。

# 7

在隋炀帝时期这样一个本来就缺乏人才的统治阶段，薛道衡的死真是一大损失，但是隋炀帝本人肯定不这么想。因为自从当了皇帝，他的本职工作基本上就是杀人、旅游、修宫殿、玩女人。

残暴的隋炀帝留给隋末的英雄们去收拾好了，我们继续说薛道衡。

关于隋炀帝杀薛道衡，《隋唐嘉话》有另外一种说法，说隋炀帝起杀心是因为嫉妒薛道衡的才华。

杨广自以为才华横溢，他曾对臣下说："人们都认为我是靠父祖的能干才当上的皇帝。其实让我同士大夫们比试才学，我还是'天子'。"

有一次，朝廷聚会上，隋炀帝作了一首押"泥"韵的诗，命在场的大臣相和，众大臣苦思冥想而不见起色——其实是故意装笨蛋。

薛道衡不识时务，作了一首以"泥"字押韵的诗，即后来以"暗牖悬蛛网，空梁落燕泥"一联名垂千古的《昔昔盐》。众大臣惊叹不已，高呼厉害，害得杨广那叫一个嫉妒。

据说薛道衡临刑前，炀帝曾问他："更能作'空梁落燕泥'否？"

这个说法虽然是野史中的记载，却倒也符合薛道衡"一根筋"的性格特点。

不管什么原因，这位脑子转不过弯，为人耿介的诗人最终死在了他讨厌的人手里。同时，也为他所讨厌的人执政时期的文学史留下了几首好诗。

# 8

《人日思归》展现的是薛道衡情词委婉的一面，虽然只有短短四句，思乡之情却颇为动人。

"入春才七日，离家已二年。"

春节刚过的正月初七，入春不过七天时间啊，可是离开家都已经两年了。

这句诗妙就妙在将物候上的时间和作者自己的心理时间做了一个对比：从时间上来看，入春的时间很短，只有七天时间；可是在作者看来，既然入了春，那就是两年了，也就是说他已经经历了两年的思念之苦。

"人归落雁后，思发在花前。"

入了春，天气变暖，大雁已经从南方飞来，回到了北方那碧蓝辽阔而温暖和煦的天空，我却只能面对春暖花开任凭思念之情兴风作浪，内心无法平静和快乐。

这句又是一个对比，大雁北回之早与自己回家的遥遥无期相比，刺痛人心哪！

这首诗是薛道衡出使陈的时候在江南创作的，虽然远在异国，总算是有乡可思，有家可回。

隋朝统一了全国，本来到处都是祖国，薛道衡不必再为思归之情大伤脑筋，可是偏偏就是在自己的祖国，他没有了归宿，他的耿介之心无处安放，生命也随之迷路黄泉。这是多大的人生讽刺！

# 唐诗为什么读起来很美：
# 平仄规律

## 独不见

沈佺期

卢家少妇郁金堂，海燕双栖玳瑁（dài mào）梁。

九月寒砧催木叶，十年征戍忆辽阳。

白狼河北音书断，丹凤城南秋夜长。

谁谓含愁独不见，更教明月照流黄！

# 1

一提起唐诗，很多人的第一反应就是李白、杜甫、白居易。实际上，这三位大诗人都是盛唐时候的诗人，他们的诗并不代表唐诗的全部。

准确地说，之所以会出现他们，是因为唐初有一批诗人帮他们打好了基础。一个风华正茂的小伙子必须得从牙牙学语的小孩子慢慢成长起来。

对于唐初的诗人，大家一想，那可不就是"初唐四杰"嘛。所谓"王勃、杨炯、卢照邻、骆宾王"是也。这也不够准确，光有这四位，还不足以为盛唐诗歌做好准备工作。

# 2

可以简单地把初唐的诗人分成三类：

第一类，上官仪、沈佺期、宋之问、杜审言等。

他们属于宫廷派，都是大官儿，身处宫殿馆阁，每天看见最多的无非是一本正经的皇上、温文尔雅的同僚、涂脂抹粉的宫女。所以他们写得最多的诗歌也就无非是歌功颂德、应酬唱和等。他们都是掉书袋子的高手，写起诗歌来喜欢用书上的生僻典故、华美辞藻，以显示自己有学问。

这些人虽然眼界狭小，作诗的动机也很无聊，但是他们很认真，也想把诗歌写好。他们在诗歌的形式上下了不少功夫。

南朝齐永明年间，一个叫周颙（yóng）的人写了本书叫《四声切韵》，提出平上去入四声。沈约与谢朓等又把四声和诗歌的声韵结合起来，提出了写诗要避免的八种毛病，也就是所谓的"八病"。

这些知识被宫体诗人们逮着啦。上官仪研究起了对仗，沈佺期等人研究起了声调、押韵等，目的是想办法让诗歌读起来好听。这一研究，就发明了一套格律规定，就是所谓"近体诗"（绝句、律诗）的规则。

所以，当我们说唐代诗人的绝句律诗多么高超的时候，可千万别忘了，那些宫廷派的书呆子们可是做了大贡献的。

## 3

第二类是王绩、陈子昂、"四杰"等人。

他们对宫廷派的诗歌瞧不上，认为这些人还是在走齐梁时代浓妆艳抹的老路子，太做作。他们认为诗歌得回到《诗经》"诗言志"的传统上来，得有骨气，有感情。

这几个人都没当过大官儿，甚至像骆宾王一样还和武则天作对，成了朝廷的敌人。他们的生活面要宽一些，山水、田园、市井、边塞，走到哪儿写到哪儿，而且旧体也好，新体也罢，哪种熟练就用哪种，写起诗歌来一点儿都不拘谨。

后来唐诗之所以那么开阔，把天下能写的都写到了，产生了那么多名篇名句，都得算上这几个人的一份功劳。

## 4

第三类是张若虚、刘希夷等人。

张若虚只留下来两首诗，不过光是《春江花月夜》就足以让他名震千古了，刘希夷被人知道的也无非是"年年岁岁花相似，岁岁年年人不同"这句诗。

可是，这两个人的诗歌非常干净利落，宫体派的那些臭毛病他们基本上没有，他们能做到情景交融。如果说"四杰"等人增加了唐诗的意象的话，那么张若虚等则是开拓了唐诗的意境。

意境和意象都是欣赏诗歌的时候常用的术语，意象就是表意的形象，意境就是意象共同构成的整个情景。比如"白日依山尽"，"白日""山"都是意象，而白日依青山、青山藏白日的苍茫和空阔的情景就是意境。意境往往还融入了诗人的情感或意志。

为什么王维、孟浩然等人能做到情景交融，能写出那么美的意境？因为张若虚等人早就给他们开了个好头。

当然，这三个类只是各有所侧重而已，不能因此认为"四杰"在声韵或者开拓意境方面就啥也没有做。

# 5

我们还是先来说说"近体诗"或者"今体诗"的格律问题吧。

这个问题让我们这些生活在高楼大厦、汽车火车中间，忙于奔波在生活战线上的人很头疼，而且一般人会认为这是文学院的教授要研究的问题，自己根本没有必要知道。

更奇怪的是，那些文学院的学生和一些写现代诗的诗歌爱好者也有不少人持有相似的看法。

实际上，每个对古诗有点儿小爱好的人都有必要知道一点儿常识，何况"平仄""对仗""押韵"这些东西对写现代诗也不是没有好处。

# 6

言归正传。

所谓"近体诗"或"今体诗"都是指对于唐代人来说比较新鲜的"格律诗"，和乐府、《诗经》、楚辞以及其他古体诗歌等相对而言。

人们通过研究所谓的"四声八病"发现，五言诗的诗句如果要符合四声的声韵条件并避免出现"八病"，只能是四种形式：

1.平平仄仄平；2.仄仄平平仄；3.平平平仄仄；4.仄仄仄平平。

我们先来解释一下平仄。平仄其实是把四声分成了平和不平两类，仄就是不平。古代的四声指平上去入，平就是平声，上、去、入都是不平的，也就是仄（古人说的平上去入和今天的普通话的四声是不同的，它们的对应规律可以参考黄伯荣《现代汉语》或者王力《古代汉语》）。

这四种形式有什么特点呢？首先是平声字和仄声字的数量要相当，不是二比三就是三比二；其次是最中间的字和两边的两个字不能都是平声或者都是仄声；第三是开头最少要有两个平仄相同的字，要么平平，要么仄仄，要么平平平，要么仄仄仄。

# 7

格律诗按照每句的字数多少可以分为两类：每句五个字的是五言诗，每句七个字的是七言诗。

按照句数的多少可以分为三类：四句的是绝句，八句的是律诗，比八句多的是排律。

八句的分为四联：首联（1、2句）、颔联（3、4句）、颈联（5、6句）和尾联（7、8句）。每联两句。

# 8

那么，上文说的四种平仄形式的句子如何排列组合成格律诗呢？我们从最简单的五言绝句来入手了解一下。

五言绝句的四个句子得遵守对仗、粘连、押韵方面的三个原则：

第一，对仗要求，第一句和第二句的头两个字得平仄相对，第三句和第四句必须完全平仄相对。对于律诗来说，颔联、颈联必须对仗（平仄相对并且句式、词性、意思等也得相对）。

第二，粘连要求，第二句和第三句的第二个字必须平仄一样。所有相邻两联的连接方式都是这样，头一联的第二句和后一联的第一句得粘连。

第三，押韵要求，第二句和第四句必须押平声韵，第一句可押可不押。

# *9*

按照这三个要求，我们可以推导一下绝句共有几种类型。

第一句，可以是以下四句中的任意一种1.平平仄仄平；2.仄仄平平仄；3.平平平仄仄；4.仄仄仄平平。

我们先看第一种类型：

假设第一句是：1.平平仄仄平。

根据规则一，第二句只能是以"仄仄"开头的，也就是要从2和4里面选一句，根据规则三，2和4两句里面得选末尾是平声的，那就只有4了。

所以第二句是：4.仄仄仄平平。

根据规则二，只有2和4的第二个字与上面已经确定的第二句的第二个字平仄相同，都是仄，所以得选2或者4。但是考虑到第四句的最后一个字得押平声韵，第三句和第四句又得完全相对，所以第三句的最后一个字必须是仄声，那么就只能选2.仄仄平平仄。

所以第三句是：2.仄仄平平仄。

根据规则一，第四句和第三句应该平仄相对，只能是1.平平仄仄平。

所以第四句一定是：1.平平仄仄平。

也就是说第一种类型是：

第一句：1.平平仄仄平

第二句：4.仄仄仄平平

第三句：2.仄仄平平仄

第四句：1.平平仄仄平

# *10*

如果我们用这种办法继续推导，可以得出其他三种类型。

第二种类型：

第一句：2.仄仄平平仄

第二句：1.平平仄仄平

第三句：3.平平平仄仄

第四句：4.仄仄仄平平

第三种类型：

第一句：3.平平平仄仄

第二句：4.仄仄仄平平

第三句：2.仄仄平平仄

第四句：1.平平仄仄平

第四种类型：

第一句：4.仄仄仄平平

第二句：1.平平仄仄平

第三句：3.平平平仄仄

第四句：2.仄仄仄平平

至于律诗，那就接着执行粘连和对仗的原则就可以了。比如第一种类型：

第一句：1.平平仄仄平

第二句：4.仄仄仄平平

第三句：2.仄仄平平仄

第四句：1.平平仄仄平

第五句：3.平平平仄仄

第六句：4.仄仄仄平平

第七句：2.仄仄平平仄

第八句：1.平平仄仄平

这样一直粘连对仗下去，就是排律。

所以说，规则弄清楚，格律诗也就没有想象的那么难懂了。

但是，古人在用这套规则的时候是比较灵活的，有的诗人甚至要故意整点儿不合规则的句子出来。在我看来，要是听起来不别扭，甚至很舒服，规则也是可以打破的。

还有就是，由于古代字的音和现在不一样了，古代很多律诗和绝句，我们现在读起来已经不是那么舒服了，所以，我们没有必要坚持按照"平上去入"和"阴平、阳平、上声、去声"之间的关系（这是音韵学家研究的问题）来做古诗，因为你做出来也没有人能够按照古音去读。何况，古人都那么不认真，我们干吗要那么认真？

如果真想尝试的话，按照汉字现在的读音和这套规则做点"仿古"的诗歌也会很好读。

# 11

汉字"现代化"以后，一个词语经常是两个字或者三四个字组成，一个词基本上都是两个音节以上，而且声调平仄相间。

词再连成句子，读起来就更加抑扬顿挫了，本身就很有音乐特点。反倒是要故意创造出一个全部是平声或者全部是仄声字的句子，那得难死人。就算真的万不得已写出了这样的句子，人们读的时候觉得别扭还是会做一些调整（语言学上说这是音变）。

所以平仄的问题，已经不是个问题，只要正常说话，基本上就能做到抑扬顿挫了。如果是写诗歌，有意识地用点平仄变化更悦耳的句子，那倒也不错。

## 12

古代的这套规则对我们来说已经过时了，作为常识，可以了解一下，或者中文系的学生为了以后给别人施展学问的渊博，或者避免发生"连这个都不懂"的鄙视发生在自己身上，我想应该了解一下。

我想再说说它们究竟能给那些现代诗的作者什么启示：

首先，不要轻易去写诗，更不要把自己没有写好的散文断行之后说成是诗歌，这是很丢人现眼的做法，说白了就是"诗盲"。

第二，诗歌包含了对仗、押韵等很多形式的东西，不要以为诗歌真的是"感情的自然流淌"，感情流淌的时候要是不用文字来节制，那岂不是要水漫金山、泛滥成灾啦？何况小溪涓涓总比洪水泛滥好吧。

好像谁都可以写现代诗，但是为什么只有很少一部分现代诗耐读，不纯粹是意象或者意境或者感情表达的问题，也和形式有关系。比如长句子让人压抑，短句子显得活泼，押韵的读起来朗朗上口等。

## 13

《独不见》是沈佺期的一首诗歌，这首诗是一首典型的思妇诗，算是老传统了，因为唐之前，不知道有多少人写过这种诗歌。

想要在这个题材上写出新意，当然是非常难。但是沈佺期掌握了格律诗的规律。他的这首《独不见》有两个非常明显的特点：

第一，声韵和谐，顿挫有致，一韵到底，朗朗上口。

第二，对仗工整，色彩鲜明，叙事自然，情景融和。

沈佺期在格律上的擅长将他在题材上的不足弥补了回来。

# 王绩：
# 没有好酒，别跟我谈分配工作

## 野 望

王 绩

东皋薄暮望，徙倚 (xǐyǐ) 欲何依。

树树皆秋色，山山唯落晖。

牧人驱犊返，猎马带禽归。

相顾无相识，长歌怀采薇。

# 1

魏晋风流离不开酒，阮籍、嵇康、陶渊明都喜欢喝酒，尤其还出了刘伶这样一位巨酒鬼。

喝酒不像写诗，写诗可以向前朝学习，说不定水平还可以超越前朝，但是喝酒就不一定了。

从仓颉造字到大唐盛世，产生了数不清的文豪大家。但是要说从杜康发明高粱酒之后到唐代，产生了多少像刘伶那样的酒鬼，却显得那么屈指可数。算起来，恐怕只有王绩了。

# 2

王绩（约590年—644年），字无功，号东皋子，绛州龙门（今山西河津）人。他有两个身份，一个是文人，一个是医生。

按理说，医生最知道喝酒的坏处，但是这位王医生对酒的爱好超过了其他所有爱好。在他看来，啥都比不上美酒。他从20岁举孝廉开始，仕途就一直不太顺，原因不是他的机会不好，而是他太爱喝酒了。

大业元年（605年），王绩应孝廉举，中高第，授秘书正字。秘书正字属于正九品下，是非常小的官儿。但是这毕竟是在朝廷里面，总比天高皇帝远的地方更有发展前途吧。

但是王绩这家伙，觉得自己干不下去。也许是因为对工作不满意影响到了他的生活状态，他给别人的印象也不那么好，大家觉得他傲慢无礼。

朝廷也挺开明，既然你不愿意干，那就让你到地方上去吧。于是，王绩按朝廷安排，来到了扬州六合县，做了县丞，一天也就是写写文书，管管仓库。

王绩上任之后，啥事都没做，一天到晚，只要有机会就去喝酒，结果没过多久，就因为喝酒误事，被人弹劾。最后，被解职。

王绩感叹道："网罗在天，吾且安之。"

意思是说，反正天罗地网，我躲也躲不过，我也没啥不安心的。可见，他早就不准备干了。

## 3

王绩解职之后，正逢隋末天下大乱，隋炀帝只顾自己快乐，让别人水深火热，老百姓忍不下去就开始造反。

随之而起的是各路英雄好汉，他们开始领导造反或者剿灭造反，都想趁乱大捞一把，碰碰运气。

王绩却低调地隐居起来。

人以群分，物以类聚。王绩碰到了一位叫仲长子的隐士，这位隐士没有结婚，整天喝酒作诗，性情率真，正是王绩喜欢的类型。

王绩从此和仲长子一起过起了隐居生活，一起饮酒赋诗，研究养鸟等。

社会一片混乱，王绩却过得相当平静。

## 4

终于，隋朝在战乱中被唐朝替代，历史的车轮步入正轨。王绩又有了一次当官的机会。

唐武德八年（625年），朝廷征召前朝官员，王绩以原官待诏门下省。按照门下省例，日给良酒三升。

王绩的弟弟王静问："待诏快乐否?"

王绩回答说："待诏俸禄低，又寂寞，只有良酒三升使人留恋。"

待中（很大的官，和宰相差不多）陈叔达听说了之后，倒是很照顾王绩，给王绩的酒从每天三升加到每天一斗。官员们觉得这件事很有趣，就给王绩起了个绰号，叫"斗酒学士"。

# 5

贞观初期，时任太乐署史的一个人，叫焦革。这个人既然在太乐署工作，本来应该擅长演奏或者谱曲，谁知他的特长竟然是酿酒。

王绩一听就兴奋，马上向朝廷报告，说自己要去当太乐丞，朝廷满足了他的要求。王绩从此天天有美酒可喝，真是快活。

然而，后来不幸的是焦氏夫妇相继去世。王绩因为无人供应好酒，也就不再乐意作什么太乐丞了。干脆，来了个弃官还乡。

王绩从此隐居东皋。

# 6

关于东皋，王绩写过一首五言律诗，叫《野望》。

东皋薄暮望，徙倚欲何依。

树树皆秋色，山山唯落晖。

牧人驱犊返，猎马带禽归。

相顾无相识，长歌怀采薇。

望着东皋那凄迷暮色，王绩感到徘徊，感到百无聊赖，感到不知路在何方。

但是，在秋色的苍茫和落日的静谧中，那赶着牛犊的放牧者和带着野禽归来的狩猎者从身边经过，王绩突然明白了，这些相顾无言，安静、简单的生活才是他的方向。

他于是想起了两位隐士，伯夷和叔齐。

相传周武王灭商后，伯夷、叔齐不愿做周的臣子，在首阳山上采薇而食，最后饿死。

王绩想到这里，情不自禁地打起了口哨，献歌给他敬重的隐士。

当然，王绩并没有立志要忠于前朝，或者最后把自己饿死。他只是想远离仕途，想隐居起来，由着自己的性子过好每一天。

他的名字虽然叫王绩，"绩"是有所成就的意思，但是他的字却是"无功"，意思是对时代没有啥贡献，他在自撰的《墓志铭》中说"才高位下，免责而已"。庄子《逍遥游》说："至人无己，神人无功，圣人无名"，无功是王绩的逍遥。

# 7

隐居之后，王绩主要做三件事情：

第一，研究酒。

王绩的仕途生活非常短暂，也没有什么成绩可言，他念念不忘的，始终是当太乐丞的时候焦革夫妇给他酿的美酒。

王绩细细回味着焦革给他的美酒的味道，细细回忆着他与焦革之间的促膝交谈。他把焦革制酒的方法写成了《酒经》一卷；这还不够，他又收集杜康、仪狄等善于酿酒者的经验，写成《酒谱》一卷。他写这两卷文字，只是因为他喜欢酒。

王绩喜欢酒，后来也就爱屋及乌，对于那些在酿酒和喝酒方面著称于世的人也充满了崇敬之情。因为是他们让王绩获得了生活的味道和隐居的快乐。

东皋隐居期间，王绩为杜康建造了祠庙，并把馈赠过美酒的焦革也供进庙中，尊之为师，并撰《祭杜康新庙文》以记之。

王绩走上隐居之路之后，基本上与官员和世俗生活绝缘。但有一样例外，那就是只要有人拿美酒邀请他，他就非常快乐地去了。

第二，写诗文。

《醉乡记》《五斗先生传》《酒赋》《独酌》《醉后》，光从题目就可以看出，王绩的这些诗文都与喝酒有关。《五斗先生传》很容易让人想起陶渊明的《五柳先生传》，虽然只是一字之差，但陶渊明自称"五柳先生"是因为他家门前种五棵柳树，而王绩自称"五斗先生"却是因为他每天能喝五斗美酒。

虽然陶渊明和王绩给自己起的"雅号"各有侧重，但是仔细想想，不难发现，陶渊明何曾离开过酒，而王绩又何尝不喜欢对着门前的树木花草赋诗著文？

酒能够让人回归自然的本性，让人变得真实、洒脱，将官场和俗世的纷纷扰扰、虚情假意统统抛之脑后。而酒后赋的诗和写的文章，往往自然率真，落尽繁华而气韵犹醇。正如王羲之趁着酒兴写下了《兰亭集序》，后来酒醒想重新摹写却再难超越。

第三，弹琴。

嵇康死前非常安静，他为自己弹奏了他最拿手的《广陵散》，他在人生的最后一刻，没有为生命的终结而悲伤，他发出的感叹是："《广陵散》于今绝矣！"

最好的音乐总是伴随着生命的起伏、智慧的沉淀和自然的畅想。音乐对王绩和嵇康而言，是另一种美酒。王绩改编的琴曲《山水操》，为世人所赏。世人所不知道的，也许是他每次静下心来弹奏时听着树间的风声、鸟雀的鸣叫和自己生命流动时的那种忘我情怀。

# 8

王绩隐居时做的这三件事对他而言，无异于三种美酒，他喜欢酒，喜欢酒带给他的洒脱、忘我的快乐。另外，王绩业余的时候坚持耕种、行医和算卦。

我一直比较佩服那些喜欢并且能喝酒的人，因为我自己做不到。我一喝多就会翻江倒海地狂吐，实在有些不雅，而且还给老婆添麻烦，给自己添难受。所以常常不得已，每逢喝酒总要强迫自己适可而止。

每次吐完，闻酒恶心，心想，这辈子恐怕再也不会喝酒了。

不过，我也听说自己喝完酒之后每每语出惊人、歌声嘹亮，我相信不只是"酒壮怂人胆"，可能是酒让我发挥出了可喜的潜力，这又让我对酒再次充满了热爱之情。

所以，为了写好这篇文章，昨天晚上，我喝了些啤酒。

# 9

贞观十八年（644年），王绩病卒于家中。与陶潜的《自祭文》一样，王绩生前已备有自撰《墓志铭》，并嘱家人薄葬。

王绩在《墓志铭》中说自己"有父母，无朋友"，又说自己"行若无所之，坐若无所据"，"乡人未有达其意也"。

一个孤独、徘徊的诗人呈现在我们眼前。原来，那诗文、那酒、那琴声背后竟藏着那么多的孤独和徘徊。

"以生为附赘悬疣，以死为决疴溃痈。"生亦何哀，死亦何悲。

大唐的第一个酒鬼看透了一切，想开了一切，走了。

李白、杜甫、王维、孟浩然，一批体味自己的人生和别人人生的诗人把酒高歌，又一次登上历史舞台，但是他们没有刻意表演什么，整个时代在他们的高歌中留下了醇厚的香味，轻绕着后世橡梁。

# 初唐四杰：
# 天为什么要妒英才

## 送杜少府之任蜀州

### 王　勃

城阙辅三秦，风烟望五津。与君离别意，同是宦游人。

海内存知己，天涯若比邻。无为在歧路，儿女共沾巾。

# 1

很多非常有才的诗人都非常短命，或者残疾，或者命运多舛。

这些诗人往往才华"早熟"，还是儿童的时候就不得了，要么能读经典的《四书五经》《左传》等，要么能写出连大人都望尘莫及的文章或者诗歌。总之，基本上就是神童。

而且，他们不但天赋好，后天也很用功，再加上名流推荐，很容易"文思如尿奔，谁与我争锋"——但是他们失去了正常人的生活。

很多人注意到了这个现象。

杜甫在《天末怀李白》一诗中就说："文章憎命达，魑魅喜人过。"

意思是说，文章写得非常棒，命运就很多舛，仿佛好的文章对命运怀有敌意一样；妖怪总是喜欢有人从眼前路过，因为它们不费吹灰之力就可以吃到人肉，最好是唐僧肉。

你看看那些有大智慧的白胡子老道之类，说起话来好像是有大智慧，但是天赋不怎么样，一看年龄就知道他们为了悟出一点小道理，花费了不少时间和精力。

天才常常命途多舛，虽然这种情况并不适合所有的人，但是读诗歌，尤其是了解那些天赋极高的诗人的时候，你会很容易发现这种情况。

这是为什么？

## 2

"初唐四杰"，王勃、杨炯、卢照邻、骆宾王，竟然无一例外都属于上述过早聪明而人生悲惨的情况。

英才早逝的王勃（650年—676年），《旧唐书》说他六岁的时候就已经非常聪明了，"构思无滞，词情英迈"。九岁的时候已经对经典有看法了，一个小屁孩儿，针对颜师古注解的《汉书》，居然作《汉书指瑕》十卷来纠正大儒颜师古注解的错误。一般人读一辈子都读不清楚的《六经》（《诗》《书》《礼》《易》《乐》《春秋》的合称），王勃十岁的时候就掌握了，而且还能发表看法。

如果按照这样的情势发展下去，那王勃得聪明到什么程度？不知道，王勃只活了二十七岁。

## 3

王勃的死因说起来倒是挺简单，公元676年王勃南下探亲，渡海溺水，惊悸而死。

实际上，即使王勃这次不死，也是很难终天年的。

王勃的第一个特点，做事随性。

乾封元年（666年），沛王李贤听说王勃很有才华，于是就征到自己的王府里做陪读。陪读的时候正好遇上几个亲王斗鸡，王勃横溢的才华终于压制不住，于是就开玩笑，写了篇《檄英王鸡》。

说者无心，读者有意，有人传到了唐高宗李治的耳朵里，李治一听很不满意，说："这是挑拨亲王之间的关系啊。"

于是王勃被赶出王府，接着，只好去四川溜达。

咸亨三年（672年），王勃补虢（guó）州参军，但是他擅作主张，把一个犯了罪的官奴给杀了。就算这个官奴该杀，也轮不到他王勃去杀啊，但是王勃偏偏就做了这件蠢事，于是犯了死罪，当然只有先坐牢后杀头的份儿了。好在上元元年（674年），武则天改了年号，大赦天下，王勃这才逃过一劫。

不管是作《檄英王鸡》，还是擅自杀死官奴，都说明王勃这个人做事非常随性，做事不考虑后果。以王勃这样的性格，隐居起来写写文章还行，到官场上难免要吃亏的。

# 4

王勃的第二个特点，恃才傲物。

恃才傲物很容易招来杀身之祸，除非你遇上的是唐太宗那样的领导，但是历史上这样的领导确实没几个。

连汉武帝那样的领导都要一怒之下给司马迁施以宫刑，遇上一般的领导，那就更没得说了。《三国》中的杨修，多有才能，但是你聪明归聪明，你不能比曹操还聪明啊，比领导聪明不要紧，但是你别那么爱表现。被嫉妒的后果可是很严重的。

王勃是被认为"神童"才向朝廷推荐的，加上他自己本来就很有才华，自然对自己才华的自信和对那些平庸之辈的看不起都属正常。但是政治这东西，你越是觉得自以为了不起的东西就越容易被人利用。

有一件事情很能说明王勃的这种"不识时务"。

上元二年（675年）秋，王勃前往交趾看望父亲，路过南昌时，正赶上都督阎伯屿新修滕王阁，重阳日在滕王阁大宴宾客。王勃前往拜见，阎都督早闻他的名气，便请他也参加宴会。

阎都督让人拿出纸笔，问："谁能为这次盛会作篇序啊？"王勃欣欣然就要动笔。

实际上，阎都督不过是假意谦让一下，他早就让女婿吴子章准备了一宿，正要趁着人多表现一下才学呢。在座文人墨客都看出来了，都推辞说自己文采有限，不敢动笔。偏偏最年轻的王勃不晓得是真不知道情况还是假不知道，一说起有文章可写，就把持不住了。

阎都督很是不高兴，但是他要面子，只好让王勃写。于是乎拂衣而起，转入帐后。

打听的人汇报说王勃开首写道"豫章故郡，洪都新府"，阎都督还不以为然地说："不过是老生常谈嘛。"

过了一会儿，打探情况的人回禀说写到"星分翼轸，地接衡庐"了，阎都督觉得有情况，于是不说话了。不过，他仍然侥幸地认为王勃的才华可能只是传说，说不定王勃本人没有传说中的那么厉害。

然而，当王勃写到"落霞与孤鹜齐飞，秋水共长天一色"的时候，阎都督不得不叹服："此真天才，当垂不朽！"

《唐才子传》更为夸张地记道："勃欣然对客操觚，顷刻而就，文不加点，满座大惊。"

王勃写了一篇让他名垂千古的好文章，但是与世俗官场的虚情假意很明显是不合拍的，一丁点儿配合的意思都没有。

所以，本来就遭人嫉妒的王勃只能更加遭人嫉妒。阎都督没有找王勃算账，但是以后的日子还长，世界上的领导并不都是阎都督。何况高宗皇帝李治已经治过王勃一次了，可是王勃死性不改。

# 5

二十七岁的王勃因为溺水惊悸而死，留下了"海内存知己，天涯若比邻。无为在歧路，儿女共沾巾"的名句，早早踏上了人生的归途。

这是幸，还是不幸？

天赋太高的人往往率性十足，脾气古怪。好像老天爷给一个人才华，而故意让这个人在接物待人方面能力超低，似乎过早给予一个人耀人的光彩之后，就急于赶这个人离开人世。

可是仔细想想，如果这个天赋极高的人是个非常正常的人，那么他看待一切的眼光和俗人一样，又怎么能表现出极高的天赋出来？

天才与俗人的区别在于，天才总会表现出不落俗套的尴尬，而俗人总是一再打磨本来就不够凌厉的棱角。

所以，天才会大智若愚，也因为愚而栽跟头，俗人有耍不完的小聪明，有时候也会因为没有耍好而碰钉子。

# 6

严酷而短命的杨炯（650年—692年）也是一位天才级的人物。

显庆六年（661年），杨炯十一岁，被举为神童，上元三年（676年），应制举及第。

杨炯似乎是"四杰"中相对过得比较顺利的一位，但是他也不过四十三岁而已。

四十多岁正是大展宏图的时候，他在盈川县做县令，而且做得很认真。严酷的吏治是他在公务员任上最成名的政绩，大约也不怎么受人欢迎。

杨炯最终卒于任所。他的严酷是不是因为命运对他严酷，所以他将这种严酷转嫁给别人呢？

总之，他的状态与整个大唐宽缓包容的姿态似乎颇为不适。

杨炯的最大才能在哪个方面？是不是在政治方面？我们不得而知。但是他的诗歌写得很好。

他喜欢写边塞征战之类的诗歌，比起上官体的华藻而没有实质内容的文风来，杨炯轩昂豪迈的调子让人眼前一亮。

# 7

备受病魔纠缠的卢照邻（636年—689年），也是从小就特聪明，而且比起王勃和杨炯来，仕途也还算顺利，升迁也快，很快就做到都尉。

但是很不幸，他患有小儿麻痹症，而且病情一直在加重，连孙思邈都没有办法医治。

最后，他终于放弃了政治抱负，下定决心买十几亩地终老一生。然而，疾病的纠缠让他痛不欲生，最后，他只好投颍水自杀。卢照邻死的时候五十多岁，或许不算是早逝，可是却被病痛折磨一生。

卢照邻给自己起的号叫"幽忧子"，一个很凄凉的名号。但是他的诗歌却没有忧郁缠绵的文字，像《长安古意》这样的歌行体，完全称得上纵横奔放。这多奇怪？

命运对他的不公让他的文字显得愤怒不羁，他身体里那些失去的力量似乎全部变成了思维和才华。

# 8

极具叛逆精神的骆宾王（约619年—约687年），七岁能作诗，号称"神童"。

《咏鹅》多么脍炙人口："鹅鹅鹅，曲项向天歌，白毛浮绿水，红掌拨清波。"别人的七岁还在读幼稚园啊，而他已经能够作这样的诗歌了。

骆宾王是个倔强和个性十足的人，他看准的道理，他一定会坚持，政治和社会的变化都不能改变他所坚持的标准。

武则天把持朝政，这让骆宾王最看不惯。

仪凤三年（678年），正逢武则天当政如日中天，骆宾王由长安主簿入朝为侍御史。终于可以上书言事了，他很兴奋，开始一次又一次上奏折。

奏折的内容大同小异，都是从不同角度讽刺武则天是牝鸡司晨。武则天一开始看重骆宾王的才华，持宽容的态度，但是后来终于忍不下去，于是把骆宾王投入监狱。

骆宾王进了监狱，并没有认识到自己的"错误"，仍然没有转变观念的意思，他绝不会同意"谁当皇帝都一样"的观点。

在狱中，骆宾王写了首《在狱咏蝉》，其中有几句说："露重飞难进，风多响易沉。无人信高洁，谁为表予心?"

不过，武则天是个爱才的人，第二年，朝廷还是赦免了骆宾王。

## 9

嗣圣元年（684年），武则天废中宗自立——骆宾王对她执政尚且持反对态度，何况这个女人竟然当上了皇帝。

这年九月，骆宾王的机会来了，徐敬业（即李敬业)在扬州起兵反叛，他参加了造反队伍。他还义愤填膺地起草了著名的《讨武氏檄》。

《讨武氏檄》是骂武则天的，但是武则天读了之后非常激动，觉得这篇文采斐然的文章写得太棒太感人了。

武则天问："谁写的?"有人说是骆宾王。

武则天感叹："这个人是块当宰相的料啊!"

但是骆宾王是反贼，这让武则天感到很失望。

徐敬业最终以失败告终，骆宾王也跟着失败了。有人说他死了，有人说他剃了头去全国各地旅游了，后一种说法总是让人感觉有点浪漫主义色彩。

想想看，徐敬业造反，那是因为他本来是李敬业，比起武则天来，他觉得天下是他们李家的，他更有资格当皇帝；可是他骆宾王何必自讨苦吃？就算徐敬业当上皇帝他也不一定就能捞到好处，"杯酒释兵权"还则罢了，要是像朱元璋一样，他岂不是要吃大亏？

但是骆宾王反对武则天完全不是为了当官或者是荣华富贵，他的理由很简单——武则天是个女人，她不该当皇帝，这不符合天理。

天理没有站在骆宾王这边。那个当了云游僧的骆宾王和那个死了的骆宾王都没有给世界留下任何东西，只有那个在自己看来是坚持正义，在别人看来是造反者的骆宾王，以豪迈的激情和大干一番的热情留在他自己的檄文和诗歌里，供后人咀嚼。

## 10

"四杰"都无一例外地给世间保留了他们年轻的一面。

年轻，意味着创造、叛逆、改变。

他们的诗歌和他们的时代一样，都很有年轻的活力和奔放的激情，完全没有被他们本人多舛的命运以及遭受的痛苦所限制。

朝廷太小，容不下他们的心，他们的诗歌里，有的是山川、河流、塞漠、市井甚至是监狱，有的是愤怒、豪迈、热烈和洒脱。

唐代是中国诗歌最繁盛的时代，就像一条河流到了最宽阔、最澎湃的一段，而开拓这条河的，就是"四杰"们。

# 年年岁岁花相似，岁岁年年人不同

## 代悲白头翁

刘希夷

洛阳城东桃李花，飞来飞去落谁家？

洛阳女儿惜颜色，坐见落花长叹息。

今年花落颜色改，明年花开复谁在？

已见松柏摧为薪，更闻桑田变成海。

古人无复洛城东，今人还对落花风。

年年岁岁花相似，岁岁年年人不同。

寄言全盛红颜子，应怜半死白头翁。

此翁白头真可怜，伊昔红颜美少年。

公子王孙芳树下，清歌妙舞落花前。

光禄池台文锦绣，将军楼阁画神仙。

一朝卧病无相识，三春行乐在谁边？

宛转蛾眉能几时？须臾鹤发乱如丝。

但看古来歌舞地，唯有黄昏鸟雀悲。

# 1

天宝三年（744年）正月初五，长安城东门外，帐幕横卧，杨柳轻垂，空气中飘着酒香，弥漫着喧嚣。唐明皇李隆基率领大臣们饮酒摆宴，为一位即将告老怀乡的八十六岁老人送别。

唐明皇又是赐名，又是写序，又是作诗。诗道：

"遗荣期入道，辞老竟抽簪。岂不惜贤达，其如高尚心。寰中得秘要，方外散幽襟。独有青门饯，群英怅别深。"

写完这首，他意兴未绝，于是接着写了另外一首：

"筵开百壶饯，诏许二疏归。仙记题金箓，朝章拔羽衣。悄然承睿藻，行路满光辉。"

是什么人能让皇帝老人家都兴师动众到这种程度？是一位诗人，名曰贺知章。

贺知章（659年—744年），字季真，号四明狂客。

一提到贺知章，很多人立刻想起来他写的《咏柳》："碧玉妆成一树高，万条垂下绿丝绦。不知细叶谁裁出？二月春风似剪刀。"

此刻，虽尚未二月，然春风再次扶柳。

# 2

已经八十六岁高龄的贺知章真可谓名满天下。

贺知章的一生，仕途平坦，官居高位——这对一位诗人来说已经很不容易了；文章诗歌也早就驰名天下；再加上他为人旷荡，生性洒脱，喜欢和人讲故事、说笑话，可谓一生无忧无虑，快乐常伴。

就连这次告老怀乡，贺知章也颇有成仙得道的征兆。

前一段时间，贺知章大病一场，梦见自己在天帝的宫殿旅游，一连好几天才醒过来。

他醒来一想，这是上天要召见我啊。于是辞官回乡，度为道士。

没过多长时间，八十六岁的贺知章功德圆满，在他的宅里（早就更名为"千秋观"）无疾而终。

总之，贺知章的一生，用李隆基的诗句来说，就是"行路满光辉"。

贺知章死后，李隆基又下诏赐给他"礼部尚书"的官衔，于是，又一层光环加到了贺知章的头上。

# 3

贺知章已经"升仙"，不过他可能没有想到，他回乡后留下的《回乡偶书》两首也会和他的名字一起流传千古，为后人称诵不绝：

其一

少小离家老大回，乡音无改鬓毛衰。

儿童相见不相识，笑问客从何处来。

其二

离别家乡岁月多，近来人事半消磨。

唯有门前镜湖水，春风不改旧时波。

一直以来在朝廷效力的贺知章面对自己久未谋面的家乡及父老，体味着陌生的尴尬和窝心的亲切，可谓 "年年岁岁花相似，岁岁年年人不同"（刘希夷《代悲白头翁》）。仿佛一杯冷酒搁在了"红泥小火炉"（白居易《问刘十九》）上，散发着温暖的馨香。

# 4

比起贺知章的功德圆满，刘希夷用悲戚、感伤的诗句呈现着另一种悲观人生：

首先，人生如梦。

刘希夷连三十年都不到的短暂人生却充斥着千古之忧。

是啊，亭台楼阁、佳人美酒、清歌妙舞、功名利禄，一切的一切到最后还不是尘埃落定？人生一场，岂不是梦一场？

其次，人生如痛。

年轻的时候，你有激情，有兴致，有美貌，有大好时光，有风华正茂。可是，终有一天，你会躺在病床上无法动弹。生老病死总会纠缠你，直到你离开这个世界。

刘希夷笔下的采桑女栖身于"携笼长叹息，逶迟恋春色"（《采桑》）的淡淡忧伤之中，而山间的孤松也会有"清泠有真曲，樵采无知音"（《孤松篇》）的孤独伤感。

每当他出门在外，他会感叹"伤心不可去，回首怨如何"（《晚憩南阳旅馆》），最洒脱的时候，也不过是"醉罢卧明月，乘梦游天台"（《春日行歌》）。

# 5

让刘希夷一生最具悲剧色彩的也许应该是他的名句"年年岁岁花相似，岁岁年年人不同"。

据说，刘希夷的舅舅宋之问第一次读到这句诗就喜欢得不得了，而且相信这句诗一定会流传千古，于是就和刘希夷商量，希望刘希夷趁这首诗还没有发表，把这句诗让给他。

刘希夷一开始答应了，不知道什么原因后来又反悔了。宋之问当然是嫉妒加愤恨，于是找机会拿土袋子把刘希夷给压死了。

后来，有学者考证说这个悲惨的故事根本靠不住。不过，刘希夷英才早逝实在让人惋惜。

刘希夷的时代，已经开始流行今体诗，即律诗绝句。刘希夷却自始至终在写古调古诗，显得有点不合时宜，这可能影响到了他的成名。

但是，如果这个世界除了流行之外再没有别的调子，那么这个世界会显得多么单调？如果没有至极的悲戚，恬然、豪放、快乐又如何让如梦的人生充满诱惑和感动？

# 6

岂止是一生悲戚的刘希夷，就算是同为"吴中四士"的张若虚、张旭、包融三人，和贺知章比起来，恐怕也很"寒酸"。

相对而言，张旭和包融还算混得不错。

张旭是唐代著名的书法家，性格豪放的他嗜酒成性，每每大醉之后，又跳舞来又唱歌，之后便跑到桌前铺开宣纸，提笔落墨，一挥而就。这在当时就传为美谈。尤其是他的《肚痛帖》，用笔匪夷所思，变幻莫测，达到了惊世骇俗的程度。

张旭的书法在他活着的时候就变成了珍品。据说，一个穷疯了的人给张旭写了一封信，后得到张旭的回信，拿出去卖了之后就成了有钱人。

不光是广大书法爱好者亲睐张旭的书法，连政府也对张旭有好感。唐文宗曾下诏，以李白诗歌、裴旻剑舞、张旭草书为"三绝"。

包融在当时也算是名士，虽然诗歌方面没有什么脍炙人口的名句，但是遇上张九龄之后，他被推荐为怀州司马，迁集贤直学士、大理司直。司直官品不高，但是主要工作是奉旨巡察四方，复核各地的案件，也算是权力部门。

## 7

包融有诗一卷行世，现在能看到的仅存八首。不过这比张若虚好多了，张若虚仅存两首。

张若虚当时是"吴中四士"之一，诗文驰名京都，但是奇怪的是，唐代并没有张若虚的诗集或者文集传世。

更严重的问题是，张若虚在诗歌界默默无闻，这一耽搁竟然就是一千年。直到明嘉靖年间，李攀龙选编的《古今诗删》收录了张若虚的《春江花月夜》之后，张若虚才慢慢被人注意到。后来万历年间、清代的唐诗选本都收录了这首诗，张若虚这才声名卓著。

所以，诗人其实是一种很孤单的职业，兼职的还好些，专职的往往过得一塌糊涂。更要命的是，当时能不能被人理解是个问题，后世能不能被人发现又是另一个问题。所以诗人的价值风险是最大的。

今天说起来，张若虚的价值真是"有惊无险"。

《春江花月夜》究竟有多了不起呢？闻一多有一个评价，说这首诗是"诗中的诗，顶峰上的顶峰"，而且是"以孤篇压倒全唐"。

## 8

闻一多是"新月派"的代表诗人，对诗歌，他主张"音乐美、绘画美、建筑美"三美俱全。

为什么那么多优美的古诗，闻一多偏偏会对《春江花月夜》如此倾心呢？因为《春江花月夜》完全达到了他的"三美"的标准。或者，他提出"三美"来，大概是受了《春江花月夜》的启发。

音乐美，无非是"节奏、平仄、重音、押韵、停顿"各方面和谐，符合诗人的情绪，读起来流畅自然。

建筑美，就是诗句长短要整齐，这对古人来说，是更简单的标准。

绘画美，是说诗歌得呈现出一幅幅色彩浓郁的画面。

以上这三点，恰恰是《春江花月夜》表现突出的地方。

闻一多看到了现代诗的一个最大弊病，那就是完全放弃形式的美，而过分自由，以至于诗歌和断行的散文混为一体。

现在，写现代诗的人很多，而很多人都在犯这个毛病。

# 9

除了形式上非常漂亮之外，《春江花月夜》突出的特点是用文字表现出了即使是电影也很难表现出的画面：

第一，穿越时空，不断变幻。

先写春江花月，月升星藏，江潮涌退，光影变化，花雾明澈。

又转而写望月思归之人，江月待人，人待江月，江流送水，白云寄忧。

又一转写望月思人之人，楼月流光，离人卷帘，鸿飞鱼跃，梦落闲潭。

最后又回到眼前，江潭月落，海雾沉沉，落月摇情，江树蒙蒙。

第二，情景相和，水乳交融。

表面看起来，是一幅幅变幻着的画面，实际上，凡是眼前、想象中的一草一木、一静一动，无不浸透在缠缠念想和绵绵相思之中。

光影变幻，真情流动，每一个字都像是音符，整首诗就变成了一曲悠长而动人心魄的古韵，如白云徘徊，如流水潺潺，在思归者和相思者的心间静静流淌。

所以，《春江花月夜》再次将《蒹葭》的传统归于盛世，就像是给大唐诗歌之江流的上方罩上了一轮明月，而整个江流和江岸的一草一木都吸收了月光的精华，整个世界顿时变得熠熠辉煌。

# 营销VS实力：
# 古人如何推销自己？

## 登幽州台歌

陈子昂

前不见古人，后不见来者。

念天地之悠悠，独怆然而涕下。

# 1

朱生豪（1912年—1944年），一位年轻人，一生颠沛流离、贫病交加，三十二岁的时候，离开人世，离开了他年轻的妻子和刚满周岁的孩子。

这位不曾年老、生活充满忧郁的才子就是我国最早和最杰出的莎士比亚作品的翻译者。

朱生豪一辈子似乎也只做了一件事情，那就是翻译莎士比亚，而且到他离世，这件事情甚至还没有完成。

刘勰，《文心雕龙》的作者。也是因为《文心雕龙》，刘勰给人的印象是，他一辈子好像就做了一件事情，那就是撰写了《文心雕龙》。

我一直很敬佩那些看起来一辈子只做了一件事情的人。

刘勰比起朱生豪来，要幸运得多，至少他完成了他要做的事。

# 2

刘勰（约465年—520年），字彦和，经历了宋、齐、梁三代。自幼丧父，二十岁丧母。二十四岁投靠高僧僧佑，寓居定林寺。在定林寺，刘勰除了校订佛经之外，就剩写作《文心雕龙》了。

公元502年，刘勰三十七岁，五年前开始撰写的《文心雕龙》终于完工，这让他长舒了一口气。

然而，一个非常现实的问题摆在他的面前，那就是，怎么让世人知道《文心雕龙》就要面世？他不能像乔布斯发布iphone那样开发布会。

刘勰想到一个办法，那就是把《文心雕龙》推荐给位高权重的文坛领袖沈约沈大人。很明显，如果沈约读了之后叫好，那文人作家们自然会争相阅读，这部书当然也会流传于世。

可是沈约家的门槛很高。按照当时的门阀观念，刘勰连直接拜访沈约的资格都没有，更不要说去推销著作了。

刘勰只好背着书稿在沈约家附近等候。这位背着书稿的年轻人就像一个小货贩子，没有人会注意到他。

终于有一天，沈约正好出去，车子刚一出门，刘勰便赶紧上前谒见，在众多侍从们的吆喝声中，沈约终于同意赏脸，让眼前这个打扮奇特的书生说明情况。于是乎，刘勰趁机汇报详情，说我历时五年完成了一部书云云。

沈大人让人将书稿取出来阅读，结果，读后大加赞赏，认为"深得文理"，以至于置于案头，以便随时翻阅。

由于沈约的称誉，刘勰及其《文心雕龙》渐为世人所知。三十九岁，刘勰还走出了定林寺做了几任小官儿，算是走上了仕途。

## 3

所以，有时候才华横溢是一方面，学会推销自己也很重要。

到了唐代，文人推销自己主要集中在考试之前。因为这个时候，要是能让自己的文章或者诗歌得到政府要员的赏识，那得到重用或者声名的机会自然会多一些。

所以，考试之前向达官贵人呈献诗文成了一时的风气。

为推销自己而呈给达官贵人的诗歌就是所谓的"干谒诗"。

但是干谒诗不好写。一，你不能太直白地说自己想要被推荐，想要当官儿；二，既然写了，你就得通过诗歌充分表现出自己的才华和抱负，表现出自己的实力；三，你得让人家读得高兴，容易接受。

最有名气的干谒诗大概要算唐代朱庆余呈给水部员外郎张籍的诗了。朱庆余的《近试上张水部》写道：

> 洞房昨夜停红烛，待晓堂前拜舅姑。
>
> 妆罢低声问夫婿，画眉深浅入时无？

你看，快要考试了，朱庆余不知道自己水平怎么样，想通过张籍打听一下，但是他没有直接问，而是说，新媳妇第二天就要去拜见公公婆婆，她问自己的丈夫，看眉毛画得怎么样，是不是够时尚？

张籍一看就明白了，这小子是在打听考试啊，文笔不错，诗歌写得很巧妙，人才哪。

张籍也是诗人，文笔当然不在朱庆余之下，于是便回赠一首诗：

> 越女新妆出镜心，自知明艳更沉吟。
>
> 齐纨未足时人贵，一曲菱歌敌万金。

这首诗的意思再明白不过了：你就不必担心了，像你这样有水平的考生，考官一定会青睐有加的。

果然，朱庆余考中了进士。你可以说他很有才华，但是他的成功离不开张籍的宣传和推荐。

# 4

风流天下闻的孟浩然，苦学多年，但是四十岁进京赶考却名落孙山。

然而，据说他"曾在太学赋诗，名动公卿，一座倾服，为之搁笔"。

孟浩然和王维是好朋友。

传说有一天，王维私邀孟浩然入内署，正好赶上唐玄宗驾到。孟浩然一紧张就藏在了床底下。王维不敢隐瞒，据实奏闻。唐玄宗让孟浩然出来相见。孟浩然一看机会来了，于是自诵其诗。

按理说，以孟浩然的才华，得到唐玄宗赏识还是没有问题的。

但是孟浩然太不小心，朗诵了这样一句："不才明主弃。"

唐玄宗当然不高兴了，说："卿不求仕，而朕未尝弃卿，奈何诬我！"

你考试不成当不上官儿，反倒"诬陷"老子抛弃你？

孟浩然碰了个天下最大的钉子，结果放归襄阳。

我有时候想，孟浩然写了那么多好诗，干吗偏偏要把"不才明主弃"读给皇帝听？这难道是命中注定？要是他把后来写给张九龄的《临洞庭湖赠张丞相》拿出来改为《临洞庭湖呈皇帝陛下》，说不定他的仕途就柳暗花明了。

> 八月湖水平，涵虚混太清。
>
> 气蒸云梦泽，波撼岳阳城。
>
> 欲济无舟楫，端居耻圣明。
>
> 坐观垂钓者，徒有羡鱼情。

八月湖水，碧波荡漾，水天相接，浑然一体；湖面之上，雾气升腾，波浪翻滚，撼击岳阳。但是，你看看我，想渡湖而无船无桨——圣明时代却不能有所建树，这让我很羞愧啊；看着别人垂钓，我多想一展自己的身手啊。

这首诗歌，前四句气势磅礴，很能表现出孟浩然的才华，后四句表明心迹，语句委婉而意思明确，想大干一番的志向再清楚不过。

再说"端居耻圣明"，皇上圣明，而我毫无建树，这让我感到羞耻啊——这多适合读给皇帝听！这个时候你说自己想大干一番，皇帝岂能弃你于不顾？

然而，反过来想想，要是孟浩然真的仕途平坦，那我们现在恐怕就没有机会读到"夜来风雨声，花落知多少"这么好的诗句了。

# 5

孟浩然在推销自己的时候显得很"笨拙",这也许是本性使然。本当风流就该风流,何必让自己在不擅长的地方栽跟头?

陈子昂(约661年—702年)大概要算最会推销自己的一位诗人了。

陈子昂离开家乡来到京城长安,虽然才华横溢,却无人赏识。

有一天,他在街上闲游,忽然看见一个老头在街边吆喝卖琴,便走过去问价钱。这老头儿竟然出价五千钱。

这把天价琴让陈子昂灵机一动。陈子昂说自己要买。

老头子看这小伙子老实,也许不想骗得太离谱,于是说,干脆,两千钱卖给你吧。

一把琴竟然要两千钱,这在当时仍然是天价啊。

陈子昂毫不犹豫地将琴买下了。他老爸是某公司的总裁,家里有的是钱。

很多看热闹的人围观上来,他们虽然也在长安城里混得有头有脸,但是没见过这么花钱的。

陈子昂见围观的人越来越多,于是撒了个大谎:"在下陈子昂,略通琴技,明天我要在宣德里为大家演奏,敬请各位莅临!"

他,一个商人的儿子,书确实没少读,才华也有,但是哪里懂得演奏?难不成要丢人现眼?其实,这还真不是丢人现眼,这是陈子昂在卖关子。

第二天一早,不明真相的吃瓜群众和好奇的文人骚客甚至部分社会名流都来一睹"伯牙"风采。

谁知道陈子昂抱琴出场,将琴高高举起,当众"啪"地一摔,刹那间,弦断琴亡。

这一摔不要紧,把众人惊了个目瞪口呆!

陈子昂笑道："我陈子昂自幼刻苦读书，经史子集烂熟在心，诗词歌赋，精彩绝伦。今日借摔琴只是希望大家能够读一读我的诗文。"

陈子昂趁大家还没完全反应过来，急忙翻出文稿现场分发。

在场的一些名流看了陈子昂的诗文后，果然惊叹不已，这一首首诗、一篇篇文章果然字字珠玑啊！

摔琴事件之后不久，陈子昂的名字和他的诗文便在京城传开了！每日来访者络绎不绝，后来，他的诗名传到了朝廷那里。

陈子昂的推销很成功，这很容易让人想起通信公司在街边上吆喝搞活动的情景。这位商人的儿子确实很有才华，也很会赚吆喝。

但是，陈子昂靠着一次偏激的行动成功之后，误以为不走寻常路才是出路——这却导致了他最后的悲剧。

# 6

唐睿宗文明元年（684年），陈子昂二十四岁，中进士。陈子昂继续走着他的偏激路线，每每上书言事，说别人都不敢说的话，被武则天赏识，后来当上了麟台正字，再后来官至右拾遗。

这段经历让陈子昂更加相信自己靠偏取胜的能力，他不断地表现出自己的不同凡响。

有一天，武则天治下发生了一桩震惊朝野的谋杀案：御史大夫赵师韫在外出公干途中被人杀死于一家驿站。

经调查，杀死朝廷命官的是一位潜伏驿站当服务员的年轻小伙子，名叫徐元庆。他的杀人动机很简单，他的父亲因为犯罪被御史大夫赵师韫杀死，他要为父报仇。

这件"潜伏"加"暗算"的案子本来也不复杂，徐元庆杀害朝廷命官，处死也就完事儿了。但是，唐代不同于其他朝代，武则天不同于其他皇上。最后，这件案子竟然引起了朝野的大讨论。

徐元庆为父报仇被认为是仁孝的表现，他敢冒险，敢不顾生命杀死朝廷大员，在当朝的官员们看来，这竟然是一件很值得赞扬的事儿。虽然有的官员坚持法制的思路，认为徐元庆该杀，但是，大多数官员竟然认为应该表彰并无罪释放。

很快，案子就要按照大多数人的意见处理了。陈子昂站了出来，提出了不同看法。

陈子昂的办法是：首先，徐元庆得杀，因为得维护法律尊严；其次，杀了之后还得开个表彰大会，因为要彰显仁孝。

武则天一听子昂说得有理，而且这样一来，主张杀与不杀的人都可以不用得罪。于是，最后这个案子就按照陈子昂的办法处理了。

陈子昂很得意，趁机上报朝廷，要求将他分析这个案子的《复仇议》一文"编之于令，永为国典"。武则天答应了。

富有戏剧性的是，几十年后，柳宗元翻看《复仇议》，一下子抓住了陈子昂理论的关键疏漏：一个人怎么能既有罪又值得表彰？

柳宗元的理论是：这件案子，关键要看徐元庆的父亲犯没犯罪，如果真的犯罪了，那么朝廷命官依法判刑处死这就是没有问题的，儿子不管老爹犯罪的事实来杀朝廷官员,这是罪上加罪,何来仁孝之功啊？

于是乎，柳宗元的《驳复仇议》把陈子昂的理论彻底颠覆。

# 7

陈子昂其实也是个孝子。

圣历元年（698年），陈子昂因父亲年迈而解官回乡，不久父亲过世，这让他非常难过。

但是让陈子昂万万没有想到的是，当年分析徐元庆一案的时候头头是道、左右逢源，他自己却在居丧期间陷入一件不明不白的案子，最后竟至于冤死狱中。

陈子昂的故乡是射洪县，县令段简贪得无厌，之前诈骗了子昂不少钱财，最后又罗织罪名将子昂害死。

陈子昂的死，死得不明不白。段简是一个小县令，不足以把陈子昂治罪。如果说背后另有凶手，那么应该是谁呢？有人说是武三思，有人说是上官婉儿。

又有人分析说武三思以及武氏家族没有害死陈子昂的动机，何况陈子昂一向都很拥护武氏家族的统治。

但是，上官婉儿为什么要害陈子昂呢？

答案是陈子昂要改革文风。改革文风直接针对的就是上官婉儿的祖父上官仪所创立的"上官体"，要是陈子昂真的扭转了文风，自然也会扭转政风，大大影响到上官仪及其追随者的政治地位。

上官婉儿对政治的敏感绝不亚于陈子昂对诗歌的敏感。

"上官体"所写的，无非是朝廷官员们附庸风雅的那点事儿，风格无非是浓妆艳抹的贵妇般无病呻吟。这倒真是陈子昂所看不惯的。

# 8

陈子昂写诗有很明确的写作标准。

《与东方左史虬修竹篇序》是陈子昂写给好友东方虬的诗歌《修竹篇》的一篇序言。序言中说：

"文章道弊，五百年矣，汉魏风骨，晋宋莫传，然而文献有可征者。仆尝暇时观齐梁间诗，彩丽竞繁，而兴寄都绝，每以永叹，思古人，常恐逶迤颓靡，风雅不作，以耿耿也。一昨于解三处见明公《咏孤桐篇》，骨气端翔，音情顿挫，光英朗练，有金石声。遂用洗心饰视，发挥幽郁。不图正始之音，复睹于兹；可使建安作者，相视而笑。"

陈子昂说齐梁诗风是"彩丽竞繁，而兴寄都绝"。注意，齐梁时代的一切都早已经压在历史车轮底下去了，而继承齐梁诗风的就是当时上官仪等宫体诗人。所以，陈子昂针对的其实是宫体诗。

陈子昂认为，"风雅兴寄"和"汉魏风骨"才是应该继承的光荣传统。

"兴寄"和"风骨"，说白了，就是诗歌内容得抒发志向，有所寄托，不能老写宫殿楼阁，不能老写歌舞酒宴，不能老是附庸风雅；诗歌的风格呢，得一字一珠般刚健有力，而不是像一个软绵绵的妖艳贵妇。

# 9

陈子昂最响彻古今的诗篇当然是那首《登幽州台歌》：

前不见古人，后不见来者。

念天地之悠悠，独怆然而涕下。

这首诗歌非常符合陈子昂的标准：首先，有寄托；其次，有风骨。

这首诗歌只有短短四句，而且没有新体诗那样的格律和押韵，简直像是随随便便写出来的。但是一读你就会发现，它的阔大辽远和悲愤绵长绝对可以横亘千古。

"前不见古人，后不见来者"，前代的圣贤已经被历史带走，当然是靠不住的，可是后来的圣贤就能等到吗？历史如此绵远而未来又不可预见，偏偏将你生在这个生不逢时的时间点上，这是何等巨大的悲哀。

所以，你看，天地悠悠，天空辽阔，大地苍茫，你何去何从却根本不知道，这种无依无靠的感觉怎么能不让人悲痛。

正像汪峰《硬币》这首歌曲中唱的："你有没有看到自己眼中的绝望？"此时此刻，这种类似的反问让陈子昂无所适从，唯有怆然之间，眼泪奔流。

# 10

陈子昂的代表作品当然不只是这篇《登幽州台歌》，他的《感遇》三十八首也很能触发和他一样怅然的人。所以杜甫说："千古立忠义，感遇有遗篇。"

白居易将陈子昂和杜甫放到一块加以赞美："杜甫陈子昂，才名括天地。"

韩愈对陈子昂的评价就更高了："国朝盛文章，子昂始高蹈。"

很多诗人，总是感觉自己活不下去，读者却因为读了他们的诗歌而觉得自己应该好好活下去。除了诗歌，还有什么能够制造出这样有趣的落差？

# 王维：
# 其实我是一枚诗人

## 渭川田家

王　维

斜阳照墟落，穷巷牛羊归。

野老念牧童，倚杖候荆扉。

雉雊（gòu）麦苗秀，蚕眠桑叶稀。

田夫荷锄至，相见语依依。

即此羡闲逸，怅然吟式微。

# 1

唐代诗人王维，略知唐诗的人都知道这个人。

然而，除了诗人这个身份之外，王维还有另外四个身份：一是混得不怎么样的政府官员；二是通晓音律的音乐家；三是独具匠心的画家；四是深得禅理的隐士。

这四个身份都影响着他的诗歌。

# 2

唐开元九年（721年），王维（701年—761年）中进士第，做了太乐丞。

太乐丞属于从八品下，是掌管音乐的官儿，负责朝廷礼乐方面的事宜。所以，对擅长音乐的王维来说，专业起码是对口的。虽然这离他的政治理想很远，但是总算有一个不错的开始。历史上除了继承皇位的太子们，没有人能够一步登天。

但是仕途是人的命运的一部分，说到命运，那就有点说不清了。仕途不会因为你有一个好的开始就会变得一帆风顺。

果然，王维做太乐丞没多久就被贬官，贬到济州做了司仓参军，管理粮仓去了。

这次被贬的原因很简单，他授权他手下的伶人舞黄狮子，皇帝很不爽。黄色是人家皇帝专用之色，舞黄狮子只有皇帝同意才可以，别人不能说舞就舞。

陷害也罢，意外也好，这是王维仕途第一次受挫。

# 3

好在开元二十二年（734年），王维又遇到了"贵人"张九龄。

此时的张九龄已经是中书侍郎、同中书门下平章事，实际上就是主理朝政的丞相，相当于国务院总理。

张九龄很看重王维，于是擢其为右拾遗，次年迁监察御史，后来到边塞工作了一段时间。

跟着张九龄一直干下去——这是王维希望的。

但是，开元二十四年（736年），王维的恩人张九龄——同时是王维的政治偶像，最终罢相。

这让王维感到非常沮丧，甚至想到了隐居。

# 4

四十岁以后的王维，总是喜欢时不时在终南山待一段时间，参禅是他一直坚持做的事情。

但是，王维还坚持在仕途跋涉，他的政治热情并没有消退。

这期间，王维的诗歌主要是应制。官员们都知道他诗歌写得好，所以喜欢和他唱和一下。尤其是官场上上级领导让你写，你也得给人家面子。

到了公元755年，唐王朝发生了一件惊天动地的历史事件，即安史之乱。王维的仕途陷入尴尬，他离皇帝太远，没有跟上逃跑官员们的步伐。

安禄山伪政府要王维做官，王维不肯，装聋作哑也没有用，终于被迫做了个小官儿。

试想，如果安禄山政府造反成功，王维倒是很有发展前途。可是很快，唐王朝又打了回来，收复了长安、洛阳。政府又回来了，他王维给叛徒当过手下，这可是大罪啊。

果然，王维下狱，离死亡只有一步之遥。

# 5

关键时候，王维拿出了他被俘时写的一首爱国诗歌叫《凝碧池》：

"万户伤心生野烟，百官何日再朝天？秋槐叶落深宫里，凝碧池头奏管弦。"

这是一首抒发亡国之痛和思念朝廷之情的诗歌。这首诗让唐肃宗看到了王维的气节，也让王维看到了活下去的可能。

而且，这个时候，王维的弟弟，平反有功的王缙也出来为哥哥求情，表示愿意拿自己的官职换取哥哥的宽大处理。

最后，政府开恩，王维仅被降为太子中允。

这次，王维不但逃过一劫，而且又一次开始了他的仕途生涯，后来一直做到尚书右丞。

然而，"世事蹉跎成白首"（《老将行》）的王维已经不想再折腾了，他也不愿意把生命耗在什么都做不了的仕途上面。他更喜欢待在他的别墅参禅，和朋友聊聊天。

# 6

佛家说，不执着于一物。执着于仕途和执着于归隐不也一样吗？

王维的不留恋仕途并不像陶渊明那样弃官隐居，他选择了半仕半隐的方式度过了余生，就像当初（张九龄罢相之后到安史之乱前）在终南山上一样。

这次，王维把地点选在了长安东南的蓝田县辋川，他购到了诗人宋之问住过的别墅。这里有优美的风景，有安静的环境，有馆舍，有亭台，总之，有山有水有自由。

王维变得平静，做官、弹琴、画画儿、参禅，一切随缘。而他的诗歌也充满了山水间的灵动与宁静。

# 7

王维第一次做的官儿是太乐丞，掌管音乐，实际上，他自己就是个音乐家，音乐是他的擅长项目。

《唐国史补》记载：有一次，一个人弄到一幅奏乐图，但不知为何题名，王维见后回答说："这是《霓裳羽衣曲》的第三叠第一拍。"请来乐师演奏，果然分毫不差。

这个故事也许是编撰出来的，但至少说明王维在音乐方面确实很有造诣。

据传，开元九年（721年）春，岐王把王维引荐到公主家，王维在公主面前用琵琶弹奏一曲，名《郁轮袍》，"声调哀切，满座动容"，大受公主称赏。

# 8

王维不仅通晓音律，他还是一位非常优秀的词作者。

最著名的是他那首《渭城曲》（也叫《送元二使安西》，也叫《阳关曲》或《阳关三叠》）：

渭城朝雨浥轻尘，客舍青青柳色新。

劝君更尽一杯酒，西出阳关无故人。

这首诗歌后来被谱入乐府，当时流传甚广，大家一但送别，往往就要唱这首歌。

王维懂音乐，所以写出来的诗歌很多都能合乐歌唱，这对他的诗歌传播非常有利。

# 9

苏轼在评价王维的诗歌时说："味摩诘之诗，诗中有画；观摩诘之画，画中有诗。"

王维的诗歌所显示的画质感与他在绘画方面的造诣是分不开的。

《唐朝名画录》评价王维的画"风致标格特出"，说王维的《辋川图》"山谷郁盘，云水飞动，意出尘外，怪生笔端"。

王维的《山水论》《山水诀》两篇文章都是讨论怎样画画儿的。"意在笔先"就是《山水论》提出来的。

王维在绘画方面的独具匠心对他的诗歌产生了明显影响。

# 10

中国的传统画和外国的画不太一样。

中国的画讲究写意，西方的画主要是写实。

两者使用的方法也不太一样。

中国的绘画讲究散点透视法，是从很多角度和很多点上去着笔，最后凑成一幅画，画中的人物、山水、亭台都不是重点，不是焦点，它要通过整个画面来表达意思，《清明上河图》就很典型。

西方的绘画是焦点透视，就像照相机照相一样，有重点，有背景。

王维把他在绘画方面的经验用在了诗歌上，他的诗歌呈现出的画面就像是用散点透视的办法画出来的一样，重在写意。

你看他的《终南山》：

太乙近天都，连山接海隅。

白云回望合，青霭入看无。

分野中峰变，阴晴众壑殊。

欲投人处宿，隔水问樵夫。

这首诗歌带着你从远处的云山雾海看到近处的山水樵夫，多像一幅泼墨山水画。

## 11

王维的诗歌，不但诗中有画，而且诗中有禅。

苑咸《酬王维序》说王维是"当代诗匠，又精禅理。"王维确实和禅有不解之缘。

首先，他的名字就跟禅很有关系。

王维的字是摩诘（mó jié），号摩诘居士。"摩诘"实际上是从《维摩诘经》来的。《维摩诘经》是大乘佛教的早期经典之一，因为此经的主人公为维摩诘居士。维摩诘居士是佛教中一个在家的大乘佛教的居士，是著名的在家菩萨，以洁净、没有污染而著称的人。

其次是家庭影响。

王维的母亲是一位佛教徒，"师事大照禅师三十余岁"。受母亲影响，王维也很喜欢佛家，尤其是禅宗。他是当时名僧道光禅师的徒弟，他们之间有十多年的交情。

王维自己也有参禅的习惯。《旧唐书》记载王维"退朝之后，焚香独坐，以禅颂为事。"

禅宗让王维的诗歌自然空灵，而且充满了禅趣。

## 12

王维的《鸟鸣涧》写"人闲桂花落，夜静春山空"，《鹿柴》又写"空山不见人，但闻人语响"，《竹里馆》则写"独坐幽篁里，弹琴复长啸"。

有人据此认为"空""独"都显示了王维的寂寞和孤独；而且，王维不是半仕半隐么，这不正好说明他在仕途与隐居之间的矛盾心理吗？

也许，王维和常人一样，在不同的选择之间确有矛盾。但是如果你对禅的道理稍加了解，就会发现，上述的说法有些欠妥。

## 13

什么是禅？

一只小鱼问一只大鱼："我常听人说大海的事儿，可是大海究竟是怎么一回事呢？"大鱼说："大海既在你的外面，也在你的里边，你的周围全部都是大海。"小鱼说："那我为什么看不见大海呢？"大鱼说："因为大海就在你的周围，而且你就是大海的一部分啊。"

禅就在我们生活的每一个细节当中，在生命的过程当中。这也是很多人找不到禅的原因。禅，正是我们遗忘的生命本身，同时也是我们唤醒本性的一种方式。

蔡志忠漫画改编的动画《禅说》对禅的解释是："禅是没有污染的宇宙真理跟没有污染的生命之心产生共鸣之后而有所领悟，并且持续没有污染的心而安然自得。"

这个解释告诉我们，禅超越了生死，超越了有无，超越了二元对立；内心没有污染才能和没有污染的宇宙真理产生共鸣。所谓的污染，其实就是我们所执着的功名利禄、善恶好坏。

人生只在呼吸之间，超越过去和未来，把握生活中正在发生的一些小节和体验，这才是禅。

## 14

你会发现，王维采取半仕半隐的态度，正是因为他知道什么是禅。

人与月光、夜、空山融为一体，超越生死悲欢，这难道不是一种智慧？

王维的山水诗里总会出现人，人总是和自然浑然一体，人对山水自然的感情自然到好像没有感情一样。然而，如果"人"没有出现，又让人觉得山水之中一定少了点儿什么东西。

王维没有在诗歌中直言禅是什么，禅也没有办法用语言来教授或者表达。

六祖慧能主张"顿悟"，这位不识字的大师使得那些不识字的人也能通过这种简单的方式进入禅的世界。

王维在诗歌中只是在说动静变化的自然带给他的超脱，让他成为自然的一部分。然而，这就是禅啊！

# 15

"劝君更尽一杯酒，西出阳关无故人。"

王维送别友人，怎么会写这样的句子？也许在他看来，眼前这青青柳色和焕然一新的屋舍带给他和朋友的清新才是最值得珍惜的。既然西出阳关就再没有朋友了，那么此刻，何不和朋友再饮一杯呢？

"独在异乡为异客，每逢佳节倍思亲。遥知兄弟登高处，遍插茱萸少一人。"

佳节即至，远在他乡，没有办法和兄弟一起登高望远，这一刻的思念和牵挂让人刻骨铭心。也正是此刻的思念，让人觉得温暖。

"红豆生南国，春来发几枝？愿君多采撷，此物最相思。"

对爱人的思念，只在这春芽初出的红豆中了。既然思念，而红豆又最能寄托相思之情，何不多采一些呢？

王维的这三首诗分别是关于友情、亲情和爱情的，但是王维似乎在告诉我们，不管怎样，当下的感情才最值得珍惜，最值得表达的。

释迦牟尼问弟子人生有多长，弟子有说七十年的，有说三十年的，释迦牟尼微微一笑，告诉弟子，人生只在呼吸间。

王维不管是写友情、亲情还是爱情，都把当时看得比过去和未来重要得多，这又和禅宗的看法完全一致。

# 16

另一位和王维一样写山水田园诗而著名的同时期诗人是孟浩然。

和王维的山水田园诗超凡脱俗、将人归于自然的特点相比，孟浩然显然更识"人间烟火"，他笔下的自然是接近常人的自然。

如《过故人庄》：

故人具鸡黍，邀我至田家。

绿树村边合，青山郭外斜。

开轩面场圃，把酒话桑麻。

待到重阳日，还来就菊花。

朋友邀我到他家做客，我们看到的是远处的绿树青山和近处的打谷场、菜园子，我们一边喝酒一边聊起农作，后来我们还约好重阳节的时候一起欣赏菊花——看看，这完全是充满人情味的一个轻松、自然的田园生活场景。

孟浩然的山水田园诗和我们这些俗人靠得更近一些。

再如《春晓》：

春眠不觉晓，处处闻啼鸟。

夜来风雨声，花落知多少！

早上睡了个懒觉，不知不觉天亮了，听到的是鸟雀鸣叫的声音，忽然想起昨夜的风雨声来，不知道这一夜风雨打落了多少花瓣啊！

孟浩然的这首诗也很有哲理的味道，但是他描述的情景显然是我们平常人就能体验到的，而没有走得更远、更深沉。

# 黄河远上白云间，一言难尽边塞情

## 凉州词

王之涣

黄河远上白云间，一片孤城万仞山。

羌笛何须怨杨柳？春风不度玉门关。

# 1

凉州，就是今天的甘肃武威。现在说起来，那当然是丝绸之路上的重镇，历史悠久，文化灿烂。可是在唐代，这里可真不是什么好地方，除了戍边将士和被贬谪的官员之外，没有人愿意待在这个鬼地方。要说有，那一定就是个别怀揣建功立业梦想的文人去体验生活。

王之涣（688年—742年），字季凌，并州（山西太原）人。在这位诗人笔下，凉州是一个辽阔、孤独、荒凉的地方。

他的《凉州词》把凉州描述成一条河及白云、一座孤城，还有缠绵不尽的万仞高山。除了风声之外，这里便只有羌笛演奏《折杨柳歌》那苍凉的乐声罢了。

诗中说"羌笛何须怨杨柳？春风不度玉门关"。

《折杨柳歌》是那个时候送别的流行歌曲，是折柳送别的时候才演奏的。然而在凉州，春风是不会吹到玉门关的，更何况是关外的凉州城；杨柳也迟迟不会发芽，即便《折杨柳歌》再怎么哀怨也无济于事。想想看，连春风都不肯来，这得荒凉到什么程度？

# 2

王之涣另一首著名的诗歌是《登鹳雀楼》："白日依山尽，黄河入海流。欲穷千里目，更上一层楼。"

这首诗写的鹳雀楼（位于蒲州，今天的山西省永济县），楼高三层，现在看起来好像不算高，但是那个时候居于高地，下临黄河，周围又没有其他建筑遮挡，所以也算得上登高望远的好地方。有一天王之涣在这里忽然就写下了这首诗。

鹳雀楼之所以叫鹳雀楼，是因为这里下临黄河，有鹳雀来栖息；鹳雀来这里栖息，当然是因为这里温暖宜居——显然，这里不像凉州，至少春风可以吹过来。

"白日依山尽，黄河入海流"，这已经够壮观了，但是诗人说，这不算什么，你要是想看得更远更壮观，最好再上一层楼。

作为北方人，王之涣对北方的情景应该说非常熟悉，他笔触所及，无非黄河、白日、杨柳等司空见惯之物。但是每每登高望远，他却总能够把一切写得出人意料。

# 3

同样是写凉州，王之涣的老乡，也是山西太原人的王昌龄（约690年—756年）却从不同的角度着眼。

第一，从将士的角度着眼，他希望英雄再现，打败来犯敌人。

青海长云暗雪山，孤城遥望玉门关。

黄沙百战穿金甲，不斩楼兰终不还。

王昌龄快四十岁的时候才中进士，而且仕途坎坷。但是之前，他到西北边塞旅游过，对边塞情况有一些很感性的了解；同时，他写七绝很有一手，后来被大家公认为"七绝圣手"。用七绝来写边塞对王昌龄来说简直易如反掌。

他的《从军行》把戍边将士"黄沙百战穿金甲，不斩楼兰终不还"的情怀放在玉门关和雪山之间的茫茫黄沙中，显得格外豪迈壮阔。

王昌龄还有另外一首《出塞》也非常有名，也是写希望出现英雄，打退敌人：

秦时明月汉时关，万里长征人未还。

但使龙城飞将在，不教胡马度阴山。

第二，是从闺中妇女的角度来写，主要写她们对戍边丈夫的思念。

烽火城西百尺楼，黄昏独坐海风秋。

更吹羌笛《关山月》，无那金闺万里愁。

这首诗也是《从军行》系列中的一首。戍边将士在孤城之上寂寞地吹着边塞的冷风，内心当然非常孤独，可是那些独守空房的闺中妇女也很无奈啊。

王昌龄不愧为"七绝圣手"，他能以粗犷的笔法去写边塞，同时也能用细腻委婉的笔法写闺中。他甚至还专门重点描写了闺中思念丈夫的妇女，如《闺怨》：

闺中少妇不知愁，春日凝妆上翠楼。

忽见陌头杨柳色，悔教夫婿觅封侯。

闺中的少妇本来不知道啥叫思夫之苦，可是登上楼看到田园间杨柳依依，忽然就想起丈夫来，于是后悔当初不该让夫君去边疆建功立业。

# 4

王之涣和王昌龄还有另外一位山西老乡，也姓王，叫王翰（闻一多认为是687年—726年），他也写过一首非常著名的《凉州词》：

葡萄美酒夜光杯，欲饮琵琶马上催。

醉卧沙场君莫笑，古来征战几人回？

王翰当过驾部员外郎，给前线的将士输送过粮草，所以他对前线将士的生活要比王之涣和王昌龄更加了解。

《凉州词》写一位将军正喝得醉醺醺的，突然战事告急、琵琶声催他披挂上阵，于是即刻放下酒杯上马去打仗的情景；临行前这位将军幽默地说："如果我醉倒在战场，你可千万别笑我。自古以来征战沙场的将士，有几个人能活着回来啊？"

这首诗有几分戏谑，却也有几分悲壮。戏谑而难以让人发笑，悲壮又赚来几分同情。王翰构思的机智和诗风的豪放可见一斑。

# 5

这三位姓王的山西诗人都写了边塞诗，表面上看好像参加过边塞的战事、对边塞的风光和将士生活很熟悉。但实际上，他们都不过是仕途很不得意的落拓文人罢了，对于边塞的了解，和今天那些买了票、骑过骆驼照过相的游客相比差不了多少。

但是为什么他们能写边塞诗？原因很简单，只有他们适合写这样的诗歌。

戍边将士们都是文盲，打仗还行，写诗歌就勉为其难了；再说他们整天脑袋别在腰上，生活在飞沙走石之中，哪里有写诗的心情啊。当地群众也是文盲，也写不了。当地文人恨不得早日飞出鸡窝变凤凰，对他们来说，十年寒窗读书考取功名和花几个月时间进京寻找未来，这才是正事儿。

最后，就只有像王昌龄这样偶尔去边塞待一段时间的外地文人才能对西北边塞的景象大惊小怪，才能写东写西；他们想大干一番事业，想成为战功赫赫的将军，是一群有打仗情怀和没有当官机会的读书人。所以他们笔下的西北边塞充满了豪迈、雄浑的浪漫主义情调。

# 6

提到边塞诗人，高适（700年—765年，字达夫、仲武）当然不能不说。

高适的仕途生活非常具有玩笑性质——五十岁之前简直混得一塌糊涂，而五十岁之后却逐渐如日中天——也许这是老天故意给他五十年的时间来发挥他的诗才呢。

天宝八载（749年），经睢阳太守张九皋推荐，高适应举中第，授封丘尉。但是这个时候，他已经五十岁了。

按理说，五十岁才当上个县长，应该珍惜才是。可是刚干了不到三年，他就干不下去了。他辞官的原因是不忍"鞭挞黎庶"和不甘"拜迎官长"，简单地说，就是当官应做的两件事他都不愿意做。

辞官后回到长安的第二年，高适入陇右、河西节度使哥舒翰幕，为掌书记。掌书记不是什么大官儿，也就是个从八品的秘书。

然而，公元755年安史之乱爆发，整个唐代由盛转衰的时候，高适的仕途却由衰转盛。先后任淮南节度使、彭州刺史、蜀州刺史、剑南节度使，唐代宗以后又先后任刑部侍郎、散骑常侍，加银青光禄大夫，进封渤海县侯，食邑七百户。即使死后也相当华丽，朝廷赠予他礼部尚书的荣誉头衔。

高适的仕途经历让我们看到了人生命运的复杂性。如果从他的命运出发来分析他的性格，我们甚至可以得出两个本应完全不同的高适。

就五十岁才应举中第来看，五十岁之前的高适实际上是非常不得志的，应该非常抑郁才对。但是从五十三岁辞官和后来的官运亨通来看，五十岁之前的高适又应该是一个心胸宽广和性格豁达的人。

# 7

高适比较经典的作品基本上都是安史之乱之前写的，因为安史之乱之后，他的成就主要在当官方面。

《封丘县》是高适当封丘县县长的时候写的，这个时候他确实有些不得志。一方面，对官场的不适应让他很不爽；另一方面，也许是时间渐少而自己一无所成让他有些郁闷。他表示："乃知梅福徒为尔，转忆陶潜归去来。"

梅福是西汉末年寿春人，也是一个当了几天县长就辞官回家的人；陶渊明也一样，做了几个月彭泽县令就挥一挥衣袖不带走一片云彩般地离开了。

这里，儒家思想"达则兼济天下，穷则独善其身"又一次发挥了非常独特和有效的作用。它告诉高适，当官顺利就做点儿好事，当官不顺就回家种地，别投机取巧。

## 8

和王之涣、王昌龄、王翰等人相比，高适的边塞诗要复杂得多。这当然和高适喜欢用古调来谱新篇有关，因为古调一般都可以有较长的篇幅，而绝句就四句，而且还得把握平仄押韵等规定。另一方面，高适喜欢把能想到的很多东西都在诗歌里面写。

《燕歌行》是高适思想最复杂的一首诗，写了边塞征战的惨烈、战士想家的情绪、闺中妇女想将士的思绪、英雄再现的希望等等。其中"战士军前半死生，美人帐下犹歌舞"成为讽刺军政领导不作为的名句。

高适已不再是一味地玩儿豪迈，他的诗歌拥有豪迈的同时还充满了忧郁、感伤、愤怒、缠绵等多种情绪，颇有一种五味杂陈的感觉。

## 9

天宝六年（747年），高适的一位董姓朋友因为政治原因被贬，他写了一首绝句送给这位朋友。这就是著名的《别董大》：

千里黄云白日曛，北风吹雁雪纷纷。

莫愁前路无知己，天下谁人不识君！

夕阳西沉，黄云横布，北风吹雪，孤雁南飞——这基本上就是一个适合离别的天气，一种适合悲伤、郁闷的情景。但是自己本来就混得不怎么样的高适却这样安慰朋友：不要担心被贬路上遇不到知己，天下谁不知道你老董啊！

所以，高适的复杂在于，他看待不同的情况总是会有不同的想法，而且他不会只看到一种情况。

# 10

岑参（cén shēn）（约715年—770年）是边塞诗人中在边塞待过时间较长的一位诗人。他先后两次出塞，一共待了六年时间。这期间，他见识了边塞奇特的气候环境，也见识了将士们不同寻常的生活。

红旗、白雪、黄沙，岑参笔下的边塞色彩非常绚丽，有时候让人感到眩晕。狂风碎石、冰雪高山以及短兵相接的战斗让人不禁要打寒战；而琵琶羌笛、帐内美酒和轮台的惜惜送别又让人备感温暖。

《白雪歌送武判官归京》充分展现了岑参的这种不同寻常的描写。"忽如一夜春风来，千树万树梨花开"，在岑参之前，没有哪个诗人可以这样写边塞的风雪。

所以，岑参的边塞诗交织了色彩、声音、感情，变幻着壮丽与苍凉以及由此而生的奇迹。

边塞的六年时间没有让岑参的生活绽放任何奇迹，却让唐代边塞诗作者中出现了一位堪与高适并称"高岑"的奇葩诗人。

# 11

在阿斯塔那—哈拉和卓古墓群（位于新疆吐鲁番市以东42公里处）506号墓穴中，考古工作者意外地发现了一张糊在纸棺上的账单，账单的内容是：

岑判官马柒匹共食青麦三豆（斗）伍胜（升）付健儿陈金。

学者研究说这里的"岑判官"应该就是岑参。这一账单让我对这位在边塞生活了那么长时间的诗人又多了些猜想。

岑参也曾多次梦回江南和老泪纵横。

《春梦》：

> 洞房昨夜春风起，遥忆美人湘江水。
>
> 枕上片时春梦中，行尽江南数千里。

《逢入京使》：

> 故园东望路漫漫，双袖龙钟泪不干。
>
> 马上相逢无纸笔，凭君传语报平安。

# *12*

对唐代的诗人而言，边塞实在是一片充满奇迹的地方。

你身体好的话，可以在这里建功立业；你文采好的话，可以在这里大显才华。但是像我这样一千多年后的人又怎么会知道，对于岑参他们来说边塞究竟意味着什么。

李商隐《锦瑟》中说："此情可待成追忆，只是当时已惘然。"

我们所能追忆的也许不过是：坎坷、梦想与茫茫黄沙在这里曾经无数次地交织过，并且以诗之名流传至今。

# 李白、苏轼：
# 两个游走于倔强和洒脱之间的男人

## 赠汪伦

李 白

李白乘舟将欲行，忽闻岸上踏歌声。

桃花潭水深千尺，不及汪伦送我情。

# 1

王国维说："以宋词比唐诗，则东坡似太白。"（《清真先生遗事·
尚论三》）

李白和苏轼，一个是唐代的"青莲居士"，一个是宋代的"东坡居
士"。李白有"飞流直下三千尺"的飘逸，苏轼则有"大江东去"的壮
阔。

我甚至在想，苏轼也许就是一个在坑坑洼洼的山川间蜿蜒流淌而
看似平静的李白。

两个人都是那么倔强，又都是那么洒脱。

# 2

即使在书法上，李白和苏轼也颇有相似之处。

黄庭坚对李白唯一传世的行草真迹《上阳台帖》曾做过评价：
"及观其稿书，大类其诗，弥使人远想慨然。白在开元、至德间，不以
能书传，今其行、草殊不减古人。"（《山谷题跋》）

《上阳台帖》的内容是："山高水长，物象千万，非有老笔，清壮
可穷。"走遍了大江南北的李白忽然就提笔写下了这么几句话，把自己
遍观山川物象的感受融化在了苍劲而跌宕的十六个字里。

对苏轼最有名的书法《黄州寒食诗帖》，黄庭坚又这样评价："东
坡此诗似李太白，犹恐太白有未到处。"

《黄州寒食诗帖》是苏轼元丰五年（1082年）四月写的，此时的他已经四十七岁，经历了"乌台诗案"和生活的坎坎坷坷，于苍凉和洒脱之间提笔着墨。元符三年（1100年），黄庭坚受收藏者蜀州张氏之邀观赏此帖，大为感慨，于是写下题跋。

王国维看到了太白的诗与东坡的词之间的某种相通性，而黄庭坚又在书法之间发现了二者的神似。这怎么可能只是巧合？

# 3

李白（701年—762年）年轻的时候，既像一位仗剑走天涯的侠客，又像是一位跋山涉水的道士。

但是打架和学道都不是李白的追求，最终，他还是愿意"申管晏之谈，谋帝王之术，奋其智能，愿为辅弼，使寰区大定，海县靖一"（《代寿山答孟少府移文书》）。说白了就是帮助皇帝陛下使天下太平、社会和谐。

李白喜欢结交道士，这倒是给了他一次发达的机会。天宝元年（742年），因道士吴筠的推荐，李白被召至长安，供奉翰林。

需要注意的是"供奉翰林"和"翰林学士"可是有天壤之别：

"翰林学士"专门起草机密诏制，他们参与机要，实权相当大，当时号称"内相"。"供奉翰林"却不然，基本上就是御用文人，哪天皇帝兴致来了召见一下，一块儿说说话，作作诗高兴高兴，如此而已。

所以，唐玄宗对李白的态度和汉文帝对贾谊"不问苍生问鬼神"（李商隐《贾生》）的态度相似，李白想干事业，玄宗却只是让他玩儿诗歌。这当然让李白很郁闷。

# 4

李白喜欢走极端，权贵不把他放在眼里，他就把权贵看得连一坨狗屎都不如。当然，这只是心里这样想，他自己其实也想当权贵。

唐玄宗让李白写诗，李白就故意玩闹起来。他写诗歌的时候得让玄宗宠爱的美人儿杨玉环给自己端砚台，让玄宗的得力奴才高力士给他脱鞋子，甚至连杨国忠也被他呼来唤去。

唐玄宗玩得很高兴，他很喜欢李白。但是给李白脱过鞋子的高力士就不怎么爽了，他自己没有办法搞臭李白，就跑到杨贵妃跟前说，贵妃啊，李白他写的"可怜飞燕倚新妆"（《清平调》）这是在骂你啊，赵飞燕淫乱后宫你难道不知道？

杨贵妃一听有道理，就在唐玄宗耳边吹了几次风，改变了唐玄宗对李白的态度。比起欣赏李白写诗的快乐来，玄宗更喜欢和杨贵妃在一起。

长此以往，李白也不愿意继续待在这里，唐玄宗最后只好用黄金白银把李白打发走。年轻的时候就喜欢游山玩水的李白继续周游全国，结交八方。

# 5

李白出了长安就开始自豪地告诉别人，他就是"御手调羹""龙巾拭吐"的"谪仙人"。他说自己"昔在长安醉花柳，五侯七贵同杯酒。气岸遥凌豪士前，风流肯落他人后！"（《流夜郎赠辛判官》）

李白的高度自信让他觉得，自己虽然没有什么官儿，但是在地位、豪气、风流方面他得和权贵们在一个档次上，甚至自己还要高人一等。

李白想要干事业，而且不是通过科考，而是"终南捷径"——这可能和他偏执狂傲的性格有关。但是要让他通过"摧眉折腰事权贵"的办法来获得政治上的好处，那他是绝对不干的。

李白最终离开长安，选择了旅游和喝酒。

然而，安史之乱让李白感愤时艰，他的内心再次燃起建功立业的火焰。李白参加了永王李璘的幕府。

不幸的是，李白的政治判断力不够，他站错了队。永王与肃宗发生了争夺帝位的斗争，兵败之后，李白受到牵连，差点一命呜呼。好在郭子仪力保，这才免去一死，流放夜郎，后又在巫山途中遇赦。

如此一番折腾之后李白没有反思，却高兴地写下了《早发白帝城》：

朝辞白帝彩云间，千里江陵一日还。

两岸猿声啼不住，轻舟已过万重山。

那种重获自由的喜悦让李白继续寻找机会，在江南漂泊了一段时间之后，他听说太尉李光弼率领大军讨伐安史叛军，于是北上准备追随李光弼从军杀敌。不幸的是，他途中生了病，没有去成。他也许忘了，他已经六十一岁了，折腾不起啦。

第二年，李白投奔他的族叔、当时在当涂（今属安徽省马鞍山）当县令的李阳冰。同年十一月，李白离开了人世。

# 6

很明显，李白是一个非常倔强的人，他坚信"长风破浪会有时，直挂云帆济沧海"（《行路难》）的美梦。同时，一旦事业上受挫，又转而追求"且放白鹿青崖间，须行即骑访名山"的自由自在（《梦游天姥吟留别》）。

在这两个极端折腾不已，这是李白的固执。

所以，李白的倔强是反权威、反命运、叛逆式的倔强，因为他将傲骨、自由、和梦想捆绑到自己的灵魂之上，他的所有选择都不能违背其中的任何一样。

# 7

和李白相比，苏轼在倔强方面绝不逊色。

与李白的不愿意参加科考不同，苏轼（1037年—1101年）走的是正统路线，他想通过科考进入政府并实现自己的政治理想。事实上，在考试方面他确实表现不错。

嘉祐元年（1056年），二十岁的苏轼首次出川赴京，参加朝廷的科举考试。翌年，他参加了礼部的考试，以一篇《刑赏忠厚之至论》获得主考官欧阳修的赏识。欧阳修以为这么好的文章应该是他的弟子曾巩写的，于是为了避嫌，就让他得了第二名，没想到是苏轼。

嘉祐六年（1061年），苏轼参加了更加严格的制科考试。制科考试有多严格呢？据说宋朝四万多进士，二十二次制科考试中只有四十一名考生通过。制科考试成绩分为五等，苏轼考了个第三等，由于第一等和第二等是虚设，所以也就算是第一名了。政府授他大理评事、签书凤翔府判官。

虽然苏轼和李白，一个是科考出生，一个走的是捷径，但是一开始，他们都很成功，都受到了朝廷的重视。接下来也很相似，他们都受到了冷落。

# 8

苏轼考完制科考试，父亲过世，于是回家服丧。熙宁二年（1069年）服满还朝，仍授本职。

这个时候，王安石正在搞变法，他非常希望苏轼站在自己这边。但是苏轼在服丧完之后的回京途中，早就目睹了新法给老百姓带来的灾难。他不管你新法旧法，只要对老百姓有坏处，他就得反对。

现在讲起来，这叫"坚持实践是检验真理的唯一标准"，苏轼正是这个观点。

朝廷已经成了变法派的朝廷，苏轼既然对变法派没有什么利用价值，并且喜欢"胡说八道"，当然难免被调来调去。在杭州待了三年后，苏轼被调往密州（山东诸城）、徐州、湖州等地任知州。

苏轼这个人认死理，既然新法损害了老百姓利益，他就要忍不住骂几句。后来司马光执政，反对新法，要恢复旧法，苏轼又反对，因为恢复旧法也对老百姓没好处。这就是苏轼的倔强。

# 9

宋神宗元丰二年（1079年），大宋御史台官署内，柏树森森，乌鸦凄鸣。御史台的几位站在变法派一边的官僚正在研究如何弹劾苏轼。

苏轼早就在密州、徐州任上做出了不小成绩，现在朝廷又调他到湖州去当知州，他倒也没有啥意见。但是在上表谢恩的时候他又忍不住对新法执行过程中不合适的地方讽刺了几句。这让御史台抓住了把柄，兴奋不已。

御史何正臣上表说苏轼"愚弄朝廷，妄自尊大"，动辄归咎新法，要求朝廷明正刑赏。

御史李定也指出苏轼"怙终不悔，其恶已著""傲悖之语，日闻中外""言伪而辩，行伪而坚"——都是贬义词，都是罪状。实际上，李定这家伙是因为不服母孝受苏轼讥讽过，怀恨在心，所以公报私仇。

御史舒亶更加阴险，他寻摘苏轼诗句，指其心怀不轨，讥讽新法。

这么多人上书弹劾，苏轼有口难辩，最后终于被捕。苏轼非常悲愤郁闷，押解途中甚至意图自尽——好在没有真的寻死，否则中国文学史上得少一位文豪啊！

苏轼被捕至御史台狱下，御史台继续在苏轼的书信诗歌中寻找罪证，最后牵连出七十余人。苏轼一看，这些家伙阴险毒辣，明显是要整死他。料定自己必死无疑，苏轼这回真的做好了自尽的准备。

# 10

然而，苏轼命不该绝。

苏辙的奔走以及太皇太后曹氏、王安礼等人出面力挽，苏轼本人也写了几首赞美朝廷的诗词，宋神宗终于心软。最后，苏轼捡回一条命，被贬谪为"检校尚书水部员外郎黄州团练副使"。

变法派还是不放过苏轼，他又被贬到黄州、汝州。没等到汝州上任，儿子夭折，于是上书朝廷，希望自己在常州居住下来。

元丰八年（1085年），宋哲宗赵煦即位，高太后临朝听政，司马光重新被启用为相，新党终于受到打压。司马光早就看重苏轼，而且苏轼反对过新法，于是高兴地将苏轼召回朝廷。

短短几个月内，苏轼的官儿一升再升，最后做到翰林学士知制诰（为皇帝起草诏书的秘书，三品），知礼部贡举（特派主持进士考试的大臣，这倒是苏轼的长项）。

苏轼没有因为司马光给自己升官就停止批判社会。他看到了旧党的腐败，认为新旧党都是一个德行，都不过是争权夺势罢了，从来没有真正为黎民百姓着想过。

旧党当然不高兴，于是苏轼在朝廷还是待不下去，最后只好又跑回地方上去了。

从此以后，苏轼成了风箱里的老鼠，两头受气。新旧党都觉得他靠不住，所以他只有被贬来贬去的命。

和李白的一事无成相比，苏轼还算是在地方上干了点成绩，但是政治斗争让他最终还是与理想越走越远。

苏轼和李白一样倔强，但是不同于李白反权威、反命运的叛逆，苏轼有认死理式的执着，为此他甚至不把命运放在眼里。

# 11

李白与苏轼有着不同的倔强，当然，他们也各有各的洒脱。

李白喝起酒来不顾一切，写起诗歌来上天入地，放纵自由，任由自己狂热的心随时爆发出不可一世的精神力量。

苏轼也喝酒，但是他不像李白那样挥金如土，小醉之后，他总是能回到人间来，在一吃一行之间随遇而安。

不管是"道"的洒脱，还是"佛"的洒脱，一唐一宋，终归是洒脱。

"天子呼来不上船"的李白，即便"白发三千丈""举杯消愁愁更愁"，他也要把"五花马"和"千金裘"统统拿出来换成美酒；即便是一个人，他也要举杯和明月对饮，折腾一宿。

李白能够"笔落惊风雨，诗成泣鬼神"，因为他是谪仙人。

苏轼的弟子晁无咎说："苏东坡词，人谓多不谐音律。然居士词横放杰出，自是曲子中缚不住者。"

"幽人独往来"的苏东坡在政治的斗争中终究是"拣尽寒枝不肯栖"，但是他知道"人有悲欢离合，月有阴晴圆缺，此事古难全"，所以他最终选择了"一蓑烟雨任平生"。

# 12

唐玄宗天宝十四载（755年）李白写了一首绝句送给了他的一位擅长酿酒的好朋友，诗名叫《赠汪伦》：

李白乘舟将欲行，忽闻岸上踏歌声。

桃花潭水深千尺，不及汪伦送我情。

汪伦是泾县（在今安徽省）贾村人氏，李白路过此地，他经常用自己酿的美酒款待李白，两人成了好朋友。

李白乘船即将离开，忽然岸边歌声传来，他一看，原来是汪伦来给他送别。他非常感慨，于是写下了这首诗。

李白的踪迹遍及大江南北，对于他到过的每一个地方而言，朋友总能让他感动。可是他毕竟只是匆匆过客，因为他要追求梦想。他没有在一个地方长久地待过，他随时准备离开，去更遥远的地方。固执和洒脱加起来就是李白。

# 13

很多年后，在另一个朝代，固执和洒脱加起来又成为另一个人，这个人就是苏东坡。

宋神宗元丰七年（1084年），苏轼游庐山时写下了《题西林壁》一诗：

> 横看成岭侧成峰，远近高低各不同。
>
> 不识庐山真面目，只缘身在此山中。

实际上，唐玄宗开元十三年（725年）李白也游过庐山，庐山的瀑布吸引了他，他天生喜欢那种飘逸横飞的感觉。他将瀑布说成是从九重云霄飞落而下的银河：

> 日照香炉生紫烟，遥看瀑布挂前川。
>
> 飞流直下三千尺，疑是银河落九天。

李白游庐山的时候还是二十多岁的小伙子，年轻的他开始放眼江山，筹划着未来，于是匆匆离开去了更遥远的地方。

苏轼却在庐山待了很久，游了一次不够，半个月后又游了一次，这才写下了《题西林壁》。

在年近半百的苏轼看来，庐山是什么样的，不同时候不同角度去看的时候总会是不同的，但是不论你看到什么样的庐山，都非庐山的真实面目，因为你自己就在庐山之中啊。

苏轼说的哪里是庐山，简直就是人生嘛。

# 诗圣杜工部的忧患人生

## 登 高

杜 甫

风急天高猿啸哀，渚清沙白鸟飞回。

无边落木萧萧下，不尽长江滚滚来。

万里悲秋常作客，百年多病独登台。

艰难苦恨繁霜鬓，潦倒新停浊酒杯。

# 1

我国是一个很重视头衔的国家。谥号是死人的头衔。

慈禧的谥号叫"孝钦慈禧端佑康颐昭豫庄诚寿恭钦献崇熙配天兴圣显皇后",好听的、文雅的词汇,甭管真有的、还是假到不能再假的,能用的都用上了(当然,主要是假的)。

古人所谓的谥号有两个特点。

第一,谥号不是一般人都可以有的,只有帝王、诸侯、卿大夫、高官大臣才配有谥号。当然,凡是规范基本上都有例外,刘宋著名诗人颜延之就私下里给陶渊明给了个谥号,叫"靖节",结果后来大家都接受了,把陶渊明叫"靖节先生"。但是这种例外非常少。

谥号的第二个特点,就是必须是活着的人给死人起。改朝换代之后,后代的统治者给前朝的统治者起谥号,史书里面也用谥号指代本人。曹魏政权代替东汉政权,给最后一位皇帝刘协(181年—234年)谥曰"献",就是献出皇位的意思——如果是刘协自己,想必绝对不会给自己起这么一个谥号。

周代最初发明谥号的时候是用一两个字来概括某个人的一生,经常有褒贬的意思在里面。周厉王的"厉"表示"暴慢无亲""杀戮无辜";后来也经常以这样的方式起谥号,隋炀帝的"炀"表示"好内怠政""外内从乱"。这两位有名的暴君,光是从谥号就可以看出来,都不是什么好东西。

很明显，慈禧的时代，谥号已经成了溜须拍马拍到死人头上的一种肉麻习惯而已。

## 2

对古代的一般文人来说，谥号实在是一个很难企及的荣誉。对他们而言，当上王公大臣的可能性实在是太小了，当上皇帝的可能性基本上为零。

你看看，欧阳修，谥号文忠公，所以他的文集就可以很光荣地命名为《欧阳文忠公集》。而其他只做过小官儿或者没有做过官儿的显然就不能享受如此殊荣了。

但是谥号只是荣誉的一部分，文人自有文人的"臭美"办法。文人都以当官为荣（或者后来人喜欢让这些死了的人享受一下生前的官衔），所以就把官衔利用起来。王维曾任尚书右丞，所以文集叫《王右丞集》；宋代词人柳永官至屯田员外郎，所以世称"柳屯田"。

实在没有官衔的怎么办？那就只好用籍贯或者雅号之类了。孟浩然是襄州襄阳（今湖北襄阳）人，所以就叫他"孟襄阳"好了。李白自称"青莲居士"，那么叫他"李青莲"也未尝不可。苏轼，号"东坡居士"，大家喜欢叫他"苏东坡"，甚至没有人在意他其实生前当过"尚书"。

这种"加光环"的习惯即使是现在，也很常见。有时候当你听见把某个人叫"某省长"的时候，其实这个人早就退休啦。把某个人叫"某委员"，其实说不定他早就不在人大委员之列了。但是这样叫着光荣啊。叫的人觉得光荣，听的人也感觉很棒。

## 3

然而，如果一定要把杜甫叫作"杜工部"，倒是真的很难让人觉得光荣，甚至有点讽刺；好在后来他有了一个让所有文人（除了"诗仙"

李白）都羡慕得要死的荣誉称号——诗圣。

广德二年（764年），杜甫五十三岁。他听说好朋友严武当了成都尹、剑南节度使，又要镇守四川，所以就去投奔。六月，严武上表朝廷，给杜甫给了个"节度参谋、检校工部员外郎"的官儿，赐绯鱼袋（绯衣与鱼符袋，五品以上官员才可以佩戴）。

"检校工部员外郎"是个有名无实的官儿，"校检"本来就是"代理、名誉上"的意思，何况幕府的"工部员外郎"根本算不上朝廷有编制的公务员。绯鱼袋当然也只有象征意义而已。

第二年（765年），杜甫离开严武幕府，回到了四川成都的草堂，又回到了"留连戏蝶时时舞，自在娇莺恰恰啼"的浣花溪畔——比起在幕府中做小官僚来，还是这里更舒服。

当然，杜甫离开严武幕府并不是因为嫌弃这个官儿没有正式编制，而是另有其因。

# 4

实际上，杜甫早在四年前就想去找严武了。

四年前，唐肃宗上元二年（761年），杜甫寓居成都，在西郊浣花溪畔建成草堂，第一次有了相对稳定的安身之处所。他很高兴，写了七首绝句。

### 其三

江深竹静两三家，多事红花映白花。

报答春光知有处，应须美酒送生涯。

### 其七

不是爱花即欲死，只恐花尽老相催。

繁枝容易纷纷落，嫩蕊商量细细开。

杜甫在朋友的帮助下在这个风景优美的地方盖了草堂，暂时有地方住——这对颠沛流离的他来说，太开心了。可是，一想起岁月催人老，他还没有为朝廷、为黎民百姓做点贡献，他就又忍不住想要出去寻找机会。

这年十二月，杜甫听说好朋友严武在四川做节度使，便打算去投奔，但是不巧的是第二年（762年）四月唐玄宗、肃宗先后死了，代宗即位，严武被召回朝廷，杜甫只好改道。

直到公元764年，严武再次镇守四川，杜甫这才又一次看到了机会，于是去投奔。他的出发点没变，还是想给社会好好做点贡献。

可是这次，不到半年杜甫就不干了，想辞官，严武不同意，于是就请假回家，第二年坚持辞去幕府职务。四年前你不是想投奔人家而没有如愿嘛，现在终于如愿以偿在好朋友推荐下有了一官半职，你怎么说不干就不干了呢？

杜甫是有他的原因的。一方面，杜甫一直很受严武照顾，他不希望在严武手下吃空饷，男人得要面子；另一方面，他希望严武推荐他干点有意义的事儿，他的理想是给社会做贡献，给国家出点子，而不是待在这儿混吃混喝无所事事。

所以，你会发现，把杜甫叫做"校检工部员外郎"对他本人来说是最讽刺的。他不是自号"少陵野老"吗，还不如叫他"杜老"或"杜少陵"比较好。

# 5

杜甫死后，并没有马上就被人高度评价，更没有人叫他"诗圣"。

《中兴间气集》《河岳英灵集》等当时数十种诗歌选本基本上都没有选杜甫的诗歌，只有韦庄《又玄集》选了杜甫七首诗。

直到过了半个多世纪，杜甫的影响才与日俱增，中晚唐的文人开始重视杜甫。韩愈说："李杜文章在，光焰万丈长"，和李白的诗歌可以并称，这是很高的评价。由于杜甫的诗歌反映了历史真实的一面，于是有了"诗史"的美誉。

宋代，苏轼、"江西诗派"等对杜甫的评价就更高了，苏轼的弟子秦观说杜甫是集大成的诗人，"江西诗派"则把杜甫奉为"祖"。

也许宋人被政治斗争和文字狱等搞得有点心烦意乱，他们一看到杜甫的诗歌，就觉得社会需要这种"达则兼济天下"，"穷"则仍然一心想要"兼济天下"的人，社会就需要杜甫这种针砭时事、陈述历史的诗歌。然而，他们自己又没有办法写，只好把杜甫拿出来，表面上学的是沉郁顿挫和押韵对仗用典等方面的形式化的东西，实际上何尝不想让大家多注意一下老杜在讽刺社会方面的勇气啊。

明代著名诗人、学者杨慎在《词品·序》中首次拈出"诗圣"这个词语来称呼杜甫。此后，"诗圣"这顶桂冠便牢牢地戴在杜甫头上，直到今天。

## 6

"圣"是有史以来除了"仙"之外对诗人来说最具含金量的荣誉称号。这个称号只有孔夫子（孔圣人）名副其实地得到过。

杜甫为什么会在死后获此殊荣？因为他是后世所有心怀儒家理想的读书人的典范。

儒家要求读书人"达则兼济天下，穷则独善其身"，后一句实则是最低要求——你如果混得不够好，至少不要危害社会，维护一下自身修养也是可以的嘛。"达则兼济天下"这才是真正的标准。

杜甫没有能做到"达则兼济天下"，因为他正视的朝廷和时代都背对着他。杜甫的大部分时间是"穷"的时候，但即使是这个时候，他也一心想要"兼济天下"。

# 7

天宝六载（747年），唐玄宗诏天下"通一艺者"到长安应试，杜甫也参加了考试，但是以失败告终。

这次失败怨不得杜甫，因为这次参加考试的所有文人都失败了。主考官李林甫告诉玄宗，天下根本没有可用之才。

李林甫对朝臣则是另一番说法："你们都看见过仪仗队的马吧？整天默不作声就能享受到三品刍豆，要是哪天一叫唤，那当然就只有被处置的命了。"朝臣受到这样的威胁，当然就不敢上折子了。

早在开元二十四年（736年），杜甫就参加了在洛阳举行的进士考试，落第不中。不过那个时候杜甫才二十四岁，根本没把考试落第的事儿放在心上，只当是热身赛，谁知竟错过了很好的机会。

这次，考试的失败让杜甫此后十年间在长安困顿不堪，投给达官贵人的诗文如石沉大海，后来好不容易肉麻兮兮地写了三篇礼赋方引起玄宗的注意，可是五年后才勉强得了一个河西尉这样的小官儿，而且倒霉的是当年回家省亲的时候就爆发了安史之乱。

杜甫这次到长安，为什么要花这么长的时间吃苦受罪去讨个官儿当呢？因为他这次真的是下定决心大干一番。十年前，和李白握手言别的时候他甚至还劝过李白，说我们读书人，本来就应该替皇帝分忧，替朝廷分忧，替天下分忧啊。

所以，杜甫想要为朝廷效力其实是很真诚的，是很有决心的。

# 8

安史之乱发生后，杜甫的日子苦不堪言，带着全家逃难。逃难途中，他一边打听朝廷在哪儿，一边尽量追随。

唐肃宗至德二载（757年），长安被安史叛军焚掠一空，昔日辉煌的首都变得满目萧然。杜甫把家安置在鄜州（陕西富县），本来要去追随肃宗，结果半路上被叛军押到了长安。他颓颓然写下了《春望》：

国破山河在，城春草木深。

感时花溅泪，恨别鸟惊心。

烽火连三月，家书抵万金。

白头搔更短，浑欲不胜簪。

山河破碎，烽火延绵，这让杜甫这位爱国分子情何以堪？他在《哀江头》中再次替唐玄宗反思起了和杨贵妃的奢靡生活以及马嵬兵变的惨痛教训。

杜甫随时会把自己的爱恨情仇和大唐江山的盛衰荣辱联系起来——这可是彻彻底底的爱国主义，而不是表现或者表演。

# 9

至德二载（757年）四月，杜甫冒险逃出长安投奔肃宗，朝廷缺人，肃宗对杜甫也有点好感，于是授杜甫左拾遗。看样子，为朝廷效力的机会来了。

然而，同年，杜甫左拾遗的凳子还没有坐热乎，就因上书参事没有顺着肃宗的心意而被贬为华州（陕西省华县一带）司功参军。

杜甫心情郁闷，往华州上任途中，他看到了社会的满目疮痍和百姓的水深火热，这让他的思想从自身的郁闷中转移到了对普通百姓和整个社会的同情之中。

想必当时的官员看到社会惨状的并非杜甫一人，但是只有杜甫用诗歌如实地记录了几个后来成为经典的案例。这就是著名的"三吏、三别"（《新安吏》《石壕吏》《潼关吏》，《新婚别》《垂老别》《无家别》）。

杜甫在诗歌中像个战地记者，通过问答和让主人公自述的方式如实记录了自己的所见所闻。我们没有看到当时还有其他像杜甫这样好事儿的官员和这样写实主义的文人。

战争对百姓来说，无非是妻离子散、生离死别、水深火热。但是这一切由杜甫执笔写下来时才真正变得如在眼前、如在耳畔。

为什么我要说杜甫是读书做官的人的模范？因为他真的是把老百姓的生活细节看在眼里、放在心上。

"朱门酒肉臭，路有冻死骨。"里面吃大餐，外面在要饭。试问哪个官员敢做这样的对比？

# 10

杜甫的生活一度非常糟糕，但是每次他都没有常人应该有的抱怨和呻吟，而代之以史无前例的呐喊。

有一次，在成都建好的草堂被一阵狂风卷得面目全非。眼看着一群贪玩的儿童把茅草抱走，老态龙钟的杜甫欲呼无声；随后，天空乌云密布，一阵大雨把茅屋浇得湿冷不堪。

"布衾多年冷似铁，娇儿恶卧踏里裂。床头屋漏无干处，雨脚如麻未断绝。"这是多惨的一幅情景！

而在这个时候，杜甫竟呼喊出了"安得广厦千万间，大庇 (bì) 天下寒士俱欢颜，风雨不动安如山！"

自己没地方住，苦不堪言，却老想着别人。试问，除了老杜，哪位读书人能在这样的环境下喊出这样的话？

他甚至表示："呜呼！何时眼前突兀见 (xiàn) 此屋，吾庐独破受冻死亦足！"只要这样的千万间大厦能够真的突然出现在眼前，我即使被冻死也毫无遗憾！

这就是杜甫，他有推己及人的品质，有最真诚的呐喊。

# 11

永泰元年（765年）四月，严武病逝，杜甫仍然颠沛流离地活着。

五月，杜甫离开成都乘舟南下，经嘉州（今四川乐山）、戎州（今四川宜宾）、渝州（今重庆）、忠州（今重庆忠县）至云安（今重庆云阳），次年暮春迁居夔州（今重庆奉节）。

离开成都的旅途中，杜甫在孤舟中看着黑夜中闪耀的星辰和月光迷离的江水，回想着自己飘零的人生，写下了"飘飘何所似，天地一沙鸥"（《旅夜书怀》）的诗句。

当杜甫回顾自己的一生，仿佛除了飘零、孤独之外找不到别的东西。我们从他的诗句中读到的经常是满腔忧患。

大历三年（768年）正月，杜甫携家出三峡，经江陵、公安，暮冬抵岳阳。

那天，杜甫登上岳阳楼，看着壮阔天地，想到自己的孤独和即将老去的生命，以及国家内患方安、外患又起的波折，忍不住老泪纵横：

昔闻洞庭水，今上岳阳楼。

吴楚东南坼，乾坤日夜浮。

亲朋无一字，老病有孤舟。

戎马关山北，凭轩涕泗流。

范仲淹的《岳阳楼记》说："先天下之忧而忧，后天下之乐而乐。"杜甫真的就是这样。代宗广德元年（763年），杜甫听说朝廷收复洛阳，和妻子"漫卷诗书喜欲狂"，高兴得都快疯了。而现在，听说北方战乱将起，他又陷入巨大的悲痛。

# 12

离开岳阳楼，杜甫踏上了生命最后的旅程，漂泊湖南，贫病交加，濒临绝境。

大历五年（770年）冬，杜甫病死在湘江舟中，时年五十九岁。

十四年前的至德元年（756年）八月，杜甫被叛军带到长安，他给鄜州的妻子写过那首《月夜》：

今夜鄜州月，闺中只独看。

遥怜小儿女，未解忆长安。

香雾云鬟湿，清辉玉臂寒。

何时倚虚幌，双照泪痕干。

他遥想妻子在独自望月，而小孩子们又哪里知道妈妈在想着长安的爸爸；妻子啊，那雾气一定沾湿了你的头发，那寒冷的月光怕是冰冷了你的臂膊。可是我们什么时候才能在窗帷边上互相依靠，在这冰冷的月光里用内心的温暖烘干彼此的泪痕？

杜甫的诗篇大部分献给了时代，献给了那个兵荒马乱的时代中不幸的人们，像《月夜》这样深情地来写自己妻子的诗篇非常少见。这是一个男人深沉的一面。

可是，十四年后的这个寒冬，在一叶扁舟中，放不下国家、放不下朝廷、放不下天下兴亡的杜甫又怎么可能放得下他的妻子和孩子啊？

杜甫即将离去，依旧带着满腔忧患。

急风萧萧，天空依然高远，猿声凄厉，飞鸟依旧徘徊。杜甫离开的那刻，无边落木萧萧下坠，滚滚长江依旧东流。

# 盛唐诗歌难再续，他们仍继续

## 寒 食

韩　翃

春城无处不飞花，寒食东风御柳斜。

日暮汉宫传蜡烛，轻烟散入五侯家。

# 1

唐朝天宝年间，有一位年轻人，名叫韩翃（hóng）。和当时大多数文人一样，韩翃来到长安是为了考取功名，当然，业余时间也不惜花点功夫喝点酒、见识见识京城里的时尚美女。

这天，韩翃正和朋友李生（姓李的书生）一边喝酒一边看美女。喝到高兴时，李生请出自己的爱姬柳氏唱歌助兴。

顿时，韩翃眼前一亮：这位美女是他见过的最美的美女了——身姿曼妙，声音婉约，光彩照人，而且他分明感觉到她在向他放电。

这位柳氏可不得了，当时在韩翃的圈子里早就很有名气了，不但人长得漂亮，而且性格开朗，喜欢说笑，更要文人命的是她还颇有才华，喜欢唱歌。比起胸大无脑的，文人们更钟情于既美丽又有才的女人。

韩翃看着柳氏发呆，柳氏也看着眼前的这位闻名不如见面的才子心跳加快。

李生看出韩翃和柳氏都有意思，宴会结束之后，他思前想后了一阵子，果断做出决定，在美女和文友之间，他宁愿选择文友。

李生于是慷慨地将柳氏送给韩翃，并花钱赞助了韩柳婚事。

这是一个关于友情的故事，男人之间的友情竟然轻而易举地过了美色这一关，实在不易。

这当然也是一个关于爱情的故事，英俊潇洒的才子和美丽聪明的才女之间总会发展出一段令人羡慕的邂逅。

# 2

这个关于友情的故事暂时告一段落，但是这个关于爱情的故事却刚刚开始。

第二年（755年），韩翃登第，于是回昌黎省亲。那个时候未经爸妈同意就私下里娶了老婆，当然不能直接带回家。韩翃打算先把成绩单带回家让爸妈高兴一下，再说明情况，然后慢慢将老婆合法化。所以只好把柳氏暂时安顿在长安。

可是正在韩翃回家省亲的时候，安史之乱爆发，两京（长安、洛阳）沦陷。

一阵"龙卷风"将大唐王朝刮了个乱七八糟，也分开了这对暂别的鸳鸯。

为避兵祸，柳氏剪发毁形（当然不是毁容，充其量是丑化一下自己的形象），寄居法灵寺。

这个时候韩翃则做了淄州节度使侯希逸的幕府书记，虽然官儿很小，但是跟领导走得很近。

就这样，两个人天各一方，在战乱的恐惧和相思的眼泪中度过了七年时间。

终于，唐肃宗收复长安，唐王朝度过了这场旷日持久的灾难。韩翃也看到了他和柳氏再次见面的可能性，相思之情，非但不减，已然成灾。

韩翃四下打听，终于了解到柳氏的下落，也许是担心才色双全的柳氏已经另嫁他人，韩翃没有直接去见柳氏，而是派人暗访。

可是怎么样才能让柳氏知道自己的心意呢？韩翃用了他擅长的方式——诗歌。他派去的人带着他写的《章台柳》：

　　章台柳，章台柳！昔日青青今在否？纵使长条似旧垂，也应攀折他人手。

柳氏泣不成声——她没想到她日夜牵挂的韩郎竟然真的还记着她。柳氏于是写了一首《杨柳枝》作为回赠：

> 杨柳枝，芳菲节。所恨年年赠离别。一叶随风忽报秋，
纵使君来岂堪折！

韩翃的密使回来之后，韩翃当然非常高兴，但是当他准备去法灵寺接老婆回家的时候，却听说"杨柳枝"被番将沙吒利"折"走。

韩翃既生气又着急，连他的领导侯希逸都觉得沙吒利太过分，怎么能随便抢别人老婆呢？何况大家都是同僚啊！

韩翃随侯希逸入觐京师，将这件事启奏肃宗，肃宗了解情况后下诏，让柳氏还做韩翃的老婆。终于韩柳二人得以破镜重圆。

# *3*

安史之乱给唐王朝以重大打击，却给这个大团圆的才子佳人的故事创造了更加曲折的情节。

如果唐王朝在安史之乱中破产，改朝换代，我相信韩翃为代表的"大历诗人"和后来的韩愈、柳宗元、白居易，甚至再后来的"小李杜"都未必会出现，至少他们不会为唐诗增添更多色彩。

安史之乱使得唐王朝元气大伤，也使得后来的唐王朝的诗人们普遍感伤起来，他们的诗歌总是让人有一种繁华落尽后的冷清的感觉。

安史之乱前，韩翃的《寒食》诗这样描述京城：

> 春城无处不飞花，　寒食东风御柳斜。
> 日暮汉宫传蜡烛，　轻烟散入五侯家。

很明显，春暖花开、杨柳轻垂、八荒无事、宫廷闲暇，这是一片气象升平、雍容华贵的景象。

同是"大历十才子"之一的司空曙在《贼平后送人北归》中却这

样写道：

> 世乱同南去，时清独北还。他乡生白发，旧国见青山。
>
> 晓月过残垒，繁星宿故关。寒禽与衰草，处处伴愁颜。

时代变了，人也变了，虽然时代已经从战乱中走了出来，可是人已不再是当初的人，到如今，只好白发愁颜，满目萧然。

# 4

感伤或者冷清可能是那个时代印在人们心中无法抹去的痕迹，但是反过来，并不是所有人都沉浸在感伤和冷清之中。

一个时代的情绪和一个时代的人的情绪并不存在矛盾，"大历十才子"也各有各的情绪。

李端，这位晚年辞官隐居的诗人比当年的王昌龄更能通过女人们的一举一动来抓住她们的内心，他的那首后来入选《唐诗三百首》的《听筝》最为脍炙人口：

> 鸣筝金粟柱，素手玉房前。
>
> 欲得周郎顾，时时误拂弦。

卢纶，往来游宦，他的边塞诗不再如王之涣等前辈们那样壮阔豪迈，而是安静地讲起故事来。他的《逢病军人》就讲了一位老兵的故事：

> 行多有病住无粮，万里还乡未到乡。
>
> 蓬鬓哀吟古城下，不堪秋气入金疮。

按照姚合《极玄集》和《新唐书》的说法，所谓"大历十才子"应该是李端、卢纶、吉中孚、韩翃、钱起、司空曙、苗发、崔峒、耿湋、夏侯审。

这十位才子在写诗方面的共同特点并不在内容上。有人说他们生活圈子狭小、诗歌内容狭隘等，实际上并不客观。他们在诗歌内容上当然没有、也不可能超出盛唐，但是毕竟各不相同。

反倒是其他方面，"十才子"的表现让人觉得他们就是同一类诗人：老老实实、循规蹈矩写诗歌，形式上工工整整，情绪上也不再那么激昂，韵律上也不再那么顿挫。总之，平淡成为他们的主调，激情悄然褪色。

# 5

韦应物（737年—789年），主要生活在安史之乱后，和王维、孟浩然一样，他也对田园山水情有独钟。

唐德宗建中二年（781年），韦应物任滁州刺史。滁州在今天的安徽省滁县，这个地方群山环绕，溪水长流，风景优美。城西更是两山夹水，深涧特出（今天的西涧湖）——韦应物尤其喜欢。

因为喜欢，韦应物闲来无事就去那里游玩。终于有一天不觉之间吟出了一首将会流传千古的好诗，名曰《滁州西涧》：

独怜幽草涧边生，上有黄鹂深树鸣。

春潮带雨晚来急，野渡无人舟自横。

"春潮带雨晚来急，野渡无人舟自横"，这中间分明有一种无所作为的故作潇洒。春潮带雨，来的时候那么急切，仿佛一切都将颠覆，可是那无用扁舟，还不是照样随意横泊？

王维、孟浩然从来没有这么冷清。

柳宗元（773年—819年），字子厚。柳子厚与韦应物并称，他的心境与韦应物也非常相似。

柳宗元喜欢渔翁的形象，他笔下的渔翁，有时候"烟销日出不见人，欸乃一声山水绿"（《渔翁》），有一种淡泊清新的洒脱劲儿；有时候却在"千山鸟飞绝，万径人踪灭"的冰天雪地中"独钓寒江雪"（《江雪》），有一种故意冷清的孤傲劲儿。

所以，同样是寄情于田园山水，韦柳在王孟之外又道出了另一种时代情绪。

## 6

韦应物和柳宗元显然已经超越了大历诗人们的平淡无奇。像李益（748年—827年）这样的诗人甚至又一次达到了李太白（李白）、王龙标（王昌龄）的水平。其《夜上受降城闻笛》意境阔远，声调铿锵：

回乐峰前沙似雪，受降城下月如霜。

不知何处吹芦管，一夜征人尽望乡。

不过，更多诗人尝试了新的突破。

除了韦应物和柳宗元的山水诗外，大致来说，首先是顾况（727年—815年），他喜欢把民间的俗语写进诗歌，喜欢在律诗绝句之外写四言甚至是六言的诗歌。

第二是韩愈、孟郊、贾岛、卢仝（tóng）、李贺等，怎么奇怪怎么写，或者把写散文的办法也拿来写诗歌，或者呕心沥血进行"苦吟"，追求奇谲怪异。

第三是刘禹锡，把民歌风格和历史案例成功、大量地用到了诗歌创作中，要么清新可人，要么别具韵味，令人回味。

第四是王建、张籍、元稹、白居易等，注重写老少爷们儿都能读的新乐府诗歌。

## 7

顾况有一首四言诗歌叫《囝》（jiǎn），很多人不认识题目中这个唯一的汉字。

幸好顾况自己做了个注释："囝，音蹇。闽俗呼子为囝，父为郎罢。"原来，闽中一带把儿子称呼为"囝"，把父亲称为"郎罢"。

《囝》描述了闽地（今福建一带）发生的悲惨一幕：

儿子被政府官吏抓取阉割做奴婢，告别之时，老爹说："我后悔生了你啊，你刚生下来，人家劝我掐死你，我没有听，结果现在还要遭受这样的痛苦。"儿子哭诉："我和你将隔天绝地，恐怕到死都不能再见面了。"

政府官吏掠卖奴隶的历史一幕被顾况记了下来，而且是以四言这种和《诗经》一样古老的句式。

让人意外的是，顾况还写了一首六言的田园诗《过山农家》：

板桥人渡泉声，茅檐日午鸡鸣。

莫嗔焙茶烟暗，却喜晒谷天晴。

读惯了四言、五言、七言、杂言，忽然读到一首六言，令人耳目一新。

# 8

贞元八年（792年），四十二岁的孟郊赴长安应进士举，二十四岁的韩愈作《长安交游者一首赠孟郊》和《孟生诗》相赠，两个人从此开始了密切交往。

物以类聚，人以群分。韩孟两人的交往中更多同类人介入，大家志趣相投，自然要互相切磋写诗心得，切磋的结果是形成了所谓的"韩孟诗派"。

韩孟诗派的诗人都喜欢追求新异，首先是韩愈，他在给孟郊的《送孟东野序》中说："大凡物不得其平则鸣……人之于言也亦然。有不得已者而后言，其歌也有思，其哭也有怀。凡出乎口而为声者，其皆有弗平者乎！"

韩愈的意思是说，诗歌应该是情感波澜的自然流出。

所以韩愈写诗的时候，喜欢用写散文的办法，他的诗歌不讲究对仗、押韵那一套规则，给人一种散文不像散文，诗歌不像诗歌的感觉，而且他还喜欢像写散文一样在诗歌中发表议论。如《山石》："嗟哉吾党二三子，安得至老不更归。"

# 9

贾岛加入韩孟诗派则有一个流传甚广的"推敲"故事。

一天，贾岛骑在驴上，忽然得句"鸟宿池边树，僧敲月下门"（《题李凝幽居》）。本来他是想用"僧推月下门"，结果思来想去又改为"敲"字。究竟用"推"好还是"敲"好呢？贾岛在驴背上用手做着"推"和"敲"的姿势，不觉入神，结果一头撞进京兆尹韩愈的仪仗队中，随即被人押至韩愈面前。

贾岛说明了情况，韩愈很高兴，并帮贾岛拿定主意，说用"敲"字好。就这样，本来是一个唐突文人和一位朝廷命官之间的冲突，结果却演化为一段文友切磋诗句的佳话。

# 10

贾岛和韩愈留下了"推敲"佳话，但是从诗歌风格上来说，和贾岛更相近的却不是韩愈，而是孟郊。宋人评价唐诗的时候发明了"郊寒岛瘦"一词，专门用来形容贾岛和孟郊的诗歌风格。

贾岛和孟郊写诗的时候热衷于"苦吟"，反复推敲，语不惊人死不休，"二句三年得，一吟双泪流。"（《题诗后》）回过头来你会发现，贾岛撞上韩愈，不正是因为他骑着驴苦吟的结果吗？再加上他们生活本来就苦，写出诗歌来，往往冷清、峻峭硬涩。

孟郊《古怨别》：

飒飒秋风生，愁人怨离别。

含情两相向，欲语气先咽。

心曲千万端，悲来却难说。

别后唯所思，天涯共明月。

孟郊的"天涯共明月"和张九龄的"海上生明月，天涯共此时"相比，显然要狭促很多，也丝毫没有"千里共婵娟"般的洒脱。

贾岛本来是个和尚，后来还俗考取功名，考了很多次都以失败告终，他高唱"十年磨一剑，霜刃未曾试。今日把示君，谁有不平事？"（《剑客》）他把自己塑造成一位侠肝义胆的剑客，实际上，他本人则瘦骨嶙峋，形象上比要饭的强不了多少。关于他的诗歌，他自己在《戏赠友人》中说：

一日不作诗，心源如废井。

笔砚为辘轳，吟咏作縻绠。

朝来重汲引，依旧得清泠。

书赠同怀人，词中多苦辛。

# 11

李贺（790年—816年）（字长吉，世称李长吉）也是一位苦吟诗人，白天和贾岛一样，骑着驴想诗句，晚上回家后则探囊整理，焚膏继晷，后人送给他的"雅号"是"诗鬼"。

"诗鬼"对李贺而言，实在是名副其实。

首先，他的体形细瘦，通眉长爪，长相极有特点，仿佛一"鬼"。仅从长相论，也许只有宋代词人贺铸和他可以相"媲美"，贺铸有"贺鬼头"之称，据说身高七尺，面色青黑如铁，眉目耸拔。

对于有才之人而言，奇怪的相貌只会增加他的神秘感；而对于庸才来说，不过是相貌丑陋罢了。猪八戒大家普遍认为他很丑，但是说实话，他的大师兄——猴子状的孙悟空难道就不丑陋吗？可是人家会七十二般变化，一个筋斗十万八千里，金箍棒一舞天摇地动，这是猪八戒比不了的。

其次，李贺之所以称得上"诗鬼"，更多是因为他的"鬼才"，他写的诗歌神奇诡谲，出人意料，根本就不是一般人能作出来的。

比如《梦天》：

老兔寒蟾泣天色，云楼半开壁斜白。

玉轮轧露湿团光，鸾佩相逢桂香陌。

黄尘清水三山下，更变千年如走马。

遥望齐州九点烟，一泓海水杯中泻。

除了李贺，没有人能够俯视蓬莱、方丈、瀛洲三座神山之下的茫茫沧海，也没有人能够体味世间奔如骏马的变幻无常。你无法想象诗人是在哪里遥望九州，竟然把九州看成是九点浮动的烟尘，而那一片海水不过像是从杯中倾泻而出。

# 12

要想把诗歌写得超越盛唐，对中唐的诗人而言，确实不太容易，事实上他们也没有能够超越，但是，他们却从不同方面进行了大胆而极富创造力的尝试和突破。

刘禹锡（772年—842年，字梦得）一生宦海沉浮，很不得意，遭遇了很多诗人都曾遭遇过的挫折，但是他特别富有创造的激情，正如《秋词》中所言：

自古逢秋悲寂寥，我言秋日胜春朝。

晴空一鹤排云上，便引诗情到碧霄。

刘禹锡写诗歌喜欢接触一些新鲜的东西，喜欢玩一些新花样出来，即便是旧有的或平常的事物，他也总要写出新鲜来。

刘禹锡写得最好的是《竹枝词》和咏史诗。前者的灵感来自民歌，而后者的灵感来自历史。

当时在巴渝（今重庆市一带）流行一种民歌，叫竹枝词。顾况、白居易、柳宗元都注意过，甚至仿作过。但是，刘禹锡在夔州（今重庆市奉节县东）做过刺史，他对当地流行的这种民歌形式有更深入的认识，他写的竹枝词也更加出色。

> 杨柳青青江水平，闻郎江上唱歌声。
>
> 东边日出西边雨，道是无晴却有晴。

刘禹锡对于巴山楚水的感情，我想大概不外乎"道是无晴却有晴"。他在《酬乐天扬州初逢席上见赠》一诗中说"巴山楚水凄凉地，二十三年弃置身"，《竹枝词》中也流露出胸中的积愤，但是对于这里动人的美景和可爱的渔夫农人，他怎么会不喜欢？否则，他也不会在《竹枝词》里写下这样的诗句：

> 道士庄前秋事多，东家西家收晚禾。
>
> 船头把酒对明月，听打夜场人唱歌。

从历史出发，刘禹锡发表了不少感慨，而且每次都能在时空过往中挖掘到一些看似简单实则深沉的东西出来。

> 朱雀桥边野草花，乌衣巷口夕阳斜。
>
> 旧时王谢堂前燕，飞入寻常百姓家。

这首《乌衣巷》成为唐诗经典。在历史面前，甭管你是多大的权贵，地位有多高，终究还是有去无回，终究也难逃沧海桑田的历史变幻。

> 山围故国周遭在，潮打空城寂寞回。
>
> 淮水东边旧时月，夜深还过女墙来。

不管是金陵城，还是三国时孙吴就石壁筑就的石头城，都不过是南京这座古城的一时繁华，在诗人看来，目前它只是一座群山环绕、潮水拍击的空城罢了，夜深人静的时候，唯有旧时的明月偷偷照过断壁残垣。这就是历史，而且将来这样的景象说不定还是会重复多次——这也许就是刘禹锡所担心和感慨的吧。

# 13

人们在寻找灵感的时候往往会有两个方向：一个是向前看，回顾过去，借过往的旧东西加以改造；一个是向后看，面向未来，借新鲜的东西（甚至还没有真的发明出来）刺激自己的想象力。

就我读过的诗人而言，他们更倾向于回顾过去，从过去找回灵感而创造现在。

中唐时期刮起了一股"乐府风"，一时间，很多诗人都加入到乐府诗歌的创作中来，描写民间疾苦，追求规讽之效。

什么是乐府呢？据《汉书·礼乐志》记载，汉武帝时，设有采集各地歌谣和整理、制订乐谱的机构，名叫"乐府"。后来，人们就把这一机构收集并制谱的诗歌称为乐府诗，或者简称乐府。

到了唐代，有了乐府诗的仿制品，基本上就是借用乐府的语辞形式，有的用以前乐府诗的老题目，有的连题目都是新的。

白居易把自己担任左拾遗时写的"美刺比兴""因事立题"的五十多首诗编为《新乐府》。自此，"新乐府"的特点就很明显了：

第一，题目是新的，因事立题，不必再用乐府旧题。

第二，不用入乐、谱曲歌唱，只是借用乐府诗的歌词形式。

第三，用通俗的语言写时下发生的事情，如果写得及时，基本上就是新闻现场。白居易在《与元九书》中说："文章合为时而著，歌诗合为事而作。"

第四，美刺比兴，就是使用《诗经》时代的比兴讽谏的方法，给皇帝等统治者们提个醒，让他们了解一下民间疾苦，注意别太过分了。

元结对新乐府诗的作用有很好的概括："极帝王理乱之道，系古人规讽之流"（《二风诗论》)，使"上感于上、下化于下"（《新乐府序》)。

总的来说，新乐府诗的价值更多在于发扬了乐府精神，而不是乐府形式。

# 14

最早的新乐府先驱当然是老杜，他用乐府诗体描写时事，《兵车行》《丽人行》《悲陈陶》《哀江头》等都是"即事名篇"。后来，元结、韦应物、戴叔伦、顾况等人，也都有新题乐府之作。

唐代宗广德元年（763年），元结任道州刺史。此时的道州，几经兵荒马乱，百姓困苦不堪，而官府却依然横征暴敛。元结于是乎便写了一首《舂陵行》来反映这种情况，并在诗的末尾说："何人采国风，吾欲献此辞。"

中唐贞元、元和之际，经过安史之乱，统治集团普遍希望能够革新政治，实现伟大复兴。这个时候，韩愈、柳宗元搞了个古文运动，而元稹、白居易、张籍、王建等人积极推动了一场名为"新乐府"的诗风改革运动。

# 15

王建（约767年—约830年，字仲初）的《当窗织》：

> 叹息复叹息，园中有枣行人食。
>
> 贫家女为富家织，翁母隔墙不得力。
>
> 水寒手涩丝脆断，续来续去心肠烂。
>
> 草虫促促机下啼，两日催成一匹半。
>
> 输官上顶有零落，姑未得衣身不著。
>
> 当窗却羡青楼倡，十指不动衣盈箱。

王建是颍川（今河南许昌）人，门第衰微，很早就离家寓居魏州乡间，大历年间考上进士，后来做了几任小官，晚年退职后居咸阳原上。他一生沉沦下僚，生活贫困。这些大约就是他写新乐府诗的基础。

实际上，我发现，越是有钱有权的人越容易去追求更有钱更有权的生活，而越是贫困不堪的人越是能注意到更加贫困不堪的人。杜甫的一生和王建的一生都至少证明了这个论点的后半句。

王建的这首《当窗织》写一位贫家妇女终年辛勤纺织。

本来，纺织就是很辛苦的工作。水冰凉，手冻僵，丝线又发脆易断，续来续去，有时候还续不清楚，官家又催逼太紧，一匹半的布两天便得织好。工作条件又差，工作强度又大，长此以往，谁能受得了？

但是如此辛苦，最终却什么都得不到，就像自己家种的枣子被路人吃光了一般。不但家人劳动自己帮不上一点儿忙，而且织品上交后剩下的一点儿零碎料子，给婆婆做一件衣裳都不够用。

这位贫家女最后发出的感叹尤其让人揪心：在窗下织布的我还不如妓院的妓女，你看她们十个指头动都不用动，就有满箱子穿不完的衣服。

这是一位古代的贫苦劳动妇女的感叹，我们试想一下，如果是现在，打工妹、大学生都羡慕当妓女，那将是多么可怕的事情。

也许应该明确一个事实：不管多高级的享受，住多好的别墅，穿多少金、戴多少银，身边有多少拍马屁的，你总得穿衣吃饭，而这个是劳动者最基本的需求。

这首诗歌让我想起了张楚摇滚版的《国际歌》。

# 白居易：
# 半生似“圣”半生如“仙”

## 钱塘湖春行

白居易

孤山寺北贾亭西，水面初平云脚低。

几处早莺争暖树，谁家新燕啄春泥。

乱花渐欲迷人眼，浅草才能没马蹄。

最爱湖东行不足，绿杨阴里白沙堤。

# 1

"锄禾日当午，汗滴禾下土。谁知盘中餐，粒粒皆辛苦！"

这首《悯农》是李绅（772年—846年，字公垂）流传最广的一首诗，也是这位诗人没有做官之前的一首杰出的作品。短短20个字，道尽了农人的辛苦和餐饭的来之不易。

然而，自从"悯农"之后，李绅除了"悯"他自己之外，好像就很少"悯"过其他什么人了，没有了"路有冻死骨"的怜悯，反倒是多了些"朱门酒肉臭"的奢侈。

后来，这位诗人从刺史做到了节度使，最后还封了个赵国公，偶然的仕途不顺也会让他忍不住发发怨气，可是当他坐在大餐面前、怀抱美女，可以横行霸道、乱施淫威的时候，恐怕再也不会想起当年的那首《悯农》了。

但是又能怪李绅什么呢？有时候生活就是这样，你稍微不注意，它就会让你在权力、财富、美色之中完全忘记最初的动机，忘记那些"达则兼济天下，穷则独善其身"的基本"教条"，走上一条你曾经唾弃和不屑的肮脏道路。

# 2

比起李绅"悯农"的经历来，白居易（772年—846年，字乐天，晚年号香山居士）则"悯"过更多的人，农夫、灾民、宫女、织女、卖炭翁、琵琶女甚至是李隆基和杨贵妃。

白居易的诗歌据说连老太太都能听得懂，这只是因为他认为内容和精神比华丽辞藻和娇柔造作更重要，其实他的诗歌并不是写给老百姓听的，他只是想站在普通人的角度用普通的话说一些普通的事情，而这些事情早被那些发达的文人忘在脑后了。

白居易的诗歌主要还是给统治者听的，因为他所坚持的是"乐府"精神，他得通过诗歌完成"讽喻"的目的。

所谓"讽喻"就是给当官儿的听，让他们明白，社会还不够和谐、人民还不够富裕，别只顾奢侈享受、贪污腐败，干点儿好事积点儿德。

# *3*

元和二年（807年），白居易在盩厔（zhōu zhì，今天的陕西周至县）任县尉，因为有感于农民冒着酷暑收割麦子，所以写了一首诗歌叫《观刈麦》。

《观刈麦》主要讲了三个人：

第一个人是位农夫，作为家庭的主要劳动力，他很早就到田地里收麦子，中午时分，暑气熏蒸，背灼炎日，但是这位农夫表示，我即使用尽全力也不嫌热，只希望这炎炎夏日能够长久一些，让我把庄家收完。

第二位是农夫的妻子，她也不轻松，胳膊抱着孩子，还得挎个篮子捡麦穗。用得着这么辛苦吗？农妇说，家里的粮食都要缴税，我得靠这些拾捡的麦穗给全家人充饥啊。

第三个人是白居易自己。他反问自己，我有什么功德可以不用干种田养蚕那么辛苦的活儿，却能享用三百石的俸禄，年底还能有些许余粮？这样一反问自己，竟然让这位诗人觉得羞愧和耿耿于怀。

读完这首诗，你会发现，李绅对农夫的态度主要是"同情"，除了

344

觉得粮食来之不易之外，他并没有想太多。可是白居易一下子就把自己也"陷"进去了，农民那么辛苦地劳动，把收割的粮食都交给了我们统治者，可是我们除了收税还干了什么？

白居易写诗有两种方式非常让人钦佩。一是对比，这当然是老杜"朱门酒肉臭，路有冻死骨"的传统了；二是变换，同一件事情，当事人和旁观者总会得出不同的看法，而且一旦从自己的角度来看问题，他又习惯性地反观到自身。

这也许就是《长恨歌》究竟"恨"什么一直存在争议的原因吧。李隆基有李隆基的恨，杨玉环有杨玉环的恨，老百姓有老百姓的恨，白居易有白居易的恨——这一切在《长恨歌》的缠绵叙述中不断变换和发展，你总能找到令你感受最深的一种恨。

当然，白居易不管是从什么角度出发，总是有一个底线，那就是谁吃了亏就替谁说话。

# 4

贞元、元和年间，白居易在长安生活，期间他写了一组诗歌，叫《秦中吟》，一共包括十首诗歌，都是讽喻诗。

其中，《议婚》是白居易有感于当时的婚姻状况写的一首诗歌。他看到，当时的人们普遍喜欢攀高结富，"贫为时所弃，富为时所趋"，以至于长相上差不多的女孩子，贫富差距竟成了婚姻的决定因素。

白居易对这种婚姻观质疑道："富家女易嫁，嫁早轻其夫。贫家女难嫁，嫁晚孝于姑。闻君欲娶妇，娶妇意何如？"

假如容易嫁出去的富家女结婚后对丈夫不屑一顾，而难嫁的贫家女嫁出去之后对婆婆非常孝顺，请问您要是娶老婆的话会如何考虑呢？

白居易如果生活在今天，类似的质问恐怕还是不可避免。究竟是有车有房有工作重要，还是有理想有道德有文化有纪律重要？大家恐怕不会那么容易做出选择，因为如果不把前面的"三有"和后面的"四有"排列组合一番，总不会太甘心。

## 5

《秦中吟》中的每一首诗歌几乎都值得一提。其中，《重赋》仅从题目就可以看出白居易要对当时的赋税状况大发愤怒了。

这首诗歌提出了地方官员的政绩和老百姓的富裕之间的矛盾——这两者本来没有矛盾，但是地方官员的动机不纯，他们为了GDP要脸不要"命"（要别人的命，有时候自己太过分也会要了自己的命）。

地方官员为了讨好上级巧立名目，大肆搜刮聚敛，以"羡余"（即赋税之盈余）的名义向皇帝进贡，从而得到加官晋爵的机会。

群众则为了地方官员们的表演付出了惨重的代价：在重税压迫下衣不蔽体，食不果腹，困苦不堪。

很多制度的执行似乎总是在"中央政府—地方官员—群众"的中间环节出现问题，地方官员一旦开始尽兴表演，整个政治制度都注定会沦为玩笑。

这就像老百姓的一扇窗户，地方官员砸了玻璃，中央政府问起来他会说："你看，这块玻璃多明亮，啥都看得清清楚楚。"中央政府一看，"哇，真的很和谐，你们都做得不错。"好吧，挨冻受冷的不还是老百姓吗？

## 6

白居易看到什么写什么，他的讽喻让统治者很不爽。

达官贵人们大兴土木，建造豪宅。白居易说，兴建豪宅的钱省下来救济贫民不是更好？（《伤宅》）

人家有钱投资点儿房地产你就不高兴？

朝廷大龄官员老眼昏花，可是仍然"爱富贵""恋君恩"。（《不致仕》）白居易说，你们应该退休，给年轻人让位子啊！

这又是得罪人的观点，你怎么能这样不尊重人家"老不死"嘛！

官宦之家喜欢立碑夸耀门第，歌功颂德。白居易又表示不能苟同这种做法，他认为立碑"谀墓"不能名留千古，不如施行仁政；品德高尚的人没有碑文不是照样留名后世？（《立碑》）

给死人说点好话有什么不好，这都反对？就别把仁政、品德那一套拿来教育老子啦。

宦官们一个个香车宝马，穿着朝廷的官服尽是应酬、赴宴，一天大餐吃个没完没了，而且吃饱了还更加盛气凌人。（《轻肥》）这次，白居易只说了一句话："是岁江南旱，衢州人食人！"

人家都是不完整的男人，就吃点东西显摆显摆你就受不了啦？拿出"人吃人"来吓唬人？

你看看，白居易对统治者们哪有一句好话？

元和十年（815年）六月，白居易因为在政坛的尔虞我诈中得罪了人，也因为他一直在用讽喻诗的方式说当权者的不是，被贬江州司马。从此，白居易过着"大隐隐于仕途"的生活，在地方上一边做官，一边写写文章喝喝酒。

# 7

元和十一年（816年）秋天的一天，草木萧萧，白居易送客湓浦（pén pǔ）口，遇到一位琵琶女，于是写了后来广为流传的《琵琶行》。

一场意外相遇怎么会让白居易到最后竟泣不成声？

答案很简单：一位是失意文人，一位是失落歌女，他们"同是天涯沦落人"。

我在前文就说过，白居易喜欢做比较，喜欢变换角度，还会有意反观自身。这次的有感而发当然是"换位思考"的结果。

一开始，白居易和他的客人大概只是觉得离别之际、痛饮之时，应该有点音乐做点缀，于是把正好碰上的琵琶女请到客船上为大家的别宴助兴，谁知琵琶女演奏的《霓裳》和《绿腰》让白居易大为惊讶，一方面是因为琵琶女的技艺，一方面是因为他从琵琶声中听到了琵琶女坎坷的一生，也"听到"了他自己惨淡的过往。

在白居易听来，琵琶女的演奏无非是要表达两方面的内容：

第一，"似诉平生不得意"，也就是说琵琶曲是琵琶女失意的人生经历的一种表达，所谓"低眉信手续续弹，说尽心中无限事"。

此时的白居易贬谪为江州司马，江州是"蛮瘴之地"，司马又是闲置之职，对这位忧国忧民、胸怀大志的读书人来说，这当然是失意非常了。白居易一边听着琵琶声，一边回忆自己的过往，不可能不感伤。

第二，"别有幽愁暗恨生"，在白居易听来，琵琶女的演奏中暗含了一些深沉的忧愁和怨恨。

此时白居易已经了解到这位琵琶女原也是从长安流落至此，曾经在长安时，她跟穆、曹二位著名的琵琶师学习过，算是歌女中的佼佼者，但是如今年长色衰，委身商人，这中间的落差给她带来的忧愁常人如何能体会得到。

白居易，曾经是翰林学士，曾经草拟诏书、参与国政，是"书生意气，挥斥方遒"的年纪，可是一场场官场的尔虞我诈之后，如今，雪染双鬓的他不过是贬谪在他乡的落魄文人而已。他能够听懂琵琶女的琵琶声中幽咽絮叨的愁思，因为这让他想起自己的愁思啊！

所以，听完了琵琶女自述身世，白居易深感"同是天涯沦落人，相逢何必曾相识"，贬谪以来，他也听了不少杂乱、繁碎的"山歌村笛"，可是哪儿有琵琶女演奏的来自京城的音乐更让他觉得亲切和感动。

白居易很快就作了一首《琵琶行》，并邀请琵琶女为他演奏。这一弹不要紧，感动得船宴在座的所有人都掩面哭泣，而白居易自认为流泪最多，连青衫都湿了一大片。

# 8

元和十三年（819年），白居易改忠州刺史，元和十五年（821年）还京，累迁中书舍人。

这次回朝廷任职，白居易感觉很不爽，甚至比他在江州任司马好不了多少，因为他已经厌烦了朝中朋党倾轧，厌烦了争权夺利。

长庆二年（822年），白居易下定决心到地方上做一点实事，于是请求外放，先后为杭州、苏州刺史。

在杭州西湖的外湖和里湖之间，有一条一千米的长堤，东起"断桥残雪"，经锦带桥向西，止于"平湖秋月"，长堤两岸垂柳碧桃，甚为可观——这就是白居易诗中的"白沙堤"。现在，人们因为白居易的缘故已将其称为"白堤"。

白居易于穆宗长庆二年（822年）秋至长庆四年（824年）夏一直待在风景如画的杭州西湖湖畔作刺史。

当然，白居易到杭州来并不是来看美景美人的，而是"下恤民庶"来的。到任之后，白居易将西湖的治理提上日程，并于长庆四年（824年）三月完成了筑堤蓄水工程。

百姓们把白居易修建的捍湖大堤称为"白公堤"。如今，白公堤的旧址虽已不复存在，白沙堤却有了"白堤"这个名字。

公务闲暇之余，白居易喜欢在白沙堤散步。

在"几处早莺争暖树，谁家新燕啄春泥"的阳春三月，白居易缓步行走在白沙堤上，两岸杨柳扶风，远处乱花迷眼、浅草初生。这里没有喧嚣没有争斗，简简单单活着多好。

# 9

在地方上干了几年后，白居易又继续得到朝廷重用，官儿越做越大，开始洒脱于美酒、美人、美景之间。

先说美酒。白居易自己酿酒、自己喝酒，嗜酒成性，他作诗说："一酌发好客，再酌开愁眉；连延四五酌，酣畅入四肢。"（《效陶潜体诗》）

再说美人。白居易蓄养的最出名的美人恐怕要算樊素和小蛮。唐孟棨（qǐ）《本事诗·事感》中记载："白尚书（居易）姬人樊素善歌，妓人小蛮善舞，尝为诗曰：樱桃樊素口，杨柳小蛮腰。"

美景更不用说了，白居易在洛阳定居期间，洛阳城内外的寺庙、山丘、泉石他都一处不落地漫游过。

然而，终于到了晚年，白居易已经无力继续这种迟到的洒脱了。美景他已经欣赏不动，最后和美人也说了拜拜，他忍痛割爱，把心爱的歌舞姬统统打发回家。

最让白居易放不下的要算是美酒。六十七岁时他写了《醉吟先生传》总结自己的一生，对于自己的仕途，他只提了一句："宦游三十载"，对于美酒却用去了绝大部分篇幅。

# 10

有人说唐诗有"一圣二仙"，"一圣"当然是"诗圣"杜甫，而"二仙"则指李白和白居易。

在我看来，白居易半生是"圣"，半生是"仙"。前半生像老杜一样关心时事，忧国忧民，后半生主要是洒脱如"仙"，半醉半醒。

可是，不管是"圣"是"仙"，总逃不过"人生如梦"吧！

# 哪得哀情酬旧约，从今而后谢风流

## 赠　别

杜　牧

多情却似总无情，唯觉樽前笑不成。

蜡烛有心还惜别，替人垂泪到天明。

# 1

如果说古代文人有什么追求的话，那一定离不开这样几个选项：

A：当官 B：旅游 C：女人 D：喝酒

既然"达则兼济天下"，首选当然是当官，当了官还可以继续选择旅游、女人、喝酒；当官不成也不要紧，只要你吃穿不愁，B、C、D仍然可以任由你选择。

从正面来讲，当官是"达则兼济天下"的体现，旅游表现的是不慕功名利禄、性情高雅，女人最能展现男人的风流多情的一面，喝酒则让人觉得洒脱不拘。所以不管你选择什么，都可以很正面。

但是，很多人做出选择却更像是走向了反面。当官——权力欲望、颐指气使、不可一世；旅游——奢侈、享受、观感需要；女人——狎妓、纵欲，让更多妇女"失足"；喝酒——邋遢、懦弱、无所事事。

我要说的是，对每个人来说，选择都不会是一件单纯的事情。

# 2

杜牧（803年—约852年，字牧之，号樊川居士），晚唐最著名的两位诗人中的一位（另一位是李商隐）。他狎妓纵欲的情况我们不太清楚，但是风流多情的一面却常常被人们津津乐道。

杜牧在宣州幕下任书记时，听说湖州美女如云，便到湖州游玩。湖州刺史崔君素知杜牧诗名，盛情款待。

盛情款待的其中一个项目就是把本州所有名妓唤来供杜牧挑选。杜牧看来看去，都不满意，遗憾地说："漂亮是漂亮，但是不够尽善尽美。"

湖州刺史正考虑该怎么办的时候，杜牧出了一个馊主意，他说："我希望能在江边举行一次竞渡的娱乐活动，让全湖州的人都来观看。到时候我就在人群中慢慢地寻找，或许能找到我看中的人。"

刺史大人倒也豪爽，竟然真的举行了这样一次竞渡活动，任由杜牧"选美"。

# 3

杜牧在人群中苦苦寻觅，终于，一位乡村老妇人带领的一个十几岁的女孩子让他眼前一亮。这位姑娘完全没有风尘女子的俗脂庸粉，简直是出水芙蓉啊。

他激动地说："这个女孩子真是天姿国色，先前的那些真是虚有其人啊！"

杜牧让人传母女两个谈话。母女俩很害怕，心想，难不成来了个强抢民女的主。

杜牧说："别担心，不是马上就娶过门，只不过是定个日子。十年之内，我必然来这里作郡守，到时候再娶不迟。所以十年之内，你不能嫁给别人。"

老妇人说："话是这样说，可是将来大人您要是违约失信，那我们又应当怎么办呢？"

杜牧说："我如果十年不来，你家姑娘找个人嫁了不就完了嘛。"

人家是当官儿的，老妇人当然得答应。杜牧趁机下了聘礼。

# 4

杜牧一直想念着湖州，想念着那位漂亮清纯的女孩子。但是当官的事儿，不是他自己说了算的，得朝廷发话。再说他职位低，连申请出调的资格都没有。折腾多年，黄州、池州、睦州都待过，就是找不到机会去湖州。

"皇天不负有心人"，终于，机会来了。杜牧的好朋友周墀（chí）出任宰相，杜牧赶紧写信，说自己要出任湖州刺史。一封信不够，就一连写了三封信。周墀于是乎满足了他的要求。

大中三年，杜牧四十一岁，终于获得湖州刺史的职位。但是来到湖州一打听才知道，当年那位女孩子早就嫁人啦，已经成了三个孩子的妈妈。

杜牧不愿意相信这事儿，于是将女孩儿的母亲叫来，责问道："你这老婆子说话不算数啊，你不是已经答应将女儿许配给我了吗，为什么要违背诺言？"

老妇人说："我们当时不是说的是十年吗，可是现在都过去十四年了啊。"

杜牧取出盟约看了看，果然，一晃都十四年了，是我自己不守信，凭什么质问人家呢。

为着这件伤心事儿，杜牧写下这样一首诗，名曰《叹花》：

自是寻春去较迟，往年曾见未开时。

如今风摆花狼藉，绿叶成阴子满枝。

# 5

以上故事塑造了一位诚实守信（实际上，他是官儿，人家母女两个是民，他们的约定只能算霸王条款）、风流多情的杜牧。

然而，只迷恋过一个女孩子，那不叫"风流"，最多叫"痴情"。杜牧作为一位风流才子，事实上迷恋过很多女孩子，而且大部分是青楼女子。他在《遣怀》一诗中说：

落魄江湖载酒行，楚腰纤细掌中轻。

十年一觉扬州梦，赢得青楼薄幸名。

杜牧自己说，我失意潦倒，漂泊江湖，一边喝酒一边纵情声色，人生如梦，一晃十年，回头一想，啥都没捞着，却在青楼女子之中落得一个薄情的名声。

让妓女都觉得薄情可不是容易的事儿。看来，杜牧在酒和女人身上没少花时间和银子，果然是个"风流"的家伙，他竟好意思说出来。

## 6

杜牧的"风流"最引人注目的并不是他接触过多少女孩子，而是他类似白居易对琵琶女的那种感同身受。

唐文宗大和七年（833年），杜牧在宣州（今安徽宣城）宣歙（shè）观察使沈传师幕中，奉命至扬州公干时路过金陵，遇见了"穷且老"的昔日歌女杜秋，写下《杜秋娘诗》。

两年后，杜牧任东都监察御史，在洛阳重逢豫章（在今江西南昌）乐妓张好好，又为她沦为"当垆女"而"洒尽满襟"，写下《张好好诗》。

杜牧的这两首诗让他这个"薄情郎"变成了"多情郎"。

## 7

杜秋娘有一首原创歌曲，叫《金缕衣》

劝君莫惜金缕衣，劝君惜取少年时；

花开堪折直须折，莫待无花空折枝。

杜秋娘原名杜丽，老妈是官妓，从小在妓院长大。这首《金缕衣》带给她的，是两次命运的转折。

　　十五岁时，杜丽被镇海节度使李锜（qí）以重金买入府中为歌舞伎，她以《金缕衣》征服了李锜，被纳为侍妾，易名为杜秋娘。后李锜举兵反叛，战乱中被杀，杜秋娘入宫为奴，仍旧当歌舞姬，她又以《金缕衣》征服了唐宪宗，被封为秋妃。

　　杜秋娘不光长得漂亮，而且很有歌舞才华，更要紧的是她还很有政治才华。所以，杜秋娘既是唐宪宗的爱妃，也是机要秘书，备受宠爱，地位非常稳定。宰相李吉甫曾劝唐宪宗选天下美女充实后宫，宪宗竟说："我有一秋妃足矣！"

　　然而，"天有不测风云"，元和十五年，唐宪宗突然不明不白地死在宫中，从此，杜秋娘的人生舞台让位于宫廷的明争暗斗，开始了她只给别人当配角儿的生活。

　　宪宗死后，二十四岁的太子李恒嗣位为唐穆宗，杜秋娘则负责照顾皇子李凑。李恒好色荒淫，三十岁一命呜呼。十五岁的太子李湛继位为唐敬宗，这小子还没来得及好好享受一下当皇帝的乐趣就被刺身亡。这时，李凑已被封为漳王，李湛死后，李凑的弟弟李昂继位，为唐文宗。

　　文宗大和元年（828年），宦官王守澄与宰相宋申锡矛盾激烈，宋申锡密谋除掉王守澄、立李凑为帝，计划被王守澄得知并先下手为强。结果，李凑被贬为庶民，宋申锡谪为江州司马，而杜秋娘也削籍为民，返回乡里。

　　公元835年冬，南京发生军变，四十四岁的杜秋娘重新成为她的人生主角儿，却以逃难的形象冻死在玄武湖畔。

　　公元833年，杜牧在南京重逢杜秋娘——已经没有皇家户口的杜秋娘不再是一位美丽到不用化妆、婀娜多姿的美丽女子，而是成了一位年老色衰的沧桑妇女，杜牧有感于她的身世，于是写下长诗。

# 8

张好好的经历要简单得多，但是她和杜牧接触的时间更多，而且杜牧对她也有意思。

大和三年（835年），杜牧在南昌沈传师的江西观察使幕府任职，经常参与宴会，偶然之间，认识了初吐清韵、名震四座的张好好。

大和四年（836年），沈传师调任宣歙观察使，杜牧随之到了安徽宣城，这时张好好也被带到宣城，风流倜傥的杜牧和秀外慧中的张好好依旧有所交往，而且互相喜欢。

但是过了两年，还没等杜牧下手（他的资格也不够），张好好竟被沈传师的弟弟沈述师看中并纳为妾。张好好嫁给一位有钱有权的男人，也算是有个归宿吧，但是她可能不知道，在沈述师之属看来，她不过是个要多少有多少的漂亮妞儿罢了，说白了就是一个妓女。

果然，没过几年，张好好就被丈夫遗弃，为了生计，不得不在洛阳东城的一家酒店当垆卖酒。

杜牧正是在这个时候再次遇到张好好的。一位名震四座的美女，才几年工夫就变成了一位风尘仆仆的当垆女？杜牧也许还记得当初张好好出嫁之时送给他的那首诗：

孤灯残月伴闲愁，

几度凄然几度秋；

哪得哀情酬旧约，

从今而后谢风流。

可是当初以他杜牧的低微身份，面对自己喜欢的女孩子，只能眼睁睁地看着她被别人娶走，他能有什么办法呢？

据说杜牧为此郁郁而死，张好好还偷偷去祭拜过，甚至传说她自尽于杜牧坟前。

杜牧的《张好好诗》墨迹竟然流传下来，以至于他的"风流"之名又多了些书法色彩——历史总是这么漫不经心，又像是故意为之。

## 9

杜秋娘和张好好的经历有点儿相似。她们都是以身份低微，但是非常美丽有才的风尘女子出现，因为偶然的机会一展才华便震惊四座，后来又都嫁给了有钱有权的男人，再后来又都落了个一无所有，仿佛回到了最初一般。

人生的每一次转机都让人无法猜透究竟预示着什么。如梦如幻，突然醒来，即已到了最后。

不管是一个人的坎坷一生，还是一个朝代的兴亡变化，不都跟做梦一样吗？想必博览史书的杜牧对此体味比常人更加深刻。

## 10

杜牧的咏史诗有独具特色的一面，主要有两个方面：一是对王朝没落的预感，二是假设历史可以重来。

杜牧生活在晚唐，唐王朝走到了最后的一刻，所谓"山雨欲来风满楼"，作为一位饱读史书的作家和一位神经敏感的诗人，他当然不可能没有隐隐预感到这种历史巨变前的蛛丝马迹。我们来读三首诗：

第一首：《过华清宫》

> 长安回望绣成堆，山顶千门次第开。
>
> 一骑红尘妃子笑，无人知是荔枝来。

皇帝不在首都长安待着处理公务，长年累月跑到骊山的华清宫和妃子厮混；不知人间烟火，派人千里迢迢、累死累活去采新鲜荔枝，就为了妃子一笑？这是什么情况？不就是要亡国了嘛！当然，杜牧看到了朝廷的豪奢淫逸，不可能直接说出来，只好拿李隆基、杨贵妃的事儿来暗示。

第二首：《江南春》

千里莺啼绿映红，水村山郭酒旗风。

南朝四百八十寺，多少楼台烟雨中。

到处花红柳绿、酒香飘逸，烟雨朦胧之中尽是南朝时盖起来的寺庙楼台。这当然是一派江南美景，但是仔细一想，不对啊，大家难不成都在喝酒享受？而且那些当年劳民伤财弄起来的寺庙楼台也有增无减——这可不是什么好征兆，光鲜的表面繁华之下已经藏着太多危机了。

第三首：《泊秦淮》

烟笼寒水月笼沙，夜泊秦淮近酒家。

商女不知亡国恨，隔江犹唱《后庭花》。

又是江南美景，又是酒家林立，寒烟明月之中，歌女们还在唱着那首南朝陈皇帝陈叔宝先生享受美女佳肴时演奏的《玉树后庭花》。这袅袅歌声让夜泊秦淮的杜牧感叹起来：是啊，那些歌女们没完没了地唱着《玉树后庭花》，因为她们不知道那就是亡国之音啊！妓女们是不知道，可是听歌的官员们也不知道吗？朝廷的大臣们也不知道吗？皇帝陛下也不知道吗？

# 11

历史不可能重来。大多数人从来没有追忆过历史，更没有假设过历史重来之后一切会怎么样——如果你没有这样做过，那么不妨读一读杜牧的以下两首诗：

第一首：《题乌江亭》

胜败兵家事不期，包羞忍耻是男儿；

江东子弟多才俊，卷土重来未可知。

项羽兵败乌江，拔剑自刎，理由是无颜面对江东父老。但是，如果项羽能够包羞忍辱，凭借江东的人才之盛，难道不是可以卷土重来吗？

第二首：《赤壁》

折戟沉沙铁未销，自将磨洗认前朝。

东风不与周郎便，铜雀春深锁二乔。

一支折断的铁戟沉没在水底的沙石之中还没有销蚀，一考古才知道，原来是赤壁之战时候留下来的。

当年，孙刘联军用火攻的方法打败曹操，一战而定三国。可是想想看，假如周瑜没有东风相助，那么东吴的"二乔"（孙权和周瑜的老婆）岂不是要被曹某人关进铜雀台慢慢享用了？

不管你怎么假设，历史终归是历史。至少，杜牧给了我们另一种看待历史的方法。

# 12

风流多情的杜牧和感慨历史的杜牧都离我们远去了，他也化成了历史尘埃。

杜牧的风流没有给他本人带来快乐，他的历史感慨也没有任何延缓唐王朝没落的作用。

他的诗歌，仿佛就像他诗句里说的，只是"替人垂泪到天明"。他为自己的多情忧伤过，也为王朝的落没担心过。

# 13

向晚意不适，驱车登古原。

夕阳无限好，只是近黄昏。

这首《乐游原》是晚唐另一位巨星级诗人李商隐的诗歌。他和杜牧合称"小李杜"。

李商隐的"夕阳无限好，只是近黄昏"一句简直是唐王朝衰落的预言。对他本人而言，身处晚唐的政治漩涡中，恐怕连"夕阳"也不怎么好。

# 14

李商隐（813年—858年，字义山）的社会关系主要是两个人，一个是恩师令狐楚，一个是岳父王茂元。

问题就出在这两个人身上。令狐楚属于"牛党"，王茂元与李德裕交好，被视为"李党"的成员。

开成二年（837年），李商隐的恩师令狐楚病逝。不久，李商隐应泾原节度使王茂元的聘请，去泾州（今甘肃泾县北部）做了王的幕僚。王茂元对李商隐的才华非常欣赏，甚至将女儿嫁给了他。

在"牛党"看来，李商隐娶了"李党"分子王茂元的女儿，这当然是背叛师门。

在"李党"看来，李商隐的恩师令狐楚是"牛党"分子，他应该是"牛党"的人，不能为"李党"重用。

当时的朝廷，不是"牛党"把权，就是"李党"把权，政治从来就没有中立，李商隐当然会尴尬。再加上个人运气也不太好，所以一生郁郁不得志。

# 15

诗人不懂政治，这倒也正常，只是混得有点儿惨。如果能够想开一点，做个普普通通的诗人，岂不是要畅快许多。可是问题就在这里——你只可能事后恍然大悟，"只是当时已惘然"。

好在李商隐的痛苦不堪给我们这些后来人留下了很多琢磨不透但

是非常精彩的无题诗：

> 相见时难别亦难，东风无力百花残。
>
> 春蚕到死丝方尽，蜡炬成灰泪始干。
>
> 晓镜但愁云鬓改，夜吟应觉月光寒。
>
> 蓬山此去无多路，青鸟殷勤为探看。

"春蚕到死丝方尽，蜡炬成灰泪始干"，上小学的时候，大家写作文喜欢用这句诗表现老师的呕心沥血。实际上，李商隐好像并没有用这首诗赞美他的恩师令狐楚。

为了"兼济天下"的理想奋斗不息也好，为了爱情的海誓山盟也罢，只要执着，不都是好事儿吗？虽然悲痛，总归是一种坚持。

最后，希望青鸟别嫌累，为每一个坚持的人殷勤探看。